# *LES*
# MILLE ET UNE
# *FOLIES,*
## CONTES FRANÇAIS.

# LES MILLE ET UNE FOLIES,

## CONTES FRANÇAIS,

PAR M. N***.

---

Des Chevaliers Français tel est le caractere.
*Voltaire*, *Zaïre*, *Act. II. Sc. III.*

---

## TOME TROISIEME.

# A AMSTERDAM,

*Et se trouve*

## A PARIS,

Chez la Veuve DUCHESNE, Libraire,
rue S. Jacques, au Temple du Goût.

---

M. DCC. LXXI.

# TABLE

DES *Hiſtoires & des Aventures contenues dans le troiſieme Volume.*

Tome. III.

Fin de la Table du troisieme Volume.

# ERRATA DU TOME III.

*P.* 37, *lig.* 11; oblige, *lisez*, obligé.
*P.* 90, *lig.* 26; il m'appliqua, *lisez*,
il me donna.

# LES
# MILLE ET UNE
# FOLIES,
## CONTES FRANÇAIS.

---

## SUITE

de l'histoire du Mari jaloux.

### DLXXXe FOLIE.

FIN qu'aucun homme n'approchât de sa moitié, notre jaloux se mit lui-même à la suivre partout ; il ne la quittait pas plus que son ombre, quoiqu'elle fût accompagnée de la fille de son ami. Représentez-vous la douleur des deux amans,

Tome III,                    A

privés de la douceur de s'entretenir ; &
peut-être encore privés de quelqu'autre
plaisir plus agréable. La fine-mouche,
qui s'intéressait à leur sort, forma le
dessein de leur procurer le moyen de se
revoir au moins une fois ; fallut-il tromper la vigilance de tous les Argus réunis ensemble. Elle savait que le petit
Bourgeois est le premier ladre, le premier vilain de son tems ; c'est en conséquence qu'elle arrangea son projet. Le
jeune-homme fut averti de se rendre au
lieu désigné pour la promenade ; & de
se tenir à l'écart jusqu'à ce qu'il vît l'instant propice. Le *Luxembourg* était le
lieu du rendez-vous. Madame Desperces, sa fidelle amie, & l'infatigable jaloux, qui n'avait garde de s'éloigner
une seule minute, arriverent dans ce vaste
jardin, dont les allées sombres & peu
fréquentées, sont chéries des amans, des
Misanthropes & des Poëtes. Après avoir
fait quelques tours sur la terrasse, l'a-
mie de Madame Desperces demanda au
mari s'il ne leur paiera pas à goûter ?
Ces mots le troublerent étrangement ; il
répondit qu'il serait inutile de faire de la
dépense, puisqu'elles ne devaient avoir
aucun appétit à l'heure qu'il était. – Je

vous demande pardon, répondit-elle en riant comme une folle, je n'ai pas trop bien dîné; votre femme fe plaint d'un grand mal d'eſtomac, & dans un moment nous mangerons ſans peine une ſalade. -- Le vilain avare ſe voyant fi vivement preſſé, chercha le moyen de ſe tirer d'embarras. Il ſe ſentit une extrême répugnance à mettre la main à la bourſe; auſſi lui parut-il plus doux de faire violence à ſon humeur jalouſe, & de laiſſer ſa femme à la promenade. -- Je ſuis bien fâché, dit-il, de ne pouvoir vous payer la colation; je viens de me reſſouvenir d'une affaire importante qui m'oblige de vous quitter. Adieu; ſoyez à la maiſon de bonneheure. -- Il s'éloigna ſans attendre de réponſe; c'était ce que demandait la fine-mouche.

## DLXXXI<sup>e</sup> FOLIE.

Notre jaloux ne ſe fut pas plutôt retiré de toute la viteſſe dont il était capable, que le jeune-homme joignit les deux Dames. Ils ſortirent alors du *Luxembourg*, en riant de l'avarice du petit Bourgeois, monterent dans un carroſſe de remiſe, qui les attendait, &

allerent à quelques lieues de Paris fe
livrer à la joie d'être enfemble. On defcendit à la porte d'une auberge renommée ; l'amant fit préparer un goûter délicat ; en attendant qu'on fervît, il ré-
péta, fans doute, à fa belle les tendres
fadeurs qu'il lui avait dites cent fois. Il
était trifte pour l'amie de Madame Defperces de ne faire qu'écouter des galanteries qui s'adreffaient à une autre ;
elle ne méritait pas l'efpèce d'abandon
où elle fe trouvait, tandis que fa compagne avait lieu d'être fi fatisfaite. Elle
prit cependant fon mal en patience,
& fe défennuyait en regardant par la
fenêtre. Le tems s'écoule bien vîte quand
on eft auprès de ce qu'on aime ; l'a-
mie de Madame Defperces, à qui les
heures étaient plus longues, avait beau
avertir qu'il fe faifait tard ; enfin, dix
heures fonnerent, que nos amans étaient
encore à table, & qu'ils croyaient n'être
enfemble que depuis un inftant. Le jeune-homme ne favait que dire pour confoler les Dames ; tout ce qu'il put faire,
ce fut d'ordonner au cocher de ne point
épargner fes chevaux, s'il voulait mériter une ample récompenfe. -- Quelle
doit être la fureur de mon mari, s'é-

criait Madame Defperces en fondant
en larmes! Que fa jaloufie l'aura tourmenté! Nous voilà perdus; tout eft découvert. -- Les vives allarmes de la Bour-
geoife n'étaient que trop bien fondées;
fon amie ne difait mot, & la laiſſait
fe lamenter. Tout-à-coup elle rompit le
filence, & s'écria: -- Oh! je vous ré-
ponds que vous n'avez rien à craindre;
je me charge de vous excufer. -- Elle s'ex-
pliqua plus clairement, & nos amans
furent un peu plus tranquiles. Le carroſſe ne s'arrêta qu'à la porte du jaloux.

Exacte à fuivre les confeils qu'on venait de lui donner, l'amoureufe Bour-
geoife, toute échevelée, fon corfet dé-
lacé, & s'appuyant fur le bras de fon
amie, parut fe traîner avec peine à fon
appartement. Quelle fut fa douleur d'en
trouver la porte fermée! & de frapper en
vain à coups redoublés. Le jaloux refufe
de la recevoir, & lui fignifie, fans ouvrir la porte, qu'elle n'a qu'à retourner
d'où elle vient. Cependant les voifins
accourent au bruit; Madame Defperces,
bien inftruite de fon rôle, s'évanouit au
milieu d'eux, tandis que fa rufée compagne leur raconte la fable qu'elle avait
préparée. Mille voix s'élevcrent contre

la dureté du mari, & le forcerent enfin à laiffer entrer fa malheureufe femme. Il fut bien étonné de la voir dans un
auffi trifte état ; fa colere s'éteignit malgré lui. Il femblait en effet que la bonne-
Dame n'eût plus qu'une heure à vivre ;
elle ne manqua pas de s'évanouir encore aux yeux du jaloux. -- Voilà les
fuites de votre avarice, s'écria fon amie ;
ce mal d'eftomac qu'elle reffentait tantôt à la promenade, n'aurait été rien,
fi elle eût pris quelque chofe pour
fe fortifier. Vous vous êtes en allé bien
vîte, afin de ménager votre bourfe.
A peine avez-vous été parti, qu'elle
s'eft trouvée mal ; j'ai effayé de la conduire chez elle ; mais elle s'évanouiffait
à chaque inftant dans mes bras. Je me
fuis vu contrainte de la faire entrer
dans plufieurs maifons, où l'on s'eft
efforcé de la fecourir. Nous ne ferions
jamais arrivées jufques ici, fi je n'avais
pris un carroffe. O Dieu ! que de peines j'ai fouffertes depuis quelques heures ; & c'eft vous qui en êtes la caufe !
Il faut que vous foyez terriblement
ladre, vilain, feffe-mathieu... -- Elle
en aurait dit davantage, fans les fou-
miffions, les excufes de Defperces, qui

la remercia de tous ſes ſoins , & lui donna encore un écu pour payer le carroſſe
qui les avait amenées.

## DLXXXIIᵉ FOLIE.

Le diable , ſans doute, vint ſouffler
aux oreilles du jaloux, que la maladie
de ſa femme n'était qu'une feinte , &
qu'on l'avait pris pour dupe. Sans entrer
dans aucune explication , il pouſſa la
défiance juſqu'à défendre à la pauvre
Deſperces de recevoir davantage les viſites de ſon amie. Ai-je beſoin de vous
dire que le jaloux n'avait plus de confiance au pere dont il diſgraciait la fille ?
Il les bannit l'un & l'autre de compagnie.
Ses ſoupçons s'étendirent ſur tout le
monde ; dès qu'il remarquait que ſa
malheureuſe moitié parlait deux ou
trois fois à la même perſonne , auſſi-tôt
il croyait être certain qu'on allait s'entendre pour le tromper. Afin d'avoir la
paix, Madame Deſperces ſouffrit qu'il
éloignât d'elle toutes ſes connaiſſances ;
elle ſe vit réléguée dans ſon ménage
comme au fond d'une priſon ; il lui
était à peine permis de ſortir un inſtant
le matin pour aller faire quelques emplettes. Notre jaloux s'applaudiſſait de

tant de précautions , & se flattait d'a-
voir mis en défaut la malice des femmes.
Tandis qu'il se prodiguait des louanges,
sa tendre épouse écrivait chaque jour à
son amant, & lui faisait tenir ses lettres
par un de ces Savoyards dispos, qui
attendent au coin des rues qu'on veuille
les employer; & dont le principal emploi est d'être les messagers de l'Amour.

La correspondance de nos amans fut
encore troublée. Madame Desperces
s'était adressée à un petit joufflu du voi-
sinage , qui rendait différens services
à tout le quartier. Notre Bourgeois
étant un matin à sa fenêtre, fut fort
surpris de voir sa femme en grande con-
férence avec un Savoyard. Il s'intrigue
aussi-tôt, & ne doute pas qu'il ne s'a-
gisse de quelque nouvelle infidélité. Il
cherchait depuis longtems le moyen de
se convaincre, à n'en pouvoir douter,
de la mauvaise conduite de Madame
Desperces, afin d'en donner des preuves
à tous ceux qui le traitaient de visionnaire. Qu'il aurait été satisfait de voir
tout le monde convaincu de son déshonneur! Remerciant le Ciel de lui avoir
procuré ce qu'il desirait si vivement, il
ne dit rien de sa découverte, & courut

chercher le Savoyard, dès que sa femme
fut rentrée. Mais malgré sa diligence,
il ne le trouva plus à sa place, & eut la
douleur de penser qu'il était allé s'acquitter de la commission qu'on venait
de lui donner. Que notre jaloux se re-
pentit de n'être pas plutôt accouru !
Forcé de prendre patience, il attendit
le retour de l'humble habitant des
Monts. Il lui tardait tellement de lui
avoir parlé, qu'il se tint toujours aux
aguets, regardant à chaque instant, s'il le
verrait arriver. Il l'apperçut enfin dans
l'après-dînée, & n'eut garde de tarder à
le joindre. Le petit Savoyard ne le
connaissait point ; & d'ailleurs était
trop simple pour démêler le motif de sa
curiosité. Notre jaloux le tire à l'écart,
& lui dit : — oh ! çà, mon ami, sois
sincere, je te donnerai pour boire. Que
te veut la Dame qui vient te parler
tous les matins ? — Le petit Savoyard
répondit ingénuement, qu'elle le chargeait de porter des lettres. -- A qui
sont-elles adressées ? — A un beau jeune
homme. — Son nom, & où demeure-
t-il ? -- Le drôle, interrogé, hésita alors.
Monsieur Desperces s'apperçut de son
irrésolution, prit un air caressant, qui

ne lui était gueres naturel; & continua
ses interrogatoires. -- Combien cette
Dame te donne-t-elle par chaque mes-
sage? -- J'en reçois douze sous; le Monsieur me fait un pareil présent, pour que
je rapporte sa réponse, qu'il me recom-
mande bien de remettre en main propre. -- Eh! bien, je vais te gratifier d'un
écu, si tu m'apprends ce que je veux
savoir, & si tu me remets la réponse
dont tu dois être chargé : voilà l'écu
d'avance. -- Admirez le pouvoir de la
jalousie, qui força notre avare à devenir généreux. L'intérêt fit jâser le coquin
de Savoyard, & vous le rendit tout-
à-fait docile. Le jaloux ne se possedant
pas de joie, courut raconter à ses
voisins tout ce qu'on venait de lui apprendre, & ne leur cacha ni le nom,
ni l'adresse du mignon de sa femme.
Afin de prouver davantage qu'il était au
rang des maris infortunés, il fit même lire
à quiconque se présenta la galante mis-
sive qui lui était tombée entre les mains.
Dans cette lettre assez expressive on re-
merciait Madame Desperces de la durée de son amour, on lui jurait une
constance éternelle; & l'on se plaignait
de ne plus goûter la douceur de l'entretenir tête-à-tête.

### DLXXXIIIᵉ FOLIE.

Ayant affez divulgué fa difgrace, fur laquelle un homme fenfé aurait tâché de jetter un voile impénétrable, notre jaloux ne fonge plus qu'à fe venger. Il entra brufquement dans la chambre de fa femme l'épée nue à la main, l'air égaré. La pauvre Defperces était loin de s'attendre à une pareille fcène. -- Vous êtes morte, lui cria le jaloux d'une voix terrible, en lui mettant fur la gorge la pointe de fon épée, fi vous ne faites à l'inftant ce que je vais vous prefcrire. Ne cherchez point à m'en impofer ; j'ai des preuves en main de l'indignité de votre conduite. Tenez, Madame, il eft jufte que vous voyez cette lettre, puif-qu'elle vous eft adreffée ; lifez-la, & frémiffez. -- Madame Defperces n'eut pas plutôt jetté les yeux fur l'écrit, qu'elle connut que fon intrigue était découverte. Saifie d'effroi, mais ne fe fentant aucune envie de mourir, elle embraffe les genoux de fon mari, pro-tefte qu'elle était plus étourdie que coupable. -- Accordez-moi généreufe-ment ma grace, ajoûte-t-elle d'un ton pathétique. Craignez de vous rendre la

A 6

fable du public, en laiffant éclater vos
tranfports jaloux. Prenez le fage parti
de ne point faire de bruit, & fongez
que ma honte rejaillit fur vous. -- Cette
belle éloquence eft en pure perte, s'é-
crie l'époux en levant le bras pour frapper le coup mortel. Je goûte un plaifir
infini à raconter vos perfidies, à convaincre les incrédules ; la preuve que
j'en ai, n'eft pas tout-à-fait fuffifante ;
on rencontre des efprits-forts qu'il eft
difficile de perfuader. Je fais que vous
écrivez chaque jour à votre amant ; plufieurs lettres prouveraient plus qu'une.
J'entends donc & je prétends que vous
lui marquiez tout-à-l'heure de venir
vous parler, & de porter avec lui toutes vos lettres, fans en oublier une
feule. Si vous répliquez un mot, je
vous plonge cette épée dans le fein.

Il fallut obéir. Madame Defperces
écrivit tout ce qu'on lui dicta, comme
fi c'était de fon propre mouvement.
Jugez du trouble & du défefpoir avec
lequel elle traça des caracteres qui devaient lui être fi funeftes. Dans la crainte
de quelque furprife, le jaloux lut la
lettre, la vit plier ; mais pendant qu'il
avait le dos tourné pour chercher un

cachet , Madame Defperces fe hâta d'écrire ces mots fur une bande de papier, qu'elle gliffa adroitement dans la miffive. — « Gardez - vous bien de venir ; » & dites que vous avez brûlé mes let- » tres «. -- Notre Bourgeois , après avoir cacheté l'écrit , le remit lui-même à un commiffionnaire , auquel il recommanda de faire diligence. Affuré que tout va réuffir au gré de fes fouhaits, il envoie chercher fes voifins , les parens de fa femme & les fiens ; & s'apprête à faire confeffer au jeune homme , devant tant de monde , qu'il n'a eu qu'à fe louer de la douceur de Madame Defperces.

## DLXXXIVᵉ Folie.

Le cercle était des plus nombreux. Notre jaloux était au comble de fes defirs. Mais la joie de cet homme bifarre, ne fut pas de longue durée ; fon commiffionnaire vint lui dire que le Monfieur chez lequel il l'avait envoyé, avait jugé les lettres que Madame Defperces lui écrivait , en badinant , & auxquelles il répondait fur le même ton , d'affez peu de conféquence , pour les brûler après les avoir reçues. Le jaloux confondu ne

savait quelle contenance tenir. Après
avoir gardé un inftant le filence, accablé de ce revers inefpéré, pluschagrin
de ne pouvoir prouver fa honte, que
fi fon déshonneur eût été public ; il
s'écrie tout-à-coup : -- Je croyais avoir
bien pris mes mefures ; il a deviné,
fans doute, que c'était un piège qu'on
lui tendait. Puifqu'il n'a pas voulu venir ici, allons le trouver chez lui. Mes
chers amis, ne me refufez point cette
derniere grace. La furprife qu'il aura
de nous voir, cette lettre que je lui
montrerai, le forceront de nous déclarer la vérité. Menons avec nous ma fcélérate de femme, afin de les confronter
enfemble, & que leur confufion nous
attefte leur intelligence. Si le jeune
homme ne fe trouble point à notre vue,
s'il perfifte à nier les griefs dont je l'accufe, j'avouerai que je ne fuis qu'un
fou, un vifionnaire, & que Madame ma
moitié eft la premiere Veftale de fon
tems. --

On fe rendit enfin aux prieres du jaloux, & on le fuivit en foule. Le jeune
homme ne fut d'abord que penfer de
voir arriver fa maitreffe en fi grande
compagnie ; l'apparition du mari eut

fur-tout le pouvoir de l'interdire. Notre jaloux triomphait en contemplant fon embarras ; le jeune-homme , revenu à lui-même , affura qu'à peine connaiffait-il Madame Defperces , qu'il n'avait vue qu'avec fon amie. Le petitBourgeois , défefpéré , le menaça de fe plaindre au Magiftrat , de le dénoncer comme un fuborneur. L amant ne s'effraya point du bruit ; il n'en fit que rire , & répliqua tranquilement , que fa derniere lettre furtout n'était qu'un badinage , concerté pour allarmer la jaloufie du mari. Defperces , voyant que fes menaces ne faifaient aucune impreffion , changea de langage ; il eut recours aux prieres. Le jeune-homme perfifta dans la négative , continua de louer la vertu de celle qu'on accufait d'êtrè en commerce fecret avec lui. La douleur , la rage du jaloux ne peuvent fe décrire ; il fe retira en maudiffant fa deftinée. On eut beau lui repréfenter qu'il n'avait que des graces à rendre au Ciel ; & que bien des maris voudraient être auffi heureux.

### D L X X X V<sup>e</sup> F O L I E.

Notre jaloux , d'une efpece affez

rare, se vit contraint de recommencer
à faire le guet. Il se consola d'avoir
perdu le fruit de ses travaux passés, &
d'être réduit à travailler sur nouveaux
frais, dans l'espérance de réussir enfin
à dévoiler les intrigues de sa femme,
& de pouvoir en donner les preuves les
plus convaincantes. Pendant qu'il veillait en fin renard, affectant d'être revenu de ses soupçons, pour mieux
surprendre sa moitié ; dans le tems qu'il
se flattait le plus du succès, une affaire
de la derniere conséquence, d'où dépendait sa fortune, exigea sa présence
à Rouen. Jugez avec combien de peine Monsieur Desperces se résolut à un
si grand voyage, lui qui n'en faisait que
de douze lieues, & qui souffrait alors
tous les maux imaginables ? Son absence
devait être au moins de trois semaines ;
sa perfide n'aurait que trop le tems de
se livrer à ses amours, & trouverait aisément le moyen de les dérober à tous
les yeux. Qu'il se livra de combats entre sa jalousie & son avarice ! Le jour
même de son départ il ne savait encore
s'il resterait, ou s'il devait se mettre en
route. L'amour des richesses dissipa ses
irrésolutions. Mais avant de monter

à cheval, il fit venir Madame Defperces dans la chambre la plus reculée,
ferma foigneufement la porte, s'affit
gravement dans un fauteuil, laiffant fa
femme de bout devant lui, fort étonnée,
impatiente de favoir à quoi tout cela
aboutirait. -- Je vais faire un grand
voyage, lui dit-il en la regardant fixement : ne croyez pas que je m'éloigne
pour fi longtems fans prendre les précautions que la prudence exige. J'ai
des amis fidéles qui veilleront à votre
conduite ; une foule d'efpions inconnus
va vous environner. Vos moindres
démarches me feront révélées. Soyez
donc attentive à exécuter mes ordres.
Je vous défends de fortir de chez vous
que pour vous procurer les. chofes né-
ceffaires. Gardez la maifon, & occupez-
vous à votre ménage, comme une
femme raifonnable. Si vous n'obéiffez
point exactement à ce que je vous pref-
cris, je le faurai ; & je jure de vous
poignarder à mon retour. -- Après ces
douces paroles, notre Bourgeois baifa
fon époufe au front, grimpa fur fon
cheval de louage, & s'éloigna au trot
du maigre courfier, non fans éprouver
de violentes palpitations.

Auffi-tôt que Madame Defperces eut perdu de vue le Cerbere qui veillait à fes côtés, elle ne fongea qu'au plaifir d'en être débarraffée ; fes défenfes, fes ménaces, lui fortirent de la mémoire. Il lui parut jufte de fe dédommager de la gêne dans laquelle elle venait de vivre. Elle s'abandonne à fa gaieté naturelle, fe livre à tous les amufemens, avec d'autant plus d'ardeur, qu'elle avait été longtems forcée de fe contraindre.

Le jeune-homme qu'elle chériffait ne fut point oublié : c'était avec lui qu'elle paffait les momens les plus agréables ; quinze jours s'écoulerent dans cette joyeufe vie. Madame Defperces fe trouvant un foir très-tard chez fon amant ne s'apperçut qu'il était heure indue, que lorfqu'elle entendit fonner minuit. Dans la crainte que la porte de la maifon où elle logeait ne fût fermée, elle prit le parti d'attendre qu'il fût jour pour s'en aller.

## DLXXXVIᵉ FOLIE.

Vous trouverez tout fimple, Madame la Marquife, que le jaloux revînt plutôt qu'il n'était attendu. Il avança

fon retour d'une femaine au moins. La
mauvaife étoile de Madame Defperces
le fit arriver directement la nuit qu'elle
avait eu la faibleffe de découcher. Il
ouvrit avec une groffe clef la porte de
la rue, monta l'efcalier tout doucement, afin de furprendre fa femme,
en cas qu'elle fût en compagnie. Il voulait atrapper les autres; & c'eft lui qui
fe trouva le plus étonné. Il n'avait point
fur lui d'autres clefs que celle dont il
s'était fervi, qu'en partant il avait emportée par mégarde; de forte qu'il
courait grand rifque de paffer la nuit
dans la rue, s'il n'aimait mieux coucher fur l'efcalier. Notre jaloux eut
beau frapper, d'abord avec ménagement, enfuite à tour de bras, perfonne
ne lui ouvrit; car l'avarice, qu'il appellait économie, l'engage de n'avoir ni
laquais, ni fervante. Il conclut de ce
qu'on le laiffait fi longtems fe morfondre, que Madame était avec un galant.
Charmé de pouvoir enfin la prendre
fur le fait, il réveille un de fes voifins,
le prie de lui prêter fa plus grande
échelle, & lui apprit ce qu'il en voulait faire. En ayant trouvé une comme
il la demandait, il la pofa fans bruit,

l'escalada bravement, résolu d'entrer
par la fenêtre; mais, après avoir enfoncé
une des croisées, il vit à la lueur de la
lumiere, qu'il portait d'une main, que
Madame Desperces n'était point dans
son lit, & qu'il n'y avait personne dans
la chambre. Cette découverte le trans-
porta de joie : il est certain qu'on ne le
traitera plus de visionnaire. Afin que
son déshonneur soit généralement at-
testé; dans la crainte qu'on n'en ait
cause d'ignorance, il se mit à appeller
à haute voix ses voisins, les priant de
venir être témoins de l'affront que lui
fait sa femme, qui a eu l'audace d'aller
coucher avec un de ses amans. Tout le
quartier se réveilla à ses cris, chacun
accourut en désordre, saisi de frayeur,
croyant que le feu était dans quelque
maison voisine. Instruit de la cause du
vacarme, on se demandait en riant, si
Desperces était fou de monter sur le
toit, pour publier ce qu'on s'efforce ordinairement de cacher. C'est alors,
continue toujours le Marchand, que
l'équipage de Madame la Marquise est
arrivé dans la rue où se passait une
scène aussi bisarre ; elle a été témoin de
l'extravagance de notre Bourgeois; il

ne.me refte plus qu'à lui raconter les événemens qui ont fuivi ceux de la nuit.

Non content de l'efclandre qu'il venait de faire, notre jaloux envoya par la ville plufieurs meffagers, chargés d'une lettre circulaire, adreffée aux parens de fa femme. Il voulait les raffembler une feconde fois, & les convaincre pour le coup de la juftice de fes foupçons. Malgré l'heure indûe, la famille de Madame Defperces fe rendit chez le mari, & fut auffi étonné de l'efcapade de la Dame que de la conduite du jaloux.

## D L X X X V I Iᶜ Folie.

Ce matin, aux premiers rayons du jour, la fenfible Defperces fe préparait à prendre congé du beau jeune-homme, & à fe rendre chez elle avec fécurité; quand elle vit entrer fon pere, ce bon-homme ami de la joie, qui n'a jamais contredit les fantaifies de fa fille. Son afpect pétrifia les deux amans, ils attendirent en filence, qu'il leur apprît ce qui l'amenait. — Eh! que diable faites-vous ici, Madame? s'écria-t-il en s'efforçant de prendre un air férieux.

En vérité , vous êtes d'une étourderie unique. J'aime que l'on s'amuse ; mais il y a tems pour tout. Voyez un peu la belle équipée! Pendant que vous êtes à faire la folle chez Monsieur, cet imbécile de Desperces s'est avisé d'arriver cette nuit , & n'entend nullement raillerie ; il se fait tenir à quatre. Pour moi, qui ne pense point de mal à tout cela , qui sais qu'on peut se divertir honnêtement, je l'ai laissé faire son vacarme , & je suis venu vous chercher ici , où je me doutais bien de vous trouver. -- La nouvelle du retour de son jaloux mit Madame Desperces hors d'elle-même. -- Hélas! disait-elle, que je suis malheureuse! Le Ciel sait combien cette démarche est innocente ; nous avons passé la nuit à lire des Tragédies. Monsieur déclame encore mieux qu'un Acteur ; croiriez-vous que je n'ai fait que pleurer comme un enfant? Malgré la sagesse de ma conduite, je prévois les traitemens auxquels je dois m'attendre. Les lamentations de la pauvre femme n'étaient pas prêtes à finir, si son bon-homme de pere, touché de sa douleur, ne les eût interrompues. -- Bon! bon! console-toi, ma fille , lui

dit-il; tu n'en mourras pas. Faut-il tant
s'affliger pour si peu de chose ? Eh!
parbleu , si toutes les femmes qui donnent des sujets de plaintes à leurs maris,
étaient en danger de perdre la vie ,
nous verrions trop de morts subites.
D'ailleurs, ton jaloux a le plus grand
tort ; qu'il apprenne qu'un époux sensé
ne tombe point comme çà des nues;
mais qu'il a prudemment soin d'avertir
sa femme du jour de son arrivée. --

## CONCLUSION

*de l'histoire du Mari jaloux.*

### DLXXXVIII<sup>e</sup> FOLIE.

CES paroles consolerent la pauvre
Desperces ; elle se sentit la force de
suivre son pere, assurée qu'il emploirait
sa médiation pour mettre la paix dans
le ménage. Elle s'éloigna de son amant ,
après lui avoir jetté un regard qui exprimait ses craintes de le perdre peut-
être pour toujours.

L'infortunée Desperces comparut devant sa famille encore assemblée; son

mari l'interrogea d'un ton magiſtral ;
elle excuſa de ſon mieux l'imprudence
qu'elle avait eue de découcher , &
trouva dans ſon bon-homme de pere un
zélé défenſeur. Il n'y avait pourtant pas
moyen de douter de la mauvaiſe conduite de Madame Deſperces ; rien n'é-
tait ſi avéré que le déshonneur de ſon
mari , & ce mari nâgeait dans la joie. Il
fut aux opinions ; tout d'une commune
voix, on déclara ſa moitié répréhenſi-
ble , & digne d'être punie ; mais on recommanda la coupable à ſon indulgence. -- Non , non , s'écria-t-il ; je dois
faire juſtice. Oubliez - vous donc que
l'honneur des époux eſt tellement attaché à celui de leurs femmes, que la
perte de l'un entraîne celle de l'autre.
Quel eſt le Bourgeois qui ne ſoit prompt
à ſe venger des affronts qu'attire ſouvent le mariage ? Irai-je me donner des
airs trop au-deſſus de mon état ? --
L'aſſemblée qui n'était compoſée que
de Marchands , que *de Bourgeois de
Paris*, trouva que Deſperces avait raiſon , & le laiſſa maître de la punition
que méritait ſa criminelle moitié. Le
pere de l'infortunée eut beau plaider
en ſa faveur ; on ſe moqua de ſa bon-
hommie ;

hommie ; & chacun retourna chez foi.

Il était près de midi, quand tout le monde s'eft féparé ; j'avais l'honneur d'être un des confeillers, comme arriere-coufin de la partie condamnée. Auffitôt que nous avons été partis, Defperces a fermé foigneufement fes portes, a couru demander au Miniftre une lettre de cachet pour que fa femme foit rélé-guée dans un Couvent ; fur ce qu'il a repréfenté, la lettre de cachet lui a été accordée, & il a fait conduire tout de fuite fa malheureufe époufe dans la trifte demeure, où il y a apparence qu'elle reftera jufqu'à la fin de fes jours. Je l'ai vu paffer dans un carroffe comme on allait la renfermer dans fa prifon ; fon mari était à côté d'elle ; & avait grand foin de fe montrer par les portieres, d'un air triomphant.

Quoique Madame d'Illois ait dormi pendant une grande partie de la nar-ration du Marchand, elle ne laiffe pas de trouver cette hiftoire charmante. Afin de le remercier d'une maniere per-fuafive, elle le congédie en lui gliffant quelques louis dans la main.

## AVENTURE NOCTURNE.

### DLXXXIXᵉ FOLIE.

REVENONS maintenant au Marquis d'Illois, que nous avons laiſſé dans le cabinet du Vicomte de l'Encluſe, prêt à écouter ſon jeune parent, encore troublé de l'aventure nocturne qui vient de lui arriver.

Je ne vous cacherai pas, mon reſpectable couſin, dit le Chevalier d'Iricourt en adreſſant la parole au Marquis, que je ſors d'un ſouper de débauche avec trois jeunes fous de mon âge. C'eſt chez Au*... que s'eſt paſſé notre orgie ; c'eſt toujours dans la maiſon de ce coquin-là, que nous allons oublier les ſottiſes, les ridicules du monde ; parce que, s'il eſt un tant-ſoit-peu fripon, il eſt au moins excellent Cuiſinier ; & que le mérite ne ſaurait ſe payer trop cher. Chacun des convives paie ſa part de l'écot, afin qu'après le régal, tout le monde n'ayant pas plus dépenſé les uns que les autres, on éprouve le même degré de joie. Nous

n'affocions nulle femme à nos plaifirs,
parce que ce n'eft point à table que le
beau fexe figure le mieux. A table depuis dix heures, nous avons donc bien
mangé, bien bu : je ne fais quel vin
nous a donné ce pendart d'Au*...; il
nous a monté à la tête que nous n'a-
vions encore bu que huit bouteilles entre
quatre. Las de compofer des couplets
malins, d'autant plus agréables qu'ils
n'avaient pas le fens commun, nous
nous fommes amufés à caffer les verres,
les porcelaines; nous avons jetté par la
fenêtre deux ou trois grands miroirs,
qui ne fervaient à rien dans une chambre deftinée à la bonne-chere. Nous
allions en faire autant d'un vilain lit,
antique & maffif, qui était-là pour le
moins auffi inutile; nous ne voulions
laiffer que la table & les chaifes. Notre
hôte eft accouru, il nous a fait entendre
raifon, en nous menaçant de ne plus
nous régaler de fes ragoûts au vin de
Champagne, de fes fricaffées d'ambre
& de piftaches. Ceux qui avaient de
l'argent ont payé, les autres ont donné
leur parole de Gentilhomme; & nous
nous fommes trouvés dans la rue, à deux
heures fonnées, au milieu d'une nuit fi

noire, qu'on ne pouvait même appercevoir les étoiles.

## DXC<sup>e</sup> FOLIE.

C'eſt ici le merveilleux. Aucun de
nous ne s'était fait ſuivre de ſon carroſſe. Nous marchions en tâtonnant,
fort embarraſſés de nos perſonnes, craignant à chaque pas de nous rompre le
cou. -- Qu'allons-nous devenir, criai-
je à mes compagnons? oſerons-nous
nous coucher à l'heure qu'il eſt, comme
de petits Bourgeois? Ecoutez, il me
vient une idée divine: il pleut raiſon-
nablement, nous ſommes crottés en
chiens barbets: parbleu, allons au bal
de l'Opéra, dans notre miſérable équipage; il nous épargnera la peine de nous
maſquer. Ma propoſition parut de la
derniere impertinence, & fut acceptée
avec tranſport. Nous marchions dans
la boue ſur le bout du pied, nous re-
commandant à toutes les Veſtales de
Paris, pour que le Ciel nous envoyât
quelque Fiacre, qui, à nos riſques &
périls, nous traînât juſques à l'Opéra,
quand nous entendîmes le bruit d'un
carroſſe. Eſt-ce un Fiacre? criâmes-nous
tous enſemble. Oui, Meſſieurs, j'en ſuis
un pour mes péchés, répondit le cocher

qui pouvait à peine faire mouvoir deux
rosses étiques, régalées en vain de plusieurs coups de fouet : je suis chargé ;
mais si vous voulez me suivre , je ne vais
qu'à quatre pas ; & vous pourrez me
faire rouler toute la nuit. -- Voyons qui
sont ceux qui se donnent les airs d'être
en voiture , tandis que nous sommes à
pied , s'écrie un de mes amis ; ils seront
peut-être assez polis pour nous céder
leur place. -- Nous le secondons dans
son louable dessein ; nous saisissons les
rênes des fantômes de chevaux ; il ouvre la portiere , allonge la main , tâte
légerement : -- oh ! oh ! mes amis , continue-t-il , je sens des meubles ; c'est un
déménagement secret ; gardons-nous de
troubler cette équipée nocturne ; puisque
ce maraud nous assure qu'il va tout près
d'ici , accompagnons-le jusqu'à l'endroit
où il doit s'arrêter. -- Mon ami referme la
portiere ; & le cocher continue à fouetter ses haridelles , qui ne nous firent
pas beaucoup suer pour les suivre.

Le maraud nous fit long-tems trot-
ter, nous eûmes la patience de traverser
une douzaine de rues, espérant toujours
qu'il arriverait bientôt. Enfin il s'arrêta
devant une petite porte étroite, à quel-

ques maiſons d'ici. Je me trouvai tellement ſerré par le carroſſe, qui raſait la
muraille, que je me jettai dans l'allée
où je vis bien qu'on allait décharger les
meubles. L'obſcurité empêchant de m'appercevoir, le cocher nous crut tous de
l'autre côté de la rue, il deſcendit de
ſon ſiége; & je connus qu'il travaillait à
vuider le carroſſe. La porticre ouverte,
un homme ſauta légérement à terre,
mit ſur ſes épaules un paquet, & me
heurtant du fardeau qu'il portait, vint
le jetter à mes pieds. Je fus heurté,
froiſſé de la ſorte tant qu'il y eut quelque choſe dans la voiture. Mais de quelle
frayeur ne fus-je pas ſaiſi, quand j'eus
lieu d'être certain que les prétendus
meubles n'étaient autre choſe que des
corps morts! Tantôt je touchais la jambe d'un des cadavres portés ſur l'épaule; quelquefois je ſentais une main
froide me paſſer contre le viſage, ou
bien je recevais un coup de tête d'un
des morts. L'homme qui s'était tenu
dans le carroſſe, avait une lanterne ſour-
de, qu'il ouvrait par intervalles. Mais
fortement perſuadé qu'il n'y avait perſonne dans l'allée, il n'examinait heu-
reuſement que ſes horribles fardeaux.
Collé contre la muraille, je me faiſais

le plus petit qu'il m'était poffible. C'eft
à la lueur de la lanterne fourde que je
découvris les trifles objets dont j'étais
environné : je difcernai que les corps
étaient enveloppés à demi dans de vieilles toiles; ce qui redoubla mon horreur,
c'eft que j'entrevis le cadavre d'un enfant, dont le vifage était rouge & enflé. La mine de celui qui n'avait ofé parler dans le carroffe, lorfque nous l'a-
vions arrêté, n'était guères propre à
diffiper ma frayeur. Il avait tout l'air
d'un coupe-jarret; fon regard était dur
& féroce; il me fembla voir fous fon
ample redingote je ne fais combien de
poignards. Le cocher lui aidait à décharger la voiture. Ce qui m'étonna le plus,
ils raifonnaient enfemble froidement.
Celui-ci eft encore prefque tout chaud
difaient-ils, en voilà un qui paraît avoir
été diantrement robufte; il a eu de la
peine à quitter la vie: chaque cadavre
recevait ainfi fon quolibet.

Je ne vous cacherai pas que j'étais
plus mort que vif, tous mes fens fe
glaçaient d'effroi; je fentais mes cheveux fe dreffer. J'effayai plufieurs fois
de m'écrier, & d'avertir mes amis de
ce qui fe paffait, fans avoir la force

d'ouvrir la bouche. Les corps morts
ayant presque bouché la porte, il m'é-
tait impossible de prendre la fuite. Un
nouvel excès de frayeur m'obligea de
m'armer de courage ; je jettai un cri si
perçant, que le cruel assassin & son
maudit Fiacre, en demeurerent inter-
dits, & que mes amis en furent épouvantés. Ils accoururent à mon secours,
l'épée à la main, dérangerent un peu
les chevaux qui leur fermaient le passage, & se précipiterent dans l'allée où
je croyais toucher à ma derniere heure.
L'homme qui me semblait un véritable
scélérat, venait alors d'ouvrir sa lanterne. L'affreux spectacle qui s'offrit à
leurs regards les fit d'abord reculer. --
Vous voyez, leur dis-je, un infâme assassin qui vient ici cacher les meurtres
qu'il a faits. Ce misérable cocher ose
partager ses crimes, en le secondant. --
A ces mots , mes amis prennent à la
gorge les deux coquins que la frayeur
à leur tour a rendu pâles, tremblans,
& qui se regardent sans prononcer une
seule syllabe. Pendant qu'on leur demandait le détail de leurs forfaits, & qu'ils
hésitaient à répondre, je suis sorti dans
la rue, afin que le grand air rappellât

mes esprits J'ai reconnu votre carrosse, mon charmant cousin; je me suis douté que vous étiez chez Monsieur le Vicomte; & l'envie m'a pris de savoir ce que vous penseriez de mon étonnante aventure.

---

# CONCLUSION

## *DE L'AVENTURE NOCTURNE.*

### DXCI<sup>e</sup> FOLIE.

Qu'IL faut pénétrer ce que tout cela signifie, réplique promptement le Marquis, en sortant du cabinet des galans portraits, suivi des évaporés qui examinaient discrettement les tableaux, & du Vicomte lui-même. Ils courent en foule dans la rue, le jeune d'Iricourt à leur tête, & arrivent dans l'instant que le cocher & son compagnon suppliaient les trois amis du Chevalier de ne point les perdre. A l'aspect de ces nouveaux témoins, les malheureux paraissent tout-à-fait déconcertés. Conduisons-les chez le premier Commissaire, dit Monsieur d'Illois; on les

B 5

forcera de confeffer les meurtres dont ils viennent de fe fouiller; & ils recevront bientôt le châtiment qu'ils méritent. -- Ah! Meffieurs ayez pitié de moi, s'écrie celui qu'on prenait pour un affaffin, en fe jettant à genoux; je vais vous déclarer la vérité. Je fuis un pauvre étudiant en Chirurgie; j'ai déterré ces cadavres pour les difféquer avec plufieurs de mes confreres. Tout eft fi cher actuellement, qu'il n'y a pas jufqu'aux corps morts, que nous n'achetions autrefois des foffoyeurs que dix - huit francs, que nous ne foyons obligés de payer le double de leur valeur. Cet honnête cocher m'a donné fon affiftance, moyennant un écu de fix livres: vous voyez bien que, fi notre manége était découvert, nous pourririons en prifon. -- Et ces poignards que j'ai vu cachés fous votre redingote? s'écrie le Chevalier, un peu piqué du dénouement. -- Hélas! répond l'éleve de Saint-Côme, ce font des inftrumens de Chirurgie, que je viens de prendre chez le Coutelier.

Les éclats de rire du Marquis & de tous ceux qui l'ont accompagné, retentiffent au loin. On ne s'attendait

guere qu'une histoire , qui paraissait
d'abord si tragique, ne dût être à la
fin qu'une plaisanterie. On raille, on
turlupine le Chevalier sur sa terreur
panique. Le carrosse étant vuide, le jeune d'Iricourt , chagrin & confus , laisse
les mauvais plaisans rire à leur aise :
il se met avec ses amis à la place des
morts , & vole au bal de l'Opéra.

---

# CONTINUATION

### de l'histoire du Marquis d'Illois.

### DXCIIᵉ FOLIE.

MONSIEUR d'Illois remercie le Vicomte du plaisir que lui a fait la
revue de sa collection de tableaux ; &
l'avertit en riant de craindre la vengeance du beau sexe. Il allait monter
dans sa voiture ; le Vicomte de l'Encluse
le retient par le bras , & lui dit d'un
air très-sérieux. -- Je suis au désespoir,
mon cher Marquis , de vous avoir mon-
tré mes portraits ; celui de votre femme , placé avec les autres , vous aura
convaincu de sa perfidie. Je sens que

B 6

c'eſt jouer un très-mauvais tour à un galant homme, de le tirer de la douce
erreur où il eſt ſouvent ſur le compte
de ſa moitié. Dans la crainte qu'il ne
m'arrive encore de commettre une faute
auſſi grave, j'ai pris une réſolution gé-
néreuſe, digne que vous l'applaudiſſiez.
Je vais brûler ces maudites peintures qui
m'ont coûté tant d'argent : je renonce
même au plaiſir d'être indiſcret. Monſieur d'Illois le preſſe d'abandonner un
tel deſſein, ſelon lui, le comble de l'extravagance ; tout en riant de la folie du
Vicomte il ſaute légérement dans ſa voiture, & ordonne au cocher de fouetter.

Monſieur de l'Encluſe perſiſte dans
ſon projet, qu'il regarde comme un
effort héroïque & méritoire : à peine
le Marquis s'eſt-il éloigné, qu'il fait apporter ſes tableaux au milieu de ſa cour,
en forme une eſpece de pyramide, entre-
mélée de paille & de fagots, & y met
courageuſement le feu. Il n'alla ſe coucher qu'après que le tout fut réduit en
cendre.

Le Vicomte eſt bien ſimple de s'imaginer que Monſieur d'Illois s'inquiette de
la conduite de ſa femme ; à peine a-t-il
le tems de ſonger qu'il eſt marié : les

trois maitreſſes qu'il s'eſt choiſies dans les trois ſpectacles, ne laiſſent pas de lui donner de l'occupation. Afin d'admirer leurs différens talens, il eſt plus aſſidu qu'autrefois à fréquenter tous les théâtres. Comme les Nymphes qu'il adore ſont trop à la mode pour s'avilir à paraître les jours qui ne ſont point du bon ton, il a le plaiſir de les voir briller l'une après l'autre, & de n'être oblige de ſe montrer à un ſpectacle que lorſqu'il eſt du bel uſage d'y aller. Ignorant le motif qui le rend ſi aſſidu aux repréſentations de nos drames en tout genre, ceux qui le voient fréquemment au même théâtre, ſe perſuadent qu'il en eſt un des principaux amateurs. En ſorte que le Marquis a la gloire d'être en réputation en même tems, aux Français, aux Italiens, & à l'Opéra, honneur qui n'arrivera peut-être qu'à lui ſeul ; car on ſemble s'être partagé les trois ſpectacles ; & bien des gens croiraient commettre un crime de *lèse-théâtre*, s'ils ſe montraient une ſeule fois dans celui qu'ils n'ont point adopté.

## D X C I I I<sup>e</sup> F O L I E.

En quittant le Vicomte, Monſieur

d'Illois ne savait point trop où il devait
aller. Son cocher ayant réfléchi pour lui,
arrête tout-à-coup. Pourquoi ne marches-
tu pas? lui crie le Marquis. --Eh! Monsieur, dites-moi donc où vous voulez
que je vous mene?-- Monsieur d'Illois
se recueille un instant & ordonne d'aller
à telle rue, qu'il désigne. C'est chez la
belle Adélaïde qu'il a dessein de passer
la nuit; cette danseuse de l'Opéra qu'il
entretient par air, & que sa prodigalité a couverte de diamans.

Le lecteur aurait-il oublié que le Marquis ne doit se présenter chez la charmante Nymphe qu'après l'avoir fait
avertir du jour de sa visite, & qu'il ne
doit entrer qu'avec précaution? L'on
n'exigeait tant de ménagemens que
dans la crainte de donner à parler aux
mauvaises langues & afin de conserver
toujours la réputation de sagesse qu'on
s'était acquise.

Monsieur d'Illois se souvient encore
des conditions de son traité secret: il
sait bien que ce n'est pas le jour où il lui
est permis de rendre son hommage. Mais
il lui paraît qu'à l'heure qu'il est il peut
se glisser sans être apperçu. D'ailleurs,
les plaisirs de la table, qu'il vient de

goûter fans referve , lui infpirent une
forte envie de voir la légere & danfan-
te Adélaïde ; & il ne fe fent point d'humeur de réprimer fes defirs.

Il defcend affez loin de la maifon
de fa divinité , & renvoie fon carroffe.
Il fe coule le long de la muraille , arrive à la porte, qu'il trouve heureufement entre-ouverte , monte fur le bout
du pied à l'appartement de la belle ,
frappe tout doucement , craint de faire
trop de bruit , & attend avec patience
qu'on lui réponde. Au bout d'un gros
quart-d'heure , une foubrette demande
qui eft-là , par le trou de la ferrure ;
on le laiffe encore long-tems fe morfondre. Il entre enfin , un peu étonné
qu'on ait tant tardé à lui ouvrir. La place n'était-elle point prife ? dit-il en lui-
même. Peut-être que mon arrivée imprévue caufe ici quelque embarras. Ces
réflexions le portent à jetter autour de
lui un œil curieux. Mademoifelle Adélaïde eft au lit , & fe plaint beaucoup
que le Marquis ait l'incivilité de venir
troubler fon fommeil.--J'en ferai malade à périr , dit-elle. Il eft inoui qu'on
rende vifite à pareille heure. Que pré-
tendez-vous faire ici ? Adieu , j'ai la

migraine, j'ai des vapeurs, je veux re-
poſex. Tandis qu'elle parle, Monſieur
d'Illois l'obſerve attentivement, croit
démêler dans ſon air du trouble, de
l'inquiétude, & ſent augmenter ſes
ſoupçons. Sans découvrir ce qu'il penſe, il cherche dans tout l'appartement,
il n'y a pas de coin dont il ne faſſe la
viſite ; les diſcours de la Nymphe ne
ſauraient le retenir. -- En vérité, Marquis, s'écrie-t-elle, vous devenez d'une
folie unique. Que veulent dire ces per-
quiſitions que vous faites chez moi ? Sor-
tez de grace. -- Le Marquis commençait
à s'accuſer d'injuſtice, lorſqu'il entend
touſſer dans un petit cabinet, auquel il
n'avait pas ſongé.

### DXCIVᵉ FOLIE.

Quel bruit eſt cela ? s'écrie le Marquis. -- Je n'aurais jamais cru que vous
ſoyez jaloux, dit la Belle en s'efforçant
de rire ; cela vous ſied à merveille. -- On
touſſe là-dedans ; on y gagne peut-être
du froid ; il eſt juſte de faire ſortir le
malheureux qui s'enrhume. -- Allez,
mon pauvre Marquis, vous êtes la dupe de votre imagination. -- Ceſſons de
plaiſanter, Madame ; je veux viſiter ce

cabinet.-- Eh ! mon dieu ! depuis un
siécle la porte n'en a été ouverte. -- Je
veux y entrer absolument. -- Je crois
même que la clef en est perdue. -- Il y a
moyen de s'en passer. -- Je vous aime à
la folie comme cela : venez m'embras-
ser, fripon que vous êtes ; & retirez-
vous chez vous, demain vous serez plus
raisonnable. -- Sans daigner répondre,
Monsieur d'Illois s'approche du cabinet,
en secoue vigoureusement la porte,
croit sentir qu'elle est fermée en dedans,
y donne un furieux coup de pied, qui
l'ébranle. Il allait redoubler, quand elle
s'ouvre avec violence ; il voit sortir du
cabinet un homme en robe-de-cham-
bre, en bonnet de nuit, & l'épée à la
main ; & reconnait Milord Wartong.

Attendez, Monsieur, crie Milord en
paraissant ; je vais satisfaire votre curiosité. J'entretiens Mademoiselle depuis
quelques mois ; elle m'a protesté que
j'étais le seul qui avais l'honneur d'être
admis dans ses bonnes-graces ; j'ai cru
jusqu'apréfent que mes guinées la rendaient fidelle : payant assez cher cet appartement, je pensais qu'il me serait
permis d'y venir quelquefois coucher
en liberté. Je m'apperçois que vous l'a-

vez loué aussi : mais comme j'en ai pris
ce soir possession avant vous, trouvez
bon que j'y passe la nuit ; ou bien voyons
qui de nous deux doit céder le pas à
l'autre.

## DXCVe Folie.

Monsieur d'Illois avait tiré son épée
dès qu'on ouvrit la porte du cabinet.
Furieux que son rival lui proposât de
s'éloigner, il se met en garde ; & les
deux champions s'allongent de vigou-
reuses bottes. Dans le fort de leur
combat, ils voient entrer un jeune homme, ivre-mort, dont les habits couverts
de poudre, annonçaient un garçon perruquier, ou tout au plus, un coëffeur
de femmes. Le nouvel arrivé, chance-
lant sur ses jambes, un petit chapeau
bordé sur l'oreille, la veste débouton-
née, se tenant le corps aussi de travers
que sa démarche était peu réguliere, s'a-
vance brusquement vers le lit de la
Nymphe éperdue, sans prendre garde
à ce qui se passe dans la chambre. -- Je
viens, ma belle enfant, lui dit-il, coucher avec toi ; il est vrai que tu ne m'attendais pas cette nuit. Je sors d'un cabaret où le vin est si délicieux, que de-

puis deux ou trois heures, je ne fais
que boire à ta fanté; j'y ferais encore,
fi les marauds qui me tenaient tête, n'a-
vaient voulu gagner leur lit; je me fuis
mis en route avec eux, dans la louable
intention de gagner auffi ma couchette.
Je ne fais comment cela s'eft fait, je me
fuis trouvé à ta porte, j'e fuis monté;
l'appartement était ouvert, & me voilà,
prêt à te prouver de nouveau que j'ai
autant d'amour que d'adreffe à bien
coeffer.-

## DXCVIᵉ FOLIE.

A la vue du garçon perruquier, Monfieur d'Illois & Milord Wartong baiffe-
rent leurs épées, afin de favoir ce qui
l'amenait. Surpris de fa harangue, ils
fe regardent & éclatent de rire. Le bruit
que le Coëffeur entend l'oblige de tourner la tête. Effrayé de voir deux hommes l'épée à la main, il ne doute pas
qu'on n'ait deffein de le tuer; il fe jette
à genoux, & s'écrie d'un ton lamentable: ah! mes bons Seigneurs! ayez pitié d'un pauvre diable de Coëffeur de
femmes: quoique mon art n'ait rien
de mécanique, & qu'il foit même
tout-à-fait fublime, je vous jure qu'à

peine me rapporte-t-il de quoi vivre.
Hélas! mes confrères ont bien raison
de prétendre qu'ils égalent les hommes
d'esprit & de génie, puisqu'ils ne font
gueres plus riches que la plûpart de ces
Messieurs. Nous renoncerions bientôt à
la coëffure des Dames, si nous n'avions
le privilége de les rendre traitables:
voudriez-vous donc me punir de venir
chercher ici les revenans-bons de mon
état? Ne m'enviez pas le bonheur dont
je suis en possession; je vous promets
que pour coucher quelquefois avec Mademoiselle, il m'en coûte les plus beaux
cheveux de mon magasin; j'en atteste
son chignon, qui est trop juste pour me
démentir.

Le Coëffeur allait peut-être continuer à se justifier; mais les éclats de rire
qu'excite la derniere phrase de sa harangue, lui coupent la parole. Milord
Wartong & le Marquis d'Illois sortent
en semble, en riant à gorge déployée:
ils laissent la Danseuse avec son cher
Coëffeur, leur illustre rival.

### DXCVIIᵉ Folie.

Ils n'eurent point de peine à oublier
une maitresse aussi peu constante; ils lui

abandonnerent de bon cœur les préſens qu'ils lui avaient faits, trop heureux encore de connaître ſa perfidie, avant d'en être ruinés. Depuis leur ſinguliere rencontre chez la douce Adélaïde, qui encourage ſi bien *les arts libéraux*, Milord & Monſieur d'Illois ne peuvent plus vivre l'un ſans l'autre. Dès le lendemain de leur plaiſante aventure, ils ſe rendent viſite, courent enſemble tout Paris, & deviennent des amis inſéparables.

Milord Wartong eſt un jeune homme de vingt-cinq ans, bien proportionné dans ſa taille, grand, la démarche fiere. Les traits de ſon viſage ſont auſſi délicats que ceux d'une femme; ſi la nature ne le diſpenſait de mettre du rouge, en colorant elle-même la blancheur de ſon teint, on pourrait douter de ſon ſexe, ou le confondre avec nos petits-maîtres Français; ſes cheveux ſont blonds; il eſt vrai que la médiſance prétend qu'ils feraient roux ſans la poudre de Chypre. L'élégante parure de Milord peut faire juger qu'il a grand ſoin d'étudier nos modes, & c'eſt en effet ſa principale occupation. Pour l'eſprit de Milord, il ſerait des plus médiocres, s'il n'était accompagné d'une fortune prodigieuse.

Je vais transporter mon lecteur loin de la France; il faut varier mes tableaux: notre nation, si frivole, si légere, serait-elle la seule qui se livrât aux folies les plus bifarres? Non; les peuples qui se rient de ses extravagances, ont aussi leurs travers; de même que les spectateurs d'une comédie ont chacun des ridicules qu'ils n'apperçoivent pas: le principal lot des hommes semble être la folie; & l'on ne voit que celle de son voisin.

L'on connaîtra bientôt la justesse de cette grave réflexion. Un jour que le Marquis ne fait où porter l'ennui de son existence, que tous les plaisirs lui paraiffent insipides, Milord Wartong entreprend de le tirer de cette langueur, en l'instruisant des aventures qui lui sont arrivées. — Je vais, lui dit-il, vous raconter, mon cher, mes différentes courses dans les pays étrangers: vous verrez combien les voyages sont utiles pour former la Jeuneffe; vous avouerez que, s'ils m'ont coûté beaucoup d'argent, j'ai sû au moins profiter de mes dépenses.

# VOYAGES ET AVENTURES

### *de Milord Wartong.*

## DXCVIIIᵉ Folie.

JE ne vous entretiendrai point de l'ancienneté de ma famille, des places
qu'elle a remplies en Angleterre; il me
fuffit de vous dire que je fuis puiffam-
ment riche, & que je le ferai davantage à la mort de mon pere. A peine
eus-je atteint ma vingtieme année, qu'on
admira mes grandes qualités; la vertu
des femmes ne put tenir contre mes
charmes; mon efprit parut un prodige;
& fi pourtant n'avait-on ofé m'apprendre que très-peu de chofes, dans la
crainte de trop me fatiguer. J'enten-
dais quelques mots des principales langues de l'Europe; je pouvais même
m'exprimer en quelques-unes; le Français me plaifait davantage; c'eft la langue dans laquelle j'ai fait le plus de progrès. Mais ma fcience avait plus de clin-
quant que de réalité. Pour apprécier au
jufte mon mérite, je favais parfaitement

monter à cheval, je faisais des paris considérables, mes chevaux se distinguaient
par leur agilité, & remportaient souvent le prix de la course : n'en était-ce
pas assez pour me faire une brillante
réputation dans les trois Royaumes? Mon
pere entreprit de me rendre un cavalier
encore plus parfait. Il se mit en tête que
j'acheverais de me perfectionner en
voyageant; & que les Anglais n'auraient
qu'à m'étudier à mon retour, pour se
polir & prendre les belles manieres; il
crut ainsi satisfaire tout à la fois l'amour
parternel & l'amour de la patrie. Il
me communiqua son projet; j'y applau-
dis avec transport, & ne songeai qu'à
partir bientôt. Faire le tour de l'Europe, n'était qu'une bagatelle pour moi.

D'où vient que les Anglais sont presque les seuls peuples qui vont s'instruire
chez les autres nations, & sur-tout en
France ? Dédaignent-ils leur pays ?
Croient-ils que la politesse, le bon goût,
le bel usage en sont bannis? Non; c'est
par air, par mode: un Seigneur Britan-
nique, qui n'est point sorti des trois
Royaumes, est regardé comme à Paris
un Provincial: mais quels profits la plu-
part de nos Milords retirent-ils de leurs
voyages ?

voyages? Ils en reviennent plus fats,
plus ridicules, noyés de dettes, & dé-
barraffés des trois quarts de leurs revenus. Rien n'eft fi plaifant que le mélange bifarre qu'ils font de nos mœurs, de
nos ufages, avec les coutumes, les modes de nos voifins. Je me flatte, mon
cher Marquis, que vous ne me confon-
drez point dans la foule.

## DXCIX<sup>e</sup> FOLIE.

Mes équipages furent prêts dans huit
jours; ils étaient très-modeftes; je voulus voyager *incognitò*, afin d'être plus
à même de dépenfer dans les Villes
où je pourrais m'arrêter. Je n'amenai
avec moi qu'un feul Laquais & un Va-
let-de-chambre intelligent. On me laiffa
la liberté de me conduire à ma fantaifie; je n'eus point de Gouverneur pour
contrarier mes actions, point de pé-
dant qui eût droit de m'ennuier par fes
graves remontrances. Mon. Valet-de-
Chambre eft un maroufle qui ne fonge qu'à fe réjouir de fon côté, tandis
que je cherche à connaître par expérience les mœurs des différentes nations.
Le Lord Wartong, mon pere, fe repofe
fur ma fageffe, & il montre bien la rare

prudence dont il eſt doué. Doit-on être ſoumis à la férule dans l'âge bouillant des paſſions? Quel fruit ne doit pas tirer de ſes voyages un jeune homme de vingt ans, ſur-tout quand il eſt auſſi raiſonnable que moi?

Je réſolus de commencer par viſiter la Hollande. Je m'embarquai dans le Paquebot, moi & mon petit équipage; un bon vent nous porta dans un clin d'œil au premier Port des Pays-Bas; ſans m'arrêter, je pourſuivis ma route juſques à Amſterdam, perſuadé que la Province était peu digne de ma curioſité. Cette ville me parut digne d'être la Capitale d'une riche République; ſes édifices me frapperent moins que le nombre & la diverſité des habitans; elle vous offre un échantillon de tous les peuples de l'Univers. Le croiriez-vous, Marquis? C'eſt dans mon auberge que je trouvai le ſecret de m'inſtruire des mœurs des Hollandais. J'obſervai que tous ceux qui s'y rendaient n'étaient habillés que d'étoffes communes, groſſieres, ſans galons d'or ni d'argent, & que leur principal amuſement était d'avoir la pipe à la bouche; je conclus de mes remarques, que la plûpart des

Hollandais étaient misérables, avares,
mal-propres & paresseux.

## DC<sup>e</sup> FOLIE.

Il ne me restait plus qu'à connaître
le caractere des femmes de la Hollande; l'occasion ne tarda pas à s'en présenter. J'hasardai de dire quelques mots
à un des fumeurs qui venaient politi-
quer dans mon auberge, en vuidant
je ne sais combien de mesures de bier-
re. Cet homme répondit en bargoui-
nant à mes questions. Il me sembla
moins indécrotable que ses épais compatriotes, & je daignai m'abaisser à
lier conversation avec lui; charmé de
ma politesse, il quitta sa pipe, & me
pria de le suivre jusques dans sa maison, où je verrais des choses dignes de
ma curiosité. Quoique je repugnâsse un
peu d'aller avec un homme du commun, toujours environné d'un nuage
de fumée de tabac, je ne laissai pas
d'accepter la proposition, & de marcher à ses côtés. Quelle fut ma surprise, lorsque je le vis entrer dans un palais magnifique, dont les murailles en
déhors étaient peintes de diverses couleurs, & garnies en dedans des plus

belles porcelaines, selon l'usage du pays;
& qu'il m'assura que c'était-là sa demeure. Voilà un gueux superbement
logé, disais-je en moi-même. Nous tra-
versâmes une grande cour, remplie de
Domestiques; nous montâmes par un
vaste escalier de marbre dans des appartemens meublés avec la derniere richesse; tout ce qu'il y a de précieux dans
les quatre parties du monde, s'y trouvait rassemblé. La propreté des objets
qui s'offraient à mes yeux leur donnait encore un nouvel éclat. Les par-
quets ressemblaient à des miroirs; les
moindres meubles étaient entretenus
avec un soin extrême. Le fumeur s'apperçut de mon étonnement; jeune étranger, me dit-il, dans toutes les maisons
de la Hollande regne la même propreté; on croirait que nous ne nous occu-
pons qu'à nettoyer sans cesse nos de-
meures.

J'allais répondre; il ouvrit une porte; je me trouvai dans un cabinet d'histoire naturelle, que le plus grand Prince aurait à peine pu payer. Mon homme me fit admirer la rareté de sa collection. Nous sortîmes de ce précieux
cabinet, où tant de bagatelles sont amas-

fées à grands frais, mais qui m'avait
caufé plus d'ennui que de plaifir. Nous
nous trouvâmes près d'un appartement
que je n'avais point encore vu; je me
préparais à y entrer; le Hollandais m'arrêta. C'eft ici, me dit-il, la falle de compagnie; il faut quitter vos fouliers de
crainte de falir le Parquet. Les Princes
qui me font l'honneur de me vifiter,
fe foumettent à cet ufage; moi-même je
n'en fuis point exempt. Cette coutume-
là me parut tout-à-fait bifarre; je me
déchauffai pourtant, mon Hollandais en
fit de même; & nous avançâmes pieds-
nuds dans la derniere piéce qu'il me reftait à voir.

## DCI^e FOLIE.

J'eus lieu de me favoir gré de ma
complaifance. Je fis peu d'attention à
l'élégance, aux richeffes de ce nouvel
appartement; il eut beau furpaffer tous
les autres, une divinité, plutôt qu'une
fimple mortelle, attira feule mes re-
gads. Affife auprès d'une croifée, elle
s'amufait à faire de la dentelle; cette
occupation laiffait voir la délicateffe
de fes petites mains, la forme & la
blancheur de fon bras. Un coup d'œil

rapide me fit découvrir tant de charmes. Le bel ange se leva pour nous recevoir; & la finesse de sa taille, dont il me fut possible de mieux juger, acheva de troubler mes sens. Un jupon-court ne couvrait qu'à demi une jambe de Nymphe, qui provoquait les desirs. La jeune personne s'avança au-devant de mon Hollandais, en l'appellant son cher papa, & lui sauta au cou. Que j'enviais les innocentes caresses dont j'étais témoin! Le Hollandais me présenta au charmant tendron. Voilà, ma fille, lui dit-il, un jeune étranger dont la physionomie m'a plu. Il me fera plaisir s'il vient me voir pendant le tems de son séjour; je pense, ma chere fille, que ses visites vous seront agréables. Je n'eus point de peine à promettre à l'honnête Batâve que je me rendrais souvent chez lui. Je m'efforçai de faire un joli compliment à la belle Hollandaise; mais de ma vie je n'ai été si gauche. De dépit, je me retirai brusquement dans mon auberge.

Je demandai à mon hôte quel était le fumeur que je venais de quitter; il m'apprit que j'avais eu l'honneur d'aller chez le plus riche Négociant des Provinces-Unies, & un des principaux membres des Etats-Généraux. Sa Haute-Puissance, ajoûta-t-il, est veuf depuis quelques années, & n'a qu'une fille dont il fait son idole. -- Oh! le vilain pays, m'écriai-je, où l'on ne se pique ni de parure ni de fierté, où les gens de distinction sont aussi mal-vêtus que le peuple! Vive ces Nations brillantes, où l'on se plaît tellement à paraître riche, qu'un habit galonné compose souvent toute la fortune de celui qui le porte.

## DCIIᵉ FOLIE.

L'amour me força de rester à Amsterdam plus que je ne me l'étais proposé. Je ne manquai pas d'aller rendre visite à ma belle Hollandaise; j'avais soin de ne me présenter chez elle que lorsque j'étais bien sûr de n'y point trouver son pere. Tandis que le bon-homme venait fumer dans mon auberge, je m'esquivais par une porte de derriere, & courais soupirer aux genoux de sa fille. Un Domestique, attentif à maintenir la propreté de la maison, avait toujours grand soin de me faire quitter mes souliers, avant de me laisser pénétrer dans l'appartement de la belle Hollandaise. Le premier tête-à-tête que j'eus

C 4

avec elle me donna lieu de concevoir
les plus douces espérances. Elle écouta
avec un tendre sourire les galanteries
que je lui débitai. Je voulus lui baiser
la main, elle me tendit la joue. Le len-
main ses lèvres cherchèrent les miennes.
Je m'enhardis insensiblement, j'osai toucher sa gorge; loin d'être repoussé, l'on
ne s'opposa point à mes entreprises; l'on
garda un modeste silence. Je croyais
parvenir au comble de la félicité, &
je devins plus téméraire. La belle Hollandaise comprit aisément mon dessein;
elle se débarrassa de mes bras en rougissant. -- Ignorez-vous, me dit-elle, que
les faveurs que je vous ai accordées ne
signifient rien? Les femmes de ma Nation laissent prendre mille privautés à
leurs amans; mais quant à la derniere,
elles la réservent pour le mariage. -- Ce
discours ne me fit aucune impression;
il me parut absurde de m'imaginer que
des complaisances, d'un certain genre,
n'annonçassent point dans le beau-sexe
une envie de céder tout-à-fait. Je pensai que la friponne de Hollandaise ne
recourait à de petites façons que pour
se rendre avec plus de décence; & j'agis
en conséquence de mes idées. Les yeux

de la jeune perfonne, autrefois fi doux,
fi languiffans, étincelerent de colere ; elle
me repouffa avec force, appella à grands
cris fes domeftiques, qui accoururent en
foule. -- Jettez à la porte, leur dit-elle,
cet imbécile étranger, qui ofe manquer
au refpect qui m'eft dû, parce que je
lui accorde d'innocentes faveurs. -- Les
coquins obéirent ponctuellement ; ils me
poufferent par les épaules jufques dans
la rue, & me régalerent de plufieurs
coups de poing, qu'ils n'avaient pas reçu
ordre de me donner.

Je regagnai mon auberge en peftant
contre toutes les femmes de la Hollande,
que je traitai de bifarres, d'inconféquen-
tes dans leur conduite. Dans quel autre endroit du monde le beau-fexe ne
fe pare-t-il que d'une fauffe douceur ?

### D C I I I<sup>e</sup> FOLIE.

Après l'affront que je venais de recevoir, je ne voulus plus refter à Amfter-
dam ; j'aurais même quitté la Hollande, fi je n'avais fait réflexion que la
Haie, ce joli Bourg qui furpaffe une
grande Ville, méritait bien que j'y fé-
journâffe quelque tems. Je retournai
donc fur mes pas, & m'arrêtai dans la

réfidence des Etats-Généraux, des Mi-
niftres, des Ambaffadeurs employés auprès des Provinces-Unies. La Haie me
purgea de l'air bourgeois qu'Amfter-
dam m'avait fait refpirer. Je ceffai de
rencontrer fi fréquemment des gens tout
ronds, tout unis, pleins d'une ennuyeufe
bon-hommie. On s'apperçoit dans ce
fameux Bourg que le commerce des
Seigneurs étrangers décraffe un peu les
graves Hollandais. Je leur aurais peut-
être rendu mon eftime, en dépit de leur
maniere fimple de vivre, & de leurs
habits plus commodes qu'élégans, fans
la fâcheufe aventure qui m'arriva.

Pour connaître les mœurs des habitans de la Haie, je n'eus rien de fi
preffé que de courir à la Comédie ;
c'eft au Théâtre Français que je me
rendis ; & je fus étonné que des Acteurs
dont on n'entendait pas communément
la langue, attiraffent une plus grande
foule de Spectateurs que les Comédiens
du pays. La vogue de la Troupe Françaife m'apprit que les Hollandais, tout
penfifs, tout graves qu'ils paraiffent,
ont auffi leur frivolité, leurs caprices ;
& qu'il n'eft point de peuple affez fou
pour dédaigner la mode. De retour dans

mon auberge, j'allais me faire servir
à souper, quand mon hôte me demanda si je voulais manger en compagnie;
j'y consentis; il m'introduisit dans une
salle où il y avait une table de trente
couverts au moins. Au milieu d'une telle
cohue, j'étais assez embarrassé de ma
contenance.

Je me trouvai auprès d'un jeune Hollandais, à côté duquel le hasard m'a-
vait placé à la Comédie; je liai conversation avec lui. Il m'entretint des talens des Acteurs que je venais de voir
jouer, me raconta les intrigues des Demoiselles de la Troupe; la plûpart des
Actrices étaient entretenues par de riches Hollandais, & coûtaient chaque
mois des milliers de florins. Pendant
qu'on m'instruisait de la sorte, je faisais cette réflexion: Il est donc des usages généralement reçus; les habitans des
sept Provinces-Unies commencent donc
à se polir. Les discours du jeune Hollandais m'aiderent à supporter la longueur du repas. On sortit enfin de table,
non sans avoir fumé une pipe. Vous
paraissez chagrin, me dit le jeune Hollandais, en se retirant dans sa chambre,
qui n'était guère séparée de la mienne.

C 6

Si vous cherchez à vous diftraire, fi vous voyagez pour vous inftruire, je vous conduirai demain dans un endroit où s'affemblent les principaux de la Haie, & qui eft une des fingularités de la République. J'acceptai avec tranfport cette offre obligeante, & attendis impatiemment que le jour permît à mon jeune Hollandais de tenir fa promeffe.

### DCIV^e FOLIE.

Je fus habillé de grand matin ; mais j'eus beau faire du bruit, mon conducteur ne fortit de fon lit qu'à dix heures fonnées. Surpris de me voir déjà prêt à le fuivre, il plaifanta beaucoup de ma diligence ; & faillit à me défefpérer, quand il m'apprit que ce n'était que fur le foir qu'il pouvait fatisfaire ma curiofité. Je m'armai de courage pour avoir la force de patienter fi long-tems. La nuit vint enfin, nous partîmes. J'étais perfuadé que nous allions dans quelque maifon diftinguée, le rendez-vous de tout ce qu'il y avait de mieux à la Haie. Nous entrâmes dans une vafte falle, très-bien décorée de tableaux & de glaces, qu'éclairaient plufieurs luftres, & un nombre prodigieux de giran-

doles, chargées de bougies. Une infinité
de perſonnes, aſſez mal miſes, fumaient
& prenaient du thé autour de diverſes
petites tables. Mon conducteur me dit
que nous devions faire comme les autres. On nous apporta une petite table,
ſur laquelle on mit une bouteille de
vin étranger, des biſcuits, des pipes,
& quatre verres. J'attendais en ſilence
à quoi tout cela aboutirait. A peine
nous étions-nous placés, que deux jeunes
filles, galamment habillées, la mine friponne, l'œil brillant, les manieres enjouées, vinrent ſans façon s'aſſeoir auprès de nous. Je m'imaginai que les filles
du Seigneur chez qui nous étions avaient
été frappées de ma bonne-mine. Je me
tuai de les combler de politeſſes, afin
de faire les honneurs de mon mérite.
Les belles Dames vuiderent de la meilleure grace du monde les raſades que je
leur verſais avec un profond reſpect.
Elles ſouriaient de mon air cérémonieux,
& s'égayaient en plaiſans propos. L'une
d'elles, à qui je témoignais le moins
d'attention, prit le jeune Hollandais par
la main, & ils s'éloignerent tous les
deux. Celle qui reſtait avec moi était la
plus jolie; je l'aurais préférée à ſa com-

pagne, si j'eusse osé choisir. -- Puisqu'ils
nous laissent seuls, me dit-elle, venez
dans ma chambre, nous trouverons peut-
être le moyen de nous passer de leur
compagnie -- J'admirai le pouvoir de
mes charmes, qui tournaient si promptement la tête à une jeune personne
sage & bien élevée. Je la suivis, transporté de joie, ne doutant point que
mon mérite ne me procurât une bonne
fortune.

### DCV<sup>e</sup> FOLIE.

La charmante Demoiselle me conduisit par plusieurs détours dans une chambre étroite, obscure, où j'entrevis une
méchante couchette, trois vieilles chai-
ses, & une table à moitié rompue. Ce
triste ameublement me fit conclure que
la belle Hollandaise aimait le mystère,
& que j'étais dans le réduit d'un de ses
fidèles domestiques. Elle m'entraîna du
côté du grabat, & nous nous assîmes
aux bords de la misérable couchette,
que je sentais prête à fondre sous nous.
Alors elle se mit à soupirer, quelques
larmes s'échappèrent de ses yeux, ou
du moins je crus qu'elle pleurait en lui
voyant se cacher le visage de son mou-

choir. Ses fanglots l'empêcherent un inftant de parler; & moi je n'avais pas
la force de lui demander la caufe de
fa douleur fubite. -- Faut-il que j'étouffe
la voix de la fageffe ? me dit-elle, en
me regardant tendrement. Qu'il m'en
coûte pour oublier mes devoirs! Croyez
que fans l'infortune qui me pourfuit,
je n'aurais jamais fait le bonheur d'un
feul homme. -- Ce difcours redoubla
mes tranfports; je pouffai l'aveuglement
jufques à croire qu'un refte de pudeur
empêchait la charmante Hollandaife de
fe rendre. Que la Beauté timide qui defire & qui craint de combler les vœux
de fon amant, nous paraît féduifante !
Je cherchai à triompher de fa mourante vertu, je lui jurai un amour éternel; & la ferrant dans mes bras, je lui
dérobai plufieurs baifers.

### DCVIᵉ FOLIE.

Mes vives careffes acheverent de l'at-
tendrir; des regards enflâmés m'annoncerent mon bonheur; elle effuya fes
larmes, prit un air riant. Cependant
l'on me réfiftait encore, mais bien faiblement; c'était en foupirant que l'on
me repouffait. -- Tu l'emportes, me

dit la belle Hollandaise d'une voix étouffée; je vais répondre à tes desirs : don-
ne-moi quelques florins pour m'aider
à vivre. -- Comme j'hésitais à mettre la
main à la bourse, dans la surprise que
me causait une pareille demande, la
Dame se leve en fureur, frappe des
mains, & s'écrie: - Venez à mon secours,
il refuse de me payer. - A ces mots, la
cloison s'écroule avec fracas, deux Matelots gaudronnés, l'œil farouche, s'a-
vancent vers moi le couteau à la main.
-- Téméraire Etranger, me dirent-ils,
tu veux caresser les filles de notre Nation; ignores-tu qu'il en coûte la vie à
ceux que nous attrappons sur le fait?
Nous voulons bien que nos Demoiselles
vendent leurs faveurs à nos compatriotes; mais quand des étrangers osent les
séduire, nous les égorgeons sans miséri-
corde. C'est fait de toi, sur-tout si tu es
Français. -- Je protestai que j'avais eu le
bonheur d'être né en Angleterre. - Tant
mieux, continuerent-ils; les habitans
de la France sont trop enclins à courtiser les femmes, pour mériter que
nous les épargnions. Vous autres Anglais, vous êtes moins galans; ainsi
nous aurons la bonté de te faire grace,

ſi tu nous remets à l'inſtant ta bourſe,
ſuffiſamment garnie. -- Je ne me le fis
pas répéter deux fois; j'obéis avec docilité; mais je pâlis en fouillant dans
mes poches de ne plus trouver ma montre, ni une boëte d'or que j'aimais beaucoup.

## DCVII<sup>e</sup> FOLIE.

Je portais toujours ſur moi, par précaution, une paire de piſtolets, ainſi
que doit faire tout voyageur prudent.
Furieux de la perte de mes bijoux,
je tirai doucement mes armes, & cou-
chant en jou les deux ſcélérats, je les me-
naçai de leur brûler la cervelle, s'ils
ne me rendaient ce qu'on m'avait pris.
Alors un nouveau bruit ſe fit entendre,
le plancher s'ouvrit, les coquins de Matelots diſparurent. Je me retournai vers
la perfide Hollandaiſe, que je ne doutais pas qui ne m'eût volé; elle s'était
échappée ſans que je m'en fuſſe apperçu; & au lieu de ſon grabat, je ne vis
plus qu'une grande armoire. Effrayé de
tant de prodiges, je me hâtai de m'é-
loigner d'un lieu qui m'avait tout l'air
d'un coupe-gorge. En enfilant les détours par où j'étais venu, j'entendis

rire dans une chambre prochaine ; je
crus démêler la voix du maudit Hollandais qui m'avait conduit dans un
pareil endroit. Il me sembla qu'on se
moquait de moi. Un nouveau transport
de colere me saisit ; sans raisonner , je
donnai un coup de pied à la porte, &
l'enfonçai. Les premiers objets qui s'of-
frirent à mes yeux furent mon Hollandais & les deux Matelots, qui parta-
geaient mes dépouilles. Hors de moi
à cette vue, je fais feu de mes pisto-
lets ; deux des coquins tombent à la
renverse, noyés dans leur sang ; le troisieme s'empare de la bourse & des bijoux restés sur la table, & se précipite
au travers d'un tableau, qui , tournant
sur un pivot, lui ouvre un passage, re-
fermé à l'instant. Je me jette après lui,
& je me trouve dans une allée longue
& noire ; j'entrevoyais mon homme qui
courait devant moi ; souvent je me
croyais prêt à l'atteindre ; mais lorsque
je me flattais le plus d'être sur le point de
l'attraper, il disparut tout-à-coup. Je
continuai cependant de le poursuivre,
jusqu'à ce qu'une porte s'étant fermée
derriere moi, je m'apperçus que j'étais
dans une rue peu fréquentée, sale, dé-

goûtante, habitée par de miférables ar-
tifans. Je demandai quelle était la maifon d'où je fortais; on m'apprit que
c'était un *Mufico*, efpèce de caffé, où
l'on vous procure des rafraîchiffemens
& des beautés complaifantes, mais dan-
gereufes Syrènes, qui conduifent dans
des endroits remplis de trapes & de
machines propres à faciliter la fuite de
ceux qui les fecondent.

### DCVIII<sup>e</sup> FOLIE.

Je ne tardai pas à m'éloigner de la
Hollande; je n'étais que trop inftruit
de tout ce qu'elle renferme de curieux,
ainfi que des mœurs de fes habitans. Je
quittai avec indignation un pays où la
richeffe n'eft que dans les meubles, & où
la parure eft d'une fimplicité groffiere;
où la complaifance des femmes n'offre
à l'Amour qu'une nourriture légere, qui
le fait bientôt mourir d'inanition; &
dans lequel on rencontre des *Muficos*,
pour comble de malheur.

Je pris la pofte pour l'Allemagne,
réfolu de ne m'arrêter que dans les
Villes capitales, réfidences des Electeurs;
& de me rendre en diligence à Vienne.
Je dédaignai d'entrer à Bruxelles; j'é-

tais prévenu qu'il y avait une troupe
de Comédiens déteftables: qu'aurais-je
donc été voir dans cette Ville? Je la
laiffai fur la droite. J'avais eu le même
mépris pour Cologne, parce que l'Electeur n'y était pas. Couché mollement
dans ma chaife, traînée par quatre bi-
dets vigoureux, je parcourus une centaine de lieues, auffi rapidement qu'un
éclair, & dormis pendant la meilleure
partie du chemin. Arrivé à Trèves,
fans m'être prefque apperçu de la route
que je venais de faire, j'écrivis fur mes
tablettes, que l'Allemagne était le pays
le plus délicieux de la terre. Vous voyez,
Marquis, que dans mes voyages j'ai
fait des obfervations fort judicieufes.

Vous êtes étonné, fans doute, que
je ne vous parle point des lettres de recommandation dont tout voyageur croit
devoir fe munir, afin de n'être pas ifo-
lé dans les Villes où il paffe, & afin de
pouvoir y féjourner avec plus d'agrémens? Eh bien! mon cher Marquis, je
vous dirai une fois pour toutes, que je
ne me chargeais que de lettres-de-chan-
ge. Je n'ai defiré que la connaiffance
des Banquiers dans les différentes Villes
qui m'ont paru digne de ma curiofité:

le hafard s'eſt chargé du ſoin de me procurer des amis. D'ailleurs, quand on a de l'argent, qu'on ſe préſente d'une certaine maniere, chez quel peuple a-t-on beſoin de recommandation pour être bien reçu?

## DCIX<sup>e</sup> FOLIE.

Je ne fis que traverſer l'ancienne ville de Trèves. Les monumens antiques dont on m'aſſura qu'elle eſt remplie, ne purent m'arrêter ; j'en devais voir aſſez à Rome. Mais tout en courant la poſte à travers les rues, je ne laiſſai pas de faire des obſervations. Je n'ai jamais tant vu d'Egliſes que dans Trèves ; on dirait que toutes celles de la Chrétienté ſe trouvent-là raſſemblées : pour avoir conſacré tant d'endroits à la priere, il faut que les habitans de cette Ville ſoient de grands ſaints ou de grands pécheurs. Mes poſtillons voulurent à toute force que j'examinâſſe la Cathédrale ; ils eurent beau dire, je me contentai d'en regarder les dehors. Cet édifice immenſe & gothique eſt conſtruit avec des pierres ſi énormes, que les bonnes gens du pays vous ſoutiennent qu'il a été bâti par le

Diable : c'eſt ſans doute dans le tems
qu'il eut deſſein de ſe faire hermite.

### DCX<sup>e</sup> FOLIE.

Peu s'en fallut que je ne ſéjournaſſe
dans une Ville où l'on repréſente le
Diable ſi honnête. Je me contentai d'admirer la bonne - foi des habitans de
Trêves, & je continuai ma route. Je me
vis aux portes de Mayence, que je ne
me croyais encore qu'à moitié chemin.
J'eus ſoin de m'informer de la meilleure
auberge : ce ſoin-là m'occupa beaucoup
plus dans mes voyages que celui de me
faire inſtruire de ce qu'il y avait de curieux. J'eus le bonheur d'arriver à l'heure
de la Comédie ; je m'y rendis dans un
déshabillé galant, qui annonçait un
voyageur aiſé. L'on jouait le *Maréchal-
ferrant*, & *les Chaſſeurs & la Laitiere*,
traduits en allemand ; & l'on m'aſſura
que c'étaient les deux meilleures pièces
du Théâtre Français. Pendant le ſpectacle, je ne fus ſenſible qu'aux charmes
d'une jeune Actrice, chargée des principaux rôles. Sa voix légere & brillante,
plus tendre, plus déliée que celle du
roſſignol, pénétrait juſqu'à mon cœur ;
ſon jeu, à la vérité moins agréable que

fon gofier, me rempliffait d'une douce
volupté. Qu'elle me paraiffait jolie! Mes
yeux s'attacherent toujours fur fa beauté piquante ; je ne perdis aucun de fes
mouvemens ; & j'étais attentif à faifir
le moindre mot qu'elle prononçait: il
faut obferver que je n'avais pu me placer qu'au bout de la falle ; de forte
que je ne voyais ma Divinité qu'en perf-
pective.

Après que la toile fut baiffée , je volai fur le théâtre , rendre hommage à
l'idole de mon cœur ; je voulais favoir
s'il y avait moyen de l'humanifer. Je
l'apperçus au milieu d'une foule de cour-
tifans, qui lui comptaient fleurettes ,
faifaient l'éloge de fon mérite. J'eus de
la peine à parvenir jufques auprès de
la belle. Mais quel fut mon étonnement
de la trouver fi différente de ce qu'elle
m'avait paru de loin ! Au lieu de ce
minois fripon, de ces graces féduifantes
qui m'avaient caufé tant d'émotion, je
ne vis qu'une petite femme affez laide ,
âgée au moins de trente ans, tandis
que j'aurais parié cent guinées qu'elle
était dans la premiere fleur de fa jeuneffe. La fineffe de fa taille était occa-
fionnée par une maigreur affreufe ; fa

gorge féche & décharnée reffemblait
de loin à une gorge naiffante. Son front
avait à peine trois doigts de largeur;
& aurait été entiérement couvert par
des cheveux épais, fi on ne les eût épi-
lés fouvent, & fait former diverfes petites pointes. Ses yeux femblaient avoir
honte de fe montrer, tant ils étaient
enfoncés & imperceptibles. On aurait
juré que la Belle n'avait que la moitié
d'un nez; fa bouche en valait bien
quatre; & fes lévres raifonnablement
groffes, lui donnaient l'air de faire toujours la moue.

Quoique l'illufion fût diffipée, je ne
laiffai pas de courtifer la Nymphe. J'a-
vais l'imagination remplie de la Beauté
fantaftique qui venait de me charmer;
& les accens flatteurs de la Cantatrice
rétentiffaient encore à mon oreille. Au
moins fi elle eft laide, me difais-je tout
bas, elle poffède mille talens agréables.
Cette idée réveilla mon amour. La Belle
entendait quelques mots d'Anglais; je
lui adreffai des galanteries qui la firent
fourire. J'eus l'audace de la fuivre dans
fa loge; j'affiftai à fon déshabillé. Comme
nous étions feuls, j'achevai de m'expliquer. Je crains, lui dis-je, que le lit
de

de mon auberge ne foit pas fi bon que
le vôtre; daignerez-vous le partager
avec moi pour cinquante guinées:- Vous
badinez, Milord, me répondit la Nymphe en minaudant. ( Notez bien que la
qualité de *Milord* ne m'était donnée
qu'à caufe de mes livres fterling ; c'eft
ainfi qu'on en gratifie tout Anglais qui
fait juger favorablement de fes richeffes.)
Afin de prouver que je parlais férieufement, je jettai ma bourfe fur la toilette. Les doutes de la Belle fe diffipe-
rent ; elle empocha mon argent d'un air
folâtre , & me permit de lui donner le
bras jufques chez elle. Perfonne ne me
difputa ma conquête ; Meffieurs les Allemands, accoutumés, fans doute, à
voir ma Divinité briller fur la fcène,
ne fe laiffaient plus éblouir par les illu-
fions du fpectacle.

### DCXI<sup>e</sup> FOLIE.

Je paffai la nuit avec la petite Actrice. Le lendemain mes plaifirs s'éva-
nouirent ; la toile tomba, je connus que
mon bonheur n'était qu'un vain pref-
tige. La laideur amere de la Divinité
de couliffe me révolta. Je la quittai
brufquement. Je me fis préparer tout

de ſuite des chevaux, me jettai dans ma chaiſe, & ſortis de Mayence au grand galop: n'en avais-je pas vu aſſez de cette Ville célebre?

Mon deſſein était de me rendre ſans délai à Vienne, ainſi que je vous l'ai déja dit. Mais après avoir couru quelques lieues, je changeai tout-à-coup d'idée; j'ordonnai à mes poſtillons de tourner vers la Suiſſe. J'aurais été au déſeſpoir de paſſer ſi près d'un pays dont on publie tant de merveilles, ſans en parcourir une partie. Ce n'était point les plantes & les autres curioſités naturelles, répandues ſur ſes montagnes; ce n'était point non plus les ſingularités de ſes villes, qui m'engagerent d'y faire une tournée. Comme la plûpart des grands Seigneurs de l'Europe placent des Suiſſes à la porte de leurs Hôtels, il me parut eſſentiel de devenir expert dans la connaiſſance de ces Portiers d'étiquette; je ne trouvai pas de meilleur moyen, que de viſiter un peu les *treize Cantons*: c'eſt ainſi qu'on ſe fait un plaiſir d'examiner les manufactures d'où l'on tire les marchandiſes le plus en vogue,

## DCXIIᵉ FOLIE.

Je cotoyai le Rhin, auſſi fameux par
les batailles qui ſe ſont données ſur ſes
bords, que par les belles campagnes
qu'il arroſe. J'étais accoutumé au ſpectacle majeſtueux qu'offre ce fleuve ; je
l'avais traverſé pour gagner Mayence.
J'eus bientôt la ſatisfaction de me voir
au milieu des Suiſſes. Les chemins tor-
tueux & ſemés de rochers commence-
rent à me faire repentir de la peine que
j'avais priſe. Je m'apperçus trop tard
que mes courſes n'aboutiſſaient qu'à me
conduire dans un pays ſauvage, hériſſé
de montagnes incultes, peuplé de co-
loſſes qui ignorent ce que c'eſt qu'une
vie agréable, la bonne-chere, les ſpectacles, & qui méconnaiſſent même la
douceur de ſe ruiner pour une jolie
femme. Repréſentez-vous la figure que
je devais faire parmi de pareils gens.
Pouvait-on être plus déplacé que je l'é-
tais alors ? D'ailleurs, vous trouvez
quelquefois des Suiſſes auſſi bruſques,
auſſi peu polis que ceux qu'il eſt du bel
uſage de confiner à nos portes. Mes remarques m'apprirent que tous les Suiſſes des Hôtels ne ſont point originaires

des treize Cantons; je me garderai bien
de les publier, dans la crainte de trop
mortifier quelques-uns de nos Seigneurs
d'Angleterre & de France, désespérés
de voir leurs Suisses à larges mousta-
ches, connus pour des Irlandais, ou
pour des Picards.

## DCXIIIᵉ FOLIE.

J'eus le courage de pousser jusques à
Bâle, où j'arrivai d'assez mauvaise humeur. Une aventure d'auberge acheva
de me dégoûter des Suisses; la simple
vue de Bâle suffisait à ma curiosité. Résolu d'en partir au plus vîte, & de reprendre la route de Vienne, j'entrai dans une
auberge, en attendant qu'on eût changé
de chevaux, & je demandai un couple
d'œufs-frais. L'hôte vint me servir aussi-
tôt, d'un air magistral, & me fit un
long éloge de la bonté des pâturages
des treize Cantons, de l'excellence du
lait que produisaient les vaches. Le Bourreau me vanta sur-tout les poules du
pays, & les œufs qu'elles pondent. Im-
patienté de son ennuieux discours, je
le priai de me dire combien il lui fallait
pour les deux œufs-frais que je venais
de prendre. C'est à bon marché, me
répondit l'hôte babillard, avec la même

gravité qu'il m'avait fervi ; je n'en
veux qu'un écu de fix livres. Je me récriai fur ce prix exceffif ; au lieu de
rien rabattre, il exigea douze francs.
Je me récriai de nouveau ; loin de
fe mettre à la raifon, il me répliqua
qu'il prétendait avoir un louis d'or de
fes deux œufs-frais. Vous plaifantez,
fans doute, lui dis-je. Mais trève de
badinage. Non, Monfieur, me répondit le coquin d'aubergifte ; je parle très-
férieufement ; je ne puis en confcience
vous demander moins de deux louis.
Moi de le traiter de voleur ; & lui de
doubler la fomme à laquelle il me ta-
xait. A chaque mot que je prononçais,
les demandes du maudit Aubergifte de-
venaient plus exorbitantes ; enfin le
prix des deux œufs monta jufqu'à feize
louis. J'allais encore répliquer, quand
un de mes gens entra tout effrayé, &
me mit la main fur la bouche. Que faites vous, Milord, me cria-t-il ? Gar-
dez-vous de marchander davantage, ou
vous êtes ruiné.

## DCXIV<sup>e</sup> FOLIE.

Sans écouter les repréfentations de
mon Laquais, qui eut beau m'affurer

qu'il connaiſſait les coutumes de la
Suiſſe, parce qu'il y avait paſſé autrefois, je voulus aller me plaindre au Juge
de la Ville, perſuadé que l'Aubergiſte
ſerait puni d'écorcher ſi cruellement les
voyageurs. Je me ſerais bien moqué de
ſes ridicules prétentions, en lui payant
au juſte ſes deux œufs; mais il avait eu
ſoin de faire ſaiſir ma chaiſe par deux
grands coquins de garçons d'écurie; &
le reſte des valets de l'auberge, armés
de fourches & de broches, étaient ran-
gés autour de moi. Je me rendis chez le
Juge; l'hôte effronté m'y accompagna,
ſuivi de la valetaille qui me tenait en
reſpect. Le Magiſtrat nous reçut dans
une ſalle baſſe, obſcure & mal-propre;
il avait l'air de revenir de labourer ſes
terres. Je l'informai des raiſons qui me
conduiſaient à ſon Tribunal d'auſſi
mince apparence. Qu'avez-vous à répondre aux plaintes de cet étranger?
demanda-t-il à l'Aubergiſte. Moi, rien,
répliqua l'hôte; ſinon que j'exige vingt
louis des deux œufs-frais que je lui ai
fournis. Eh! bien, reprit le Juge, contentez-vous de cette ſomme; je condamne l'étranger à vous la paier à l'inſtant, ou bien à demeurer en priſon

jufqu'à-ce qu'il vous ait fatisfait. Je fuis fâché, continua-t-il, en s'adreffant à moi, d'être obligé de rendre une pareille fentence ; mais c'eft votre faute ; il fallait donner à cet homme ce qu'il vous a demandé d'abord. Apprenez que dans la vénérable République des treize Cantons, chaque Citoyen peut fe gouverner à fa fantaifie ; étant maître abfolu de ce qu'il poffede, il eft jufte qu'il vende fon bien ce que bon lui femble. D'ailleurs, nous nous piquons de probité, nous autres Suiffes ; c'eft nous faire injure que de marchander avec nous, parce qu'il paraît qu'on refufe de nous croire fur notre parole. C'eft pourquoi, loin de diminuer le prix que nous mettons aux chofes dont nous voulons nous défaire, nous allons toujours en l'augmentant, à mefure qu'on cherche à nous le faire baiffer ; & nous obligeons ceux qui doutent jufqu'à ce point de notre probité, à prendre nos marchandifes, à quelque prix exceffif que nous les ayons portées. Ainfi donnez vingt louis à cet Aubergifte, pour fes deux œufs-frais, fi vous n'aimez mieux refter toute votre vie en prifon.

Je vis bien qu'il me ferait impoffible

de faire entendre raiſon à des Suiſſes. Je
me réſignai à compter l'argent qu'on
me demandait; jamais œufs-frais n'ont
été paiés ſi cher. Peſtant de bon cœur
contre les treize Cantons, je me hâtai
de gagner Vienne. Pendant le peu de
ſéjour que je fis à Bâle, je m'apperçus
d'une ſingularité qui va vous ſurprendre ; les horloges avancent toujours
d'une heure ; en ſorte que, quand il eſt
onze heures, elles ſonnent midi. Meſſieurs
les Suiſſes, habitans de la ville de Bâle,
regleraient-ils de la ſorte leurs horloges
afin d'avancer l'heure des repas ?

### DCXV<sup>e</sup> FOLIE.

Je grimpai avec joie des rochers, des
montagnes eſcarpées, pour me tirer de
la Suiſſe, dont la ſeule idée me cauſe
encore des vapeurs. J'entrai dans Munich au milieu de la nuit; la Comédie
était finie depuis longtems; il me fallut
remettre au lendemain mes obſervations. Je me couchai dans un très-bon
lit, & ne me réveillai le matin qu'à
midi ſonné. J'allai faire un tour dans la
ville ; je revins attendre en dînant l'heure
du ſpectacle. C'était une troupe de Co-
médicns Français qui faiſait les délices

de Munich, en repréfentant quatre fois la femaine des opéras-bouffons ; & les autres jours, quelques vieilles Tragédies, où perfonne n'allait. J'eus le bonheur de tomber à une repréfentation d'un opéra-comique ; & je pris un avant-goût des plaifirs que j'allais goûter en France. L'affemblée était nombreufe ; j'eus de la peine à me placer, quoique j'arrivâffe de bonne-heure. Une telle affluence me fit juger que les habitans de Munich étaient des gens d'efprit, & fins connaiffeurs en belles chofes.

La ville de Munich eft grande, bien bâtie, mais peu fortifiée ; auffi tombe-t-elle entre les mains du premier qui veut fe donner la peine d'en former le fiége. Il n'y a point de coquette qui a t foutenu plus de fiéges que cette ville-là ; & qui ait été fi fouvent prife, abandonnée, & reprife. Elle eft la capitale de la Baviere, & la réfidence de l'Electeur. Le Palais Electoral eft d'une étendue confidérable ; je fus frappé de la beauté de fes dehors, quoique je ne m'avifâffe guères de contempler des édifices ; & j'eus envie d'en vifiter les dedans, contre mon ufage. Il eft facile à l'Electeur de rendre des vifites *inca-*

D 5

*gnitò* ; du moins un grand nombre de galleries de son Palais, soutenues par des arcades, vont-elles aboutir à plusieurs maisons de particuliers. Ces passages secrets ne servent-ils qu'à conduire les Electeurs dans les principales Eglises de la Ville ?

### DCXVI<sup>e</sup> FOLIE.

Lorsque je parcourais les appartemens du superbe Palais qui embellit Munich, je fus accosté par un Allemand, qu'à la richesse de ses habits, & au respect qu'on avait pour lui, je connus pour un homme de distinction. Vous êtes étranger, me dit-il ; acceptez un petit régal Allemand, afin de vous instruire de nos mœurs. Je n'eus garde de refuser une invitation qui me faisait tant de plaisir. Je suivis le Seigneur Germanique ; nous arrivâmes dans une Tabagie, où je fus bien surpris de voir que le festin se bornait à une trentaine de bouteilles de vin. Buvons jusqu'à ce que les forces nous manquent, non la volonté, s'écria mon Allemand, dont je ne m'avisai qu'alors de considérer la face vermeille & bourgeonnée. A ces mots, il remplit un verre, qui tenait

au moins pinte, le porte à sa bouche;
& me le mettant entre les mains, m'o-
blige de le vuider d'un trait. Il s'en saisit après moi, se verse rasade, & l'a-
vale aussi aisément qu'une goutte de
liqueur. Du train dont il y allait, je
me flattais que les fumées du vin me
débarrasseraient bientôt d'un si rude bu-
veur. Trompeuse espérance! Il commençait à peine à s'échauffer, quand
j'étais déjà hors de combat. Nous bûmes
si souvent à notre santé, nous servant
pour nous deux toujours du même
verre, selon ce qui se pratique dans les
cabarets d'Allemagne, que je perdis
enfin la tête, & tombai comme mort
sous la table. J'ignore si je restai long-
tems dans cet état, & ce que devint
mon compagnon. Le lendemain je me
trouvai dans mon lit, si brisé, la tête si
lourde, qu'il me fut impossible d'en
sortir de trois jours. Un de mes gens
qui m'avait heureusement suivi, me
rendit le service de me faire porter
dans mon auberge. Je promis bien de
ne plus tâter du plaisir des Allemands.

## DCXVIIᵉ FOLIE.

Aussitôt que je fus remis de cette dé-

bauche bachique, je continuai le cours
de mes voyages. Qu'il eſt agréable d'aller en poſte! Il ſemble que vous voliez
de ville en ville. J'eus preſque toujours
le bonheur d'être bien ſervi aux poſtes;
les excellens chevaux qu'on attelait à
ma chaiſe, ne me donnerent point le
tems de m'ennuier en route. Arrivé à
Vienne, je croyais m'être trompé. Eſt-
ce donc-là, me diſais-je, la principale
ville d'Allemagne? Sans ſes fauxbourgs,
ce ne ſerait qu'une bicoque. Le Palais
de l'Empereur, monument gothique &
de peu d'apparence, annonce plutôt
l'ancienneté de la Maiſon d'Autriche,
que la demeure d'un grand Prince. Je
ſerais parti tout de ſuite de Vienne, ſi
je n'avais penſé qu'il eſt du devoir d'un
voyageur éclairé, de ſéjourner dans les
Capitales; où pourrait-il donc s'arrêter,
puiſqu'il dédaigne avec raiſon les villes
de provinces, où rien n'eſt digne d'attirer ſes regards?

Le Banquier à qui j'étais adreſſé,
me pria de le venir voir quelquefois,
m'aſſurant que je trouverais chez lui
très-bonne compagnie. Il n'en fallut pas
davantage pour m'engager à lui rendre
viſite, Sa maiſon était en effet le ren-

dez-vous d'une très-aimable société; il jouiſſait d'une grande conſidération, comme Banquier de la Cour, & parce qu'il dépenſait généreuſement ſon bien. Dans le cercle brillant qui s'aſſemblait chez lui, je diſtinguai une très-jolie femme, qu'on appellait Madame la Baronne, & qu'on me dit veuve depuis un an. Je cherchai les moyens de faire ſa connaiſſance, tâchai toujours de me placer auprès d'elle, l'applaudiſſais en tout, ſans jamais la contredire. Elle s'apperçut ſans doute de l'impreſſion que me faiſaient ſes charmes, & ne me ſut point mauvais gré de ma ſenſibilité. Elle me permit un ſoir de la reconduire; je profitai de cette occaſion pour lui découvrir mes tendres ſentimens, & pour la ſupplier de m'accorder la permiſſion d'aller lui faire ma cour. La charmante veuve appointa ma requête, & je fus très-bien reçu chez elle. Mes ſoins toucherent ſon cœur; elle m'avoua qu'elle m'aimait. Mon bonheur aurait été ſans mélange. J'aurais obtenu bientôt des preuves convaincantes de la tendreſſe de ma Baronne, ſi elle n'eût interrompu ſouvent nos converfations les plus tendres, pour m'entretenir de fon extrême nobleffe.

J'avais cru néceffaire de lui dire qui j'étais ; cette confidence avança plus mes affaires que toutes les proteftations d'un amour éternel. Enfin un jour la belle Allemande me parut difpofée à me rendre heureux ; je tombe à fes genoux , je crois toucher à l'heure du berger. Tout-à-coup elle me repouffe , mais en fouriant , en me jettant un regard enflammé. Elle fe leve , je veux en vain la retenir ; elle fonne avec force ; un de fes gens accourt ; allez dans mon cabinet , lui dit-elle ; apportez-moi la petite caffette de fer qui eft fur la table ; j'en ai befoin à l'inftant ; c'eft-là que font renfermés mes titres , mes pancartes, ma généalogie.

## DCXVIII$^e$ Folie.

J'attendis en filence à quoi tout cela devait aboutir ; je ne concevais rien au foin qui occupait la belle Allemande , dans les circonftances où nous étions. La précieufe caffette ne tarda point à paraître ; elle était fermée de plufieurs cadenats. Madame la Baronne fait figne au Laquais de fe retirer, ouvre toutes les ferrures du petit coffre avec une clef fufpendue à fa ceinture, & déploie une quantité prodigieufe de vieux parchemins. Voilà les archives de ma famille, me dit-elle, en me les montrant. Seize quartiers prouvent l'antiquité de ma nobleffe. Lifez cette généalogie, elle remonte jufqu'aux premiers fiécles de l'hiftoire d'Allemagne. Donnez-moi de pareilles preuves de l'origine de votre Maifon ; que votre naiffance foit illuftre comme la mienne ; il faut que je voye vos titres. Ce n'eft qu'à ces conditions que j'aurai des bontés pour vous. Je mourrais de douleur, fi j'avais l'indignité de recevoir dans mes bras un fimple roturier, ou même un noble de fraîche date.

## DCXIX^e FOLIE.

Pendant que l'illuftre Baronne me parlait de la forte, j'avais toutes les peines du monde à m'empêcher d'éclater de rire. Je lui repréfentai que n'étant point d'ufage que les voyageurs fe chargeâffent d'un tas de papiers inutiles, il m'était impoffible de lui faire voir ma généalogie, & que mon amour avait trop d'impatience pour attendre qu'on me l'eût envoyée. Je lui fis obſerver que les femmes n'exigeaient de leurs amans que de la fidélité, de la diſcrétion, & ne s'étaient point encore aviſées de demander leurs lettres de nobleſſe. Elle fut inexorable. J'eus beau lui rappeller qu'en France & en Angleterre les Dames du premier rang ont quelquefois moins de délicateſſe. En vain je me jettai à ſes pieds, & fis toutes les extravagances d'un pauvre amant au déſeſpoir. Son maudit orgueil la porta toujours à craindre de déroger de ſa grandeur, ſi elle s'humaniſait avant que j'euſſe fait mes preuves de nobleſſe. Je me retirai très-piqué.

Je réſolus d'abandonner la trop fiere Baronne, & de fuir toutes les Allemandes ; que je tremblai de trouver auſſi biſarres qu'elle. Dans la colere que me cauſa le dénouement de mon intrigue amoureuſe, je ſortis de Vienne, & me hâtai de franchir les Alpes.

## DCXX<sup>e</sup> FOLIE.

Je deſcendis dans le Milanez, un peu fatigué de la lenteur avec laquelle on fait marcher les chevaux dans les

pays montagneux. Je refpirai quand je
me vis dans de vaftes plaines ; l'air
d'Italie me donna un nouvel être. Je
connus que je n'étais plus parmi des gens
pefans , froids & cérémonieux. La vivacité, le fémillant des Italiens , me firent
tout augurer de la bonté de leur caractere.

Je m'informai à Milan de ce qu'il
pouvait y avoir dans cette Ville de plus
digne de ma curiofité ; on me parla de
je ne fais combien d'édifices fuperbes,
d'une Cathédrale bâtie en marbres de
diverfes couleurs, à laquelle on travaillait encore, ornée de plufieurs ftatues,
qui immortalifent le cifeau des premiers Artiftes de l'Italie. Rien ne me
parut mériter davantage mon attention
que l'Opéra. Dédaignant donc les bagatelles dont on venait de m'entretenir ,
je me rendis à la Salle des fpectacles.
On repréfentait une piéce d'un certain
Métaftafe, qu'on me donna pour Auteur fameux. La mufique était aufli , me
dit-on , d'un célebre Virtuofe. On m'a-
vait tant bercé de l'éloge de la mufique
Italienne , que je m'attendais pour le
moins d'être enlevé jufqu'au feptieme
Ciel. A mon grand étonnement , j'eus
beaucoup plus d'ennui que de plaifir.

Quelques ariettes exceptées , tout le
refte ne me parut qu'un miaulement
perpétuel , qu'une Jérémiade affom-
mante. Des récitatifs d'une longueur
affreufe , des répétitions à ne jamais
finir ; le moyen de s'amufer ! Mes
voifins avaient beau s'égofiller à crier
*bravo* ; moi je gardais un profond
filence. Des baillemens réitérés , une
efpece d'affoupiffement , témoignaient
l'ennui qui m'accablait. Enfin excédé ,
n'y pouvant plus tenir , les oreilles dé-
chirées par le fauffet des Eunuques trans-
formés en Princes , en Héros , je me levai brufquement , en difant affez haut ,
mais en Anglais , croyant n'être compris de perfonne : ah! la maudite mufique! Il ne valait pas la peine de venir
de fi loin pour l'entendre. Un homme
enveloppé dans fon manteau , qui était
placé dans la loge voifine de la mienne ,
devina le fens de mon exclamation. Il
fortit en même tems que moi , me fuivit par derriere; & lorfque nous fûmes
arrivés dans une rue écartée , il m'appliqua plufieurs coups de poignard , en
me difant en mauvais Anglais , voilà
pour te refaire les oreilles. Ce nouveau
maître de mufique frappait avec tant
de dextérité , que je n'eus point le tems

de parer ſes coups , & que je tombai
ſans connaiſſance.

Revenu à moi , mais encore tout
étourdi , je pouſſai des plaintes lamentables ; elles attirerent quelques paſſans ,
qui, voyant que j'étais étranger , me
porterent dans la premiere auberge ; &
le bonheur voulut que ce fût celle où je
demeurais. Quand je racontai à mon
hôte ce qui m'était arrivé , il s'écria que
j'étais bienheureux d'en être quitte à ſi
bon marché. Quoi! ne ſavez-vous pas ,
me dit-il, que les Italiens ſont auſſi jaloux
de leur muſique que de leurs femmes ?

## DCXXIᵉ FOLIE.

Je promis de ne jamais oublier la leçon que j'avais reçue. Mes bleſſures me
firent longtems reſſouvenir de ma parole ; elles guérirent , & je dis adieu
pour toujours à Milan, Comme je voya-
geais pour mon plaiſir , & dans le deſſein de m'inſtruire , je m'écartais ſouvent de mon chemin ; une centaine de
lieues de plus ou de moins n'était qu'une
bagatelle. Par exemple , il était tout
ſimple qu'en partant de Vienne , j'en-
trâſſe dans l'Italie par Veniſe ; au lieu
de ſuivre ma route en droite ligne , je
me détournai pour me rendre dans le

Milanez. Mon principal objet était
d'aller visiter Rome ; mais je ne pus me
résoudre à laisser Venise derriere moi.
Cette ville , capitale d'une fameuse République, offre un spectacle admirable,
de quelque côté qu'on y aborde ; on
dirait qu'elle sort du sein de la mer ;
les toits des édifices , la pointe des clochers , se mêlent avec les mâts des
vaisseaux, chargés de banderoles. Ses
rues sont traversées en tout sens par
plusieurs canaux , bordés de quais ; un
nombre prodigieux de gondoles peintes & dorées, vous conduisent partout
où vous voulez aller ; & sont des voitures bien plus commodes que les carrosses qu'on trouve dans quelques
Villes.

En arrivant à Venise , je crus que
toute la République tenait bal ; les rues,
les petites barques qui couvraient les
canaux, n'étaient remplies que de gens
masqués. Je priai mon hôte , chez qui lo-
geaient ordinairement les Anglais voyageurs, de m'apprendre ce que signifiait
cette mascarade générale. Nous sommes,
me répondit-il , dans le tems du Carnaval, qui dure ici beaucoup plus qu'ailleurs, & que nous célébrons avec des

extravagances qui furpaffent celles de nos voifins. Dans le délire qui troubl' les têtes les plus graves de la Républi-que, il ferait ridicule que vous parai-fiez à vifage découvert; fi vous voulez vous amufer, & vous montrer décem-ment, faites comme les autres, prenez un mafque. Je fuivis le confeil de mon hôte; après m'être délaffé quelques inf-tans, je me mêlai dans la foule qui rempliffait les rues, cachant auffi mon vifage fous un vifage de carton.

## DCXXIIᵉ FOLIE.

Je venais à peine de commencer ma promenade, riant en moi-même des figures grotefques que je rencontrais, lorfque j'apperçus une femme mafquée, dont la taille fine me frappa. Tandis que je m'attachais à la confidérer, elle s'arrêta, me regarda fort attentive-ment; & je crus avoir lieu de me flatter que l'examen de ma perfonne ne lui avait pas déplu. Je me mis auffitôt à la fuivre; la belle inconnue à qui je prêtais tant de charmes, fe retournait fou-vent, fans doute, afin d'obferver fi je marchais toujours derriere elle. Ma bonne-fortune me parut affurée; je ré-

folus de profiter de la liberté que je
voyais établie ; je m'approchai d'un
air courtois de la Nymphe déguifée.
Belle Dame, lui dis-je, fouffrez que
j'aie l'honneur d'être votre Ecuyer. On
fit de petites façons avant d'accepter
mon bras; on s'adoucit à la fin.

Les complaifances que la Dame me
témoignait ne m'annoncerent d'abord
que la moitié de mon bonheur ; elle
entendait quelques mots d'Anglais; de
forte que j'eus le plaifir de lui faire
comprendre ce qui fe paffait dans mon
ame. Je m'épuifai en tendres propos,
en galanteries fpirituelles ; je lui dis
éloquemment que fon mafque ne pouvait arrêter le feu qui partait de fes
yeux. On ne répondait prefque rien
aux jolies chofes que je débitais, mais
il me femblait qu'on foupirait tout bas;
& cette réponfe-là me fatisfaifait davantage que les plus beaux difcours.
Enchanté de ma bonne-fortune, je bai-
fais à tout moment une main gantée
jufqu'au bout des doigts, qu'on aban-
donnait de la meilleure grace du monde
à mes tranfports.

Cependant nous marchions toujours,
& à grands pas. J'avais beau prier la

Dame de ſe repoſer, & d'ôter ſon maſque; elle me répondait qu'il n'était pas
encore tems, & que je priſſe patience.
Elle me mena dans une ſalle de ſpectacle, dont la grandeur me ſurprit; elle
avait juſqu'à ſept rangs de loges; jugez
comment ceux qui ſe placent au cin-
tre d'une ſalle ſi élevée doivent voir le
ſpectacle. Les Acteurs doivent leur pa-
raitre des marionnettes; & les déco-
rations, de ſimples mignatures. Mais
comme il ne s'agit que de ſe repaître
les oreilles des ſons d'une muſique dont
ils ſont avides, ils croient qu'à une pareille hauteur, ils en reçoivent la quin-
teſſence; de même que la fumée des
parfums devient plus délicieuſe à me-
ſure qu'elle s'éleve. Quoiqu'il fût encore
grand jour, le ſpectacle était déja com-
mencé; l'on repréſentait un opéra nouveau. Tous ceux qui rempliſſaient la
ſalle étaient maſqués, & ne ſe compor-
taient point avec trop de décence.

## DCXXIII^e Folie.

Nous ſortîmes avant la fin de la pièce:
je continuai de donner le bras à mon
inconnue; & chaque inſtant augmentait
mon amour. Elle me fit encore long-

tems courir de rue en rue, de place en
place; fatiguée fans doute autant que
moi, elle m'entraîna dans une gondole.
Je me laiffais docilement conduire;
trop heureux qu'on voulût bien de ma
compagnie. Nous voguâmes près d'une
heure; la gondole s'arrêta enfin; je fuivis la belle Dame dans un palais fuperbe, dont les appartemens étaient occu-
pés par une foule de joueurs. Jamais je
n'ai vu tant de monceaux d'or; les
tables en étaient couvertes; & ces richeffes immenfes, paffant de mains en
mains, faifaient fouvent la fortune
d'un malôtru, qui n'avait d'autre mérite que celui de favoir filer les cartes.
Vous avez, fans doute, entendu parler
du gros jeu qui fe joue à Venife, pendant le Carnaval, me dit tout bas le
mafque que j'accompagnais? C'eft ici le
principal endroit où les joueurs viennent s'efcrimer, dans ces tems confacrés à la licence & au défordre. Dieu
fait les friponneries qui s'y commettent.
Que de dupes plumées! Que de coquins
enrichis! Vous voyez dans ce lieu tous
les états confondus. Le noble Vénitien,
oubliant fon orgueil, daigne fe mêler
avec le roturier; & l'argent des deux
bourfes

bourses se confond dans une seule ; mais il arrive assez souvent que c'est celle de *l'Illustrissimo* qui se vuide.

En finissant ces paroles, la Nymphe masquée tira de sa poche plusieurs poignées de piéces d'or, & les mit sur une carte ; elle perdit, & n'en fit que rire. J'allais aussi tenter la fortune, elle m'en empêcha. Je craindrais trop, me dit-elle, d'être cause de votre ruine. Eloignons-nous d'un lieu aussi funeste. Venez, vous allez me connaître. Ces derniers mots m'ôterent l'envie de jouer. Me repaissant des idées les plus agréables, je continuai mon office d'écuyer, & de galant conteur de fleurettes. Nous reprîmes une gondole, qui nous débarqua devant une misérable taverne, où la Nymphe me conduisit, à ma grande surprise. On nous donna une chambre écartée. Je ne doutai nullement des favorables intentions de la Dame ; aussi me livrant à tous mes transports, je la pressai dans mes bras, lui arrachai son masque . . . . . Ciel ! que devins-je en voyant un visage barbu, qui m'annonçait que ma conquête n'était qu'un homme déguisé ?

*Tome I I I.* E

## DCXXIV^e FOLIE.

Ma confusion égala mon étonnement;
& les éclats de rire du maudit personnage qui s'était joué de ma crédulité,
penserent me mettre en fureur. Ne vous
fâchez pas, me dit-il, quand il fut las
de s'épanouir la rate. Je ne vous ai fait
qu'une plaisanterie fort innocente;
d'ailleurs, j'ai joué le même tour à
bien d'autres qu'à vous. De tous ceux
dont j'ai reçu l'hommage, vous êtes
celui dont j'ai lieu d'être le plus content.
Allons, vous êtes un brave, continua-
t-il, en me frappant sur l'épaule; je
vous estime. Comment diable! on peut
vous expédier un brevet de docteur en
galanterie; vous auriez vaincu toute
autre vertu que la mienne. Apprenez
que je suis d'une des principales familles
de Venise, & que j'ai la gloire d'être
Sénateur. Mon rang ne m'empêche pas
de chercher le plaisir par-tout où je puis
le trouver; je suis loin d'avoir la mor-
gue, la fierté des nobles de la République. Accoutumé dans mon enfance à
me voir chéri, caressé par ma mere
& par ma nourrice, j'ai un prodigieux

faible pour les louanges & pour les careſſes ; mon plus grand plaiſir eſt d'être
un objet d'admiration & de ſoins redoublés Mais je me rends juſtice, je
ſais que ce n'eſt point à mon âge & avec
une figure comme la mienne, qu'on
doit eſpérer de plaire, & de s'entendre
dire des choſes flatteuſes. Voulant ſatis-
faire ma manie, à quelque prix que ce
ſoit, je prends le parti de me déguiſer
quelquefois en femme, & de courir les
rues maſqué, afin d'être au moins chéri,
courtiſé, ſous le maſque, puiſque je
ne puis l'être à viſage découvert.

### DCXXVe FOLIE.

Je payai la confidence du vieux Sénateur par une autre, je lui découvris
mon nom & le rang que je tenais en Angleterre. L'eſtime qu'il avait conçue pour
moi parut redoubler quand il apprit
quelle était ma naiſſance. Je fus enchanté de l'heureuſe rencontre que j'ai
faite aujourd'hui, s'écria le noble Vénitien. Je veux vous préſenter à ma femme, & vous donner à ſouper ce ſoir.
Pendant que je le remerciai de ſa cour-
toiſie, m'efforçant de m'exprimer en
auſſi belles phraſes, que lorſque je ſou-

pirais en faveur de son vilain masque;
il quitta l'attirail de sa mascarade; je ne
vis plus qu'un petit homme à cheveux
gris, dont la laideur était effrayante,
& couvert d'une longue robe de pour-
pre.

Nous nous embarquâmes de nouveau
dans une Gondole, mais plus propre &
beaucoup plus riche que celles qui nous
avaient servi jusqu'alors. Nous traver-
sâmes toute la ville, & vînmes débar-
quer devant un palais orné de colonnes
de marbre : nous entrâmes dans ce bel
édifice ; aussi-tôt plusieurs Domestiques
marcherent devant nous, portant chacun deux flambeaux. Nous parvînmes
dans l'appartement de la *Signora* ; & je
fus ébloui de ses charmes. C'était une
grande femme, blanche comme la neige, l'œil noir & plein de feu, le regard
fier & tendre tout à la fois, le port noble, ressemblant au moins à une Reine,
jeune & faite au tour : peut-être que l'habit galant des Dames Vénitiennes ne
contribuait pas peu à me la faire paraître charmante. Mon Sénateur me présenta obligeamment à la Dame, lui fit
l'éloge de ma personne, de mon mérite
& de ma famille, comme s'il les avait

connus particulierement; & termina l'é-
numération de mes bonnes qualités par
prier la Signora d'agréer mes visites.
Que je lui savais gré de sa complaisance!
Je me repentais de ne lui avoir point
assez conté de douceurs; car puisqu'il est
si honnête pour le peu de fleurettes que
je lui ai débitées, me disais-je en moi-
même, que ferait-il donc si j'avais encore
été plus galant?

On servit le souper, la chere fut délicate, nous bûmes des vins exquis; mais
j'étais placé vis-à-vis de la Signora, je
n'étais sensible qu'au plaisir de la regarder à la dérobée. Au dessert, le vieux
Sénateur, en pointe de vin, s'avisa de
raconter comment il avoit fait connaissance avec moi. Son déguisement fit
beaucoup rire la Signora, qui, passant
tout-à-coup d'une extrémité à l'autre,
prit un air très-sérieux. — Il n'est pas
étonnant, dit-elle en poussant un profond soupir, que Milord ait d'abord
cru avoir trouvé quelque bonne-fortune. On rencontre à chaque pas des femmes peu scrupuleuses sur la foi conju-
gale. Je ne puis concevoir pourtant qu'il
y ait des pays où leur crime ne soit regardé que comme une bagatelle : être infidel-

le à son amant, encore passe ; mais trahir, tromper son mari, est-il rien de plus blâmable ? — Tout en parlant de la sorte, la Signora me lorgnait du coin de l'œil.

Je me retirai très-avant dans la nuit. L'honnête Sénateur me donna un de ses gens pour m'accompagner, & voulut absolument que je me servîsse de sa Gondole ; j'arrivai fort content à mon auberge, où l'on commençait à s'inquiéter de ma longue absence.

## DCXXVIᵉ FOLIE.

L'imagination remplie des charmes de la Signora, je ne dormis que d'un sommeil agité. Je me réveillai le lendemain aux premiers chants du coq ; voyant que l'amour me mettait la puce à l'oreille, & que j'avais beau me retourner dans mon lit, je me levai, résolu d'aller courir la ville dans l'espérance de dissiper mes idées amoureuses : muni de mon masque, habillé comme je l'étais la veille, je me mis en chemin, me servant de la commodité de mes jambes, afin de mieux observer ce que je rencontrerais de curieux. J'avais parcouru plusieurs rues, sans m'arrêter

nulle part, quand je me fentis donner
un petit coup fur l'épaule; je me retournai, & je vis un Gondolier gala-
ment vétu, qui, appuié fur fa rame
peinte de diverfes couleurs, me regardait d'un air riant. J'allais lui demander
ce qu'il fouhaitait, il me prévint.--Vous
êtes Milord Wartong, me dit-il; je
vous connais à votre port majeftueux,
plus qu'à vos habits qu'on a eu grand
foin de me dépeindre. Tenez, voilà un
billet que j'ai ordre de vous remettre;
lifez-le, vous verrez que les Dames de
ce pays font remplies de complaifances
pour les étrangers; elles n'en exigent
que de la difcrétion.- Je déployai ce billet avec empreffement, & j'y lus ces mots.
-Votre mérite a fait impreffion, Milord;
vous avez fait une conquête qui n'eft
point à dédaigner, on a mille chofes à
vous dire, que vous ne ferez pas fâché
d'entendre, & qu'on ne peut communiquer qu'à vous feul. Trouvez-vous à
la fin du jour dans la même rue où ce
Gondolier vous aborde; & laiffez-vous
conduire.-- La tendre miffive ne m'é-
tonna nullement; fans m'inquiéter quelle
pouvait être la belle fenfible à mes charmes, je promis d'être exact au rendez-

vous; & pour achever de mettre le
Gondolier dans mes intérêts, je lui fis
préfent de quelques piéces d'or. Ma gé-
nérofité redoubla fa bonne-humeur;
il s'éloigna en chantant une chanfon
très-gaie. Satisfait de la bonne-fortune
qui fe préfentait, je ne fongeai plus
qu'à regagner mon auberge; à peine
fus je entré dans ma chambre que dans
les tranfports de ma joie j'écrivis fur
mes tablettes, que Venife était la ville
la plus agréable qu'il y eût dans l'Univers.

## DCXXVII<sup>e</sup> FOLIE.

Je crus que le jour ne finirait jamais,
& que, pour me faire piéce, le Soleil
oublierait de fe coucher. Quand il me
fut poffible de préfumer que l'obfcurité
allait bientôt fe répandre, je courus à
l'endroit qu'on m'avait défigné. Le
Gondolier fembla fe douter de mon
impatience; je le vis approcher au moment que je commençais à l'attendre.
Il arriva fur le canal en chantant, me
fit figne d'entrer dans fa petite barque;
& fitôt que j'y fus placé, il s'éloigna à
force de rames, en continuant fa chanfon, dont l'air vif & cadencé furpaffait

de beaucoup le chant monotône de quelques grands Opéras. Quoique la Gondole où j'étais voguât très-vîte, emportée par le fil de l'eau, & que mon rameur fût très-robuste, j'eus le tems de me morfondre. La nuit était des plus noires, & nous avions quitté la ville bien loin derriere nous, lorsque nous arrivâmes au lieu où l'Amour devait me couronner. La petite barque s'arrêta devant une des maisons de campagne bâties sur les bords du Golfe ; celle ou j'étais attendu me parut assez jolie, autant que j'en pus juger dans l'obscurité. Mon Gondolier me promit qu'il viendrait me reprendre à la pointe du jour, & m'exhorta en riant à soutenir l'honneur de mon pays. Sitôt que nous abordâmes, une petite porte s'ouvrit, certaine vieille se présenta, me prit par la main, en m'avertissant de ne point faire de bruit, & m'introduisit mystérieusement. Elle me fit traverser dans l'obscurité une vaste cour, ensuite plusieurs appartemens aussi peu eclairés, & me laissa dans un cabinet où il n'y avait non plus aucune lumiere. Je commençais à m'impatienter de tant de ténébres, quand la vieille officieuse,

me pouſſant par les épaules, me fit
entrer dans une derniere chambre, qui
s'ouvrit tout-à-coup. Mes yeux furent
éblouis de la quantité de bougies qu'on
y avait allumées, & de la richeſſe des
meubles.

J'aurais fait plus d'attention à la magnificence de cet appartement, ſi je
n'avais vu paraître une grande femme
voilée, qui attira tous mes regards. Je
ne doutai pas que cette beauté merveil-
leuſe, dont la taille & la démarche me
raviſſaient, ne fût la conquête que me
ſoumettait mon mérite. La Dame, après
s'être aſſiſe ſur un ſopha de velours,
brodé d'or, & m'avoir fait ſigne d'en
faire autant, leva ſon voile ; & je reconnus avec des tranſports de joie inexprimables, la chaſte moitié du vieux
Sénateur.

## DCXXVIII<sup>e</sup> F O L I E.

La ſatisfaction que j'éprouvais ſe répandit ſur mon viſage, & n'échappa
point à la Dame ; elle en ſourit : & tandis que je baiſais gloutonnement une
de ſes belles mains, elle me parla de
la ſorte. -- La démarche que je fais vous
inſtruit aſſez de l'excès de ma paſſion.

Les femmes vont un peu vîte en amour dans ce pays-ci. La gêne dans laquelle on nous retient, nous oblige de renoncer à ces petites façons que le beau-sexe met en usage malgré lui dans les trois quarts de l'Europe, où l'on lui donne le loisir de capituler en regle. Voilà ce que gagnent Messieurs nos époux, ils avancent de plusieurs jours le malheur qu'ils veulent éviter; & c'est une obligation qu'on leur a, puisqu'ils nous rendent moins politiques & plus promptes à contenter nos amans. Il n'est pas possible, Milord, que vous n'ayez entendu parler de l'extrême jalousie des Italiens. Ils semblent nous regarder comme des êtres que la raison ne conduit jamais, & qu'il faut enchaîner pour en jouir. En Italie, l'on croit les chiens capables de fidélité, & l'on refuse aux femmes cette vertu; il est vrai que l'expérience autorise à penser de la sorte. Mais qu'on accorde à mon sexe la liberté qu'on laisse aux animaux, peut-être se piquera-t-il d'honneur. La jalousie est si forte dans nos climats, que, si vous faites des politesses marquées à une femme que le hasard vous fait rencontrer, vous courez

E 6

rifque d'être affaffiné par fon époux
ou par fon amant, qui chercheront à
fe débarraffer de vous en vous tuant :
moyen infaillible en effet. Nous fommes
renfermées comme des criminelles ; à
peine voyons-nous le jour au travers
des grillages de nos fenêtres. C'eft par
caprice que mon mari vous a mené
dans mon appartement ; vous êtes le premier, fans même en excepter ma famille, pour lequel il ait eu tant de complaifance. N'eft-il pas jufte que nous
nous dédommagions des maux qu'on
nous fait fouffrir ? Les gens défians ne
renferment que leur or ; en Italie on
a trouvé le fecret de mettre fous la clef
jufqu'à l'honneur des femmes. Cette ceinture qu'on leur fait quelquefois porter,
n'eft-elle pas le comble de l'extravagance ? L'époux qui garantit fon front de
la commune difgrace, par un pareil expédient, a bien fujet d'être fatisfait de
la fageffe de fa moitié, & puis d'ailleurs, ce fecret fi ingénieux, eft-il auffi
efficace qu'on fe l'imagine ? Puifqu'on
a l'art d'ouvrir des portes que l'on ne
peut approcher que rarement, eft-il
difficile de trouver le moyen de faire
faire une clef à une ferrure que l'on porte toujours avec foi ?--

## DCXXIX<sup>e</sup> FOLIE.

La belle Vénitienne s'arrêta à ces mots
& se mit à me regarder tendrement. Je
connus ce que son silence signifiait, &
j'allais, sans parler, en prouver davantage que tout ce qu'elle venait de dire;
mais un bruit affreux se fit entendre,
& glaça tous mes sens. Il semblait que
plusieurs personnes accouruſſent vers la
chambre où j'étais avec la belle Vénitienne; je ne me trompais point en effet:
j'entendis qu'on enfonçait les portes.
O Ciel! c'eſt mon mari; s'écria la Dame éperdue; nous touchons à notre
derniere heure. J'aurais tâché de me
sauver, s'il y avait eu moyen de sauter par la fenêtre, & si le danger n'a-
vait été si prochain: je me saisis en tremblant des deux piſtolets que je portais
toujours dans ma poche; la porte de
la chambre fut brisée à son tour; je vis
entrer le vieux Sénateur, le poignard
à la main, suivi d'une foule de domeſtiques, armés de haches & d'épées. Je
voulus faire feu, les maudits piſtolets
raterent, on me désarma; & tandis
qu'on me liait avec de groſſes cordes,
le Sénateur furieux plongea son poignard

à diverfes reprifes dans le fein de fa malheureufe époufe, qui jetta un grand cri, & mourut dans l'inftant.

## DCXXXᵉ FOLIE.

Cette barbare exécution me fit frémir, & m'avertit que je n'avais point de grace à efpérer. -- Voilà, perfide, s'écria le Vénitien en regardant celle qu'il venait de priver de la vie; voilà la récompenfe de tes infidélités. Puiffe ton exemple apprendre aux femmes qu'il eft difficile de tromper un mari. Et toi, continua-t-il en fe tournant de mon côté, tu te flattais de me déshonorer, pour prix de la complaifance que j'ai eue de t'introduire dans ma maifon; tes efpérances font cruellement trompées; prépare-toi à la mort. Sache que j'ai furpris les regards que tu lançais à mon indigne époufe; & les coups-d'œil qu'elle te jettait à la dérobée pendant le fouper que j'ai eu la fottife de te donner. J'ai diffimulé ma rage, & fait épier tes démarches. Ma perfide m'a prié ce matin de confentir qu'elle allât paffer quelques jours à la campagne; mes foupçons ont redoublé, & mes efpions m'ont fi bien fervi, que

j'ai eu le bonheur d'arriver fort à propos...... Mais c'eſt trop diſcourir, je
vais me venger. --

Sans écouter mes ſupplications, le
dénaturé vieillard leva ſon poignard,
& s'approcha pour me percer le cœur.
Mais non, dit-il, en changeant d'idée,
je ne veux point rougir mes mains d'un
ſang auſſi infâme ; & d'ailleurs, cette
mort ſerait trop douce pour le crime
qu'il méditait ; inventons quelques ſup-
plices nouveaux. Parlez, vous autres,
pourſuivit-il, en s'adreſſant à la vale-
raille qui l'environnait ; je vous permets
de dire votre avis. Les uns propoſerent
de me couper le nez & les oreilles, &
de me renvoyer mutilé de la ſorte ;
d'autres voulaient qu'on me rendit Eu-
nuque. Quelques-uns des plus modérés
furent ſeulement d'avis qu'on me pendit. Jugez ſi j'étais à mon aiſe pendant
la tenue de cet agréable Conſeil.

Attendez, reprit le vieux Sénateur,
j'ai trouvé ce qu'il faut faire ; qu'on
aille chercher un ſac ; il perdra la vie,
& nous ſerons en même tems débarraſ-
ſés de ſon corps. On apporta bientôt
le ſac qu'il demandait : on m'y fit entrer par force, on en lia fortement

l'ouverture ; & le plus vigoureux coquin
de la troupe me chargea fur fes épaules ,
par ordre du Sénateur. Je me fentis
porté quelque tems comme un paquet
de linge fale ; enfin , une voix s'écria :
délivrez-vous là de votre fardeau ; nous
voici à l'endroit le plus profond du
Golfe. A ces mots , on me précipita
brufquement dans la mer , enveloppé
du fac ; je perdis connaiffance , & j'allai
jufques au fond de l'eau.

## DCXXXI<sup>e</sup> FOLIE.

C'en était fait de moi ; vous n'auriez
jamais eu le plaifir , mon cher Marquis , d'entendre l'hiftoire de mes voyages , fi l'on ne m'avait jetté précifé-
ment dans l'endroit où un Pêcheur venait de tendre fes filets , & fi le bon-
homme ne s'était avifé de les retirer
dans l'inftant que je venais d'y tomber.
La peine qu'il eut de les amener jufqu'au rivage lui fit croire qu'il avait
pris quelque poiffon énorme. Sa joie
diminua quand il n'apperçut qu'un paquet de groffe toile ; cependant il ré-
folut de le porter dans fa cabanne peu
éloignée des bords du Golfe, afin de
s'éclaircir de ce qu'il contenait. Après

avoir ouvert le fac, le Pêcheur & fa
famille furent faifis d'épouvante d'y
trouver un homme qu'ils jugerent mort.
En examinant le prétendu cadavre,
ils crurent fentir en lui quelque refte
de chaleur ; auffitôt ces bonnes-gens s'efforcerent de me rappeller à la vie. Je
fus très-furpris, en revenant à moi,
de me voir pendu par les pieds auprès d'un grand feu. J'allais m'imaginer
que le barbare Sénateur fatisfaifait fa
vengeance. Hélas ! m'écriai-je d'un ton
lamentable, faites-moi mourir tout de
fuite, fans vous donner la peine de
m'embrocher. Cette pathétique exclamation fit éclater de rire mes bienfai-
teurs. Le danger d'où nous vous avons
tiré, me dit le Pêcheur, vous a fans
doute troublé l'efprit. Mais remettez-
vous ; grace au Ciel, je vous ai repê-
ché ; vous ne courez plus aucun rifque.
Je connus alors mon erreur. Je feignis
que la crainte de la mort m'avait en
effet un peu dérangé le cerveau. Les
foins que ces bonnes-gens prirent de
moi me rétablirent bientôt ; je rendis
toute l'eau que j'avais bue, & redevins
auffi gaillard qu'avant mon fâcheux rendez-vous. Je me gardai bien de dire la

vérité de mon aventure. Je forgeai une
hiftoire ; je dis que , me promenant à
cheval aux environs de Venife , la nuit
m'avait furpris ; que des voleurs s'é-
taient emparés de ce que je portais de
plus précieux , & que voulant m'ôter
la vie , ils m'avaient mis dans un fac ,
& jetté dans la mer.

A la pointe du jour , je pris congé
des bonnes-gens à qui j'avais de fi grandes obligations. Je leur donnai ma bourfe ; l'honnête Pêcheur me conduifit dans
fon petit bateau. A peine fus-je parvenu à mon auberge , que mon premier
foin fut de demander des chevaux , &
de quitter Venife ; je redoutais trop
la rencontre du vieux Sénateur, pour
refter un feul moment dans cette Ville.
Je n'avais pourtant point eu le tems
d'en parcourir les curiofités ; mais un
coup-d'œil me fuffifait pour connaître les
beautés des Villes par où je paffais. Ob-
fervateur délicat , & jugeant par le caractere du vieux Sénateur des mœurs
de tous les Vénitiens , j'écrivis fur mon
*agenda* , que les habitans de Venife font
foupçonnneux , cruels , & très-difcour-
tois aux Etrangers.

## DCXXXIIᵉ FOLIE.

Je ne me crus en sûreté qu'après avoir
traverſé le Pô. Laiſſant la Ville de Modè-
ne, & pluſieurs autres bicoques derriere
moi, je me rendis tout d'une traite à
Florence. J'arrivai dans cette belle Ville
un jour ouvrier; de ſorte que je m'apperçus qu'on ne ſuivait point le judi-
cieux avis d'un certain Duc Albert de
Saxe, qui avait coutume de dire qu'il
ne fallait laiſſer voir Florence aux Etrangers que les Fêtes & Dimanches.

Auſſitôt que j'eus pris poſſeſſion de
mon auberge, on m'annonça un homme dont l'emploi était de faire voir
aux nouveaux arrivés tout ce qu'il y a
de curieux dans la Ville, moyennant
une honnête récompenſe; ces ſortes de
gens-là ſont communs en Italie, & ſavent ordinairement pluſieurs langues.
Je n'eus rien de plus preſſé que de me
faire conduire dans l'endroit qui renferme cette Statue antique & ſi célebre,
appellée la Vénus de Médicis, dont j'a-
vais tant entendu parler. Elle eſt dans
le Palais du Grand-Duc; tout ce que
je puis vous en dire, c'eſt qu'elle repréſente une très-belle femme, & que

vos Demoiſelles de l'Opéra ne ſont pas
mieux faites. Elle eſt ſi proportionnée
dans toutes ſes parties, qu'on doit la
regarder comme l'ouvrage de l'imagination du Sculpteur, plutôt que comme
l'image fidelle de la vérité, ſi l'on n'aime
mieux convenir que le beau-ſexe a un
peu dégénéré depuis le tems des Phi-
dias & des Praxitèles.

Tandis que mon conducteur me ra-
contait l'hiſtoire de cette Statue, je remarquai un homme, qui, dans une eſpèce d'extâſe, la conſidérait avec des
yeux avides; je le fis obſerver à l'Italien chargé de m'expliquer ce que je
voudrais ſavoir. — Oh! oh! me dit-il,
en m'entraînant d'un autre côté, vous
voyez-là un des amoureux de notre
Vénus de marbre. — Quoi! m'écriai-je,
cette Statue a la gloire d'avoir des
amans? — Sans doute, me répondit-il;
& chaque jour elle fait de nouvelles con-
quêtes. Quelques Florentins, dont le
cœur eſt extrêmement tendre, ne peuvent la voir ſans émotion; à force de
l'admirer, ils s'enflâment d'un violent
amour. Vous penſez-bien qu'ils n'éprouvent que des rigueurs; leurs regards,
leurs ſoupirs ſont en pure perte: jamais

Lucrèce ne réfifta fi fortement. Ces amans de notre Statue n'auraient-ils pas raifon d'accufer leur maitreffe de dureté? On en a vu paffer des journées entieres à la confidérer, fans fonger à prendre aucune nourriture; d'autres lui adreffent des vers galans, de tendres difcours, auxquels elle ne paraît guères plus fenfible; quelques-uns enfin, confumés d'amour, pouffent la conftance jufqu'à fe laiffer mourir de langueur.

## DCXXXIII<sup>e</sup> FOLIE.

Il me fembla que l'honnête Italien exagérait un peu les amoureufes folies de fes compatriotes; fon récit ne m'en parut pas moins plaifant. Je n'ai garde de vous faire la defcription de toutes les chofes que je vifitai, pour la forme feulement; comme de la gallerie du Grand-Duc, remplie des productions les plus fingulieres de la Nature & de l'Art; gallerie qui a coûté des fommes immenfes, qu'on aurait peut-être pu mieux employer. Vous entretiendrai-je auffi de je ne fais combien de Statues qu'on m'avertit d'admirer; des Eglifes, des Palais, où mon conducteur m'entraîna? La Chapelle de Saint-Laurent, bâtie

par les Grands Ducs pour leur fervir de
fépulture, contient des richeffes infinies,
comme fi l'on voulait nous prouver que
la mort même n'eft point le néant des
grandeurs. Mon conducteur me mena
prefque malgré moi dans une fameufe
bibliothéque remplie fur-tout, me dit-
on, de précieux manufcrits (1). Mais
fi ces manufcrits font auffi merveilleux
qu'on le publie, ne ferait-on pas mieux
de les mettre au jour, plutôt que de les
renfermer avec tant de foin? Et d'ailleurs que fignifie cet immenfe amas de
livres, qu'on appelle bibliothéque? Il ne
peut qu'effrayer les ignorans, & convaincre les érudits qu'ils ne fauraient
tout lire, quand même ils vivraient deux
fiécles.

Je revenais un jour avec mon conducteur de parcourir quelques-unes des
curiofités de Florence; nous fûmes ar-
rêtés par une foule de peuple qui rempliffait les rues, & paraiffait attirée par
quelque fpectacle. Nous connûmes bien-

_____

(1) C'eft apparemment la Bibliotheque
de Saint-Laurent. Obfervons en même tems
que Milord ne fe pique pas de trop de jufteffe
dans fes raifonnements.

tôt la caufe qui la raffemblait. Nous
vîmes venir de loin une file de carroffes,
traînés par des chevaux couverts de riches harnais, & qu'entouraient plufieurs
valets-de-pied. Il nous fallut attendre
que cette cavalcade fût entiérement
paffée; je remarquai que les carroffes
étaient remplis d'hommes & de femmes
fuperbement habillés, dont l'air content,
les manieres enjouées, annonçaient la
fatisfaction. Je ne doutai pas que ce ne
fût un jour de fête dans Florence, où
les principaux de la Ville avaient coutume d'aller fe réjouir, & de fe montrer tous enfemble 'au peuple dans un
pompeux cortége. Je fis part à mon
conducteur de la pénétration de mon
efprit; & je fus bien étonné de l'entendre m'affurer que je me trompais.
— Eh'! que fignifient donc tous ces carroffes, m'écriai-je; cette foule, ce grand
nombre de Laquais? Serait-ce l'entrée
d'un Ambaffadeur? — Encore moins,
me répondit il; apprenez qu'il ne s'agit
que de la prife d'habit d'une Religieufe.

## DCXXXIV.ᶜ FOLIE.

Le difcours de mon conducteur ne
me parut encore qu'une plaifanterie.

On m'avait toujours représenté les jeunes personnes qui prennent le voile comme de malheureuses victimes de l'avarice de leurs parens, qu'une cérémonie lugubre renferme pour toute leur vie dans une triste prison ; de sorte que je ne pouvais concilier ce que l'on venait de me dire avec mes idées. Mon conducteur pénétra ce que je pensais. — Puisque vous êtes si incrédule, continua-t-il, je veux que vos yeux vous convainquent de la vérité. Vous serez témoin de la maniere dont on fait les Religieuses en Italie. Il ne me sera pas difficile de vous faire voir de près tout ce qui s'observe en pareil cas : je connais les parens de la belle Néophite, ils obligeront avec plaisir un étranger. C'est le dernier jour des promenades qu'on fait faire à la Religieuse future, afin de lui montrer tout ce qu'il y a de plus beau dans la Ville ; nous n'avons qu'à prendre un carrosse, & nous mettre à la file des autres ; venez, vous verrez la fin de la cérémonie. Mais si vous êtes surpris, vous le serez bien davantage.

Je louai un carrosse, & nous rejoignîmes bien vîte le cortége de la Religieuse. Après avoir parcouru gravement plusieurs

plufieurs rues inondées d'une foule de
fpectateurs, qui répondait par fes ris
à ceux qui partaient des carrofles : nous
arrêtâmes devant un vafte palais, où
tout le monde defcendit ; & mon conducteur m'obligea d'en faire autant.
C'était la demeure du pere de la future
Religieufe ; car fa famille était la plus
riche & la plus diftinguée de la Ville.
J'entrai avec les autres dans une falle
magnifique ; l'on y fervit des rafraîchiffemens à la ronde, en attendant le dîner. Mon conducteur me préfenta au
maître de la maifon, qui me fit un accueil très-honnête, & me permit de fa-
luer la future Veftale. Elle était mife avec
tous les foins de la coquetterie, couverte de diamans qui la rendaient
éblouiffante, & chargée d'un bouquet
énorme. A fa parure mondaine, à fon
air étourdi & diffipé, on l'aurait plutôt prife pour une nouvelle mariée, que
pour une Vierge qui fe confacrait à la
retraite.

On fervit un dîner délicat, où les
vins étrangers ne furent point épar-
gnés ; la belle Religieufe ripofta par de
nouvelles fantés à toutes celles qu'on
lui portait, & mêla fa voix aux chan-

fons profanes des convives. A la fin de
cet édifiant repas, on vint nous avertir
qu'il était tems de remonter en carroffe. Je m'imaginais qu'on allait fanc-
tifier par quelque action pieufe le refte
de la journée. A peine en pouvais-je
croire mes yeux, quand je vis que nous
defcendions à la porte d'une falle de
fpectacle, & que tout le monde y en-
trait, fans excepter la future Religieufe.
On n'attendait que nous, fans doute,
pour commencer; car auffitôt que nous
eûmes pris place dans les loges, on leva
le rideau. Je compris qu'on allait nous
repréfenter un grand opéra férieux. Au
milieu du fecond acte, les gens avec
qui j'étais venu fe leverent; mon conducteur me fit figne de les imiter. Nous
regagnâmes en filence nos équipages. --
Oh! pour le coup, me difais-je tout
bas, la jeune perfonne a fenti du fcrupule; elle va fe préparer d'une autre
maniere au facrifice qu'elle médite.
Occupé de ces réflexions, je fus tout
furpris de me voir de nouveau dans
une falle de fpectacle, où l'on jouait
un intermede bouffon. Nous n'y reftâ-
mes qu'un inftant, & nous nous rendîmes dans une autre, qui ne fervait

qu'aux repréfentations des farces Italiennes. Les bons mots d'Arlequin firent
rire à gorge déployée la future Religieufe ; & nous ne fortîmes que lorfque
toutes les fcènes *in-promptu* furent ache-
vées.

## DCXXXVe FOLIE.

Nous retournâmes dans le même
palais où nous avions dîné. Un repas,
non moins fplendide que le premier,
nous attendait. La joie des convives
parut être redoublée ; & la belle Veftale
fut encore d'une humeur plus charmante. Au fortir de table, nous paffâ-
mes dans une faile éclairée de luftres &
de girandoles, chargés de bougies. Le
fon bruiant de divers inftrumens de
mufique invita tout le monde à la
danfe. La future Religieufe fit l'ouverture du bal, & s'en acquitta avec une
grace infinie. Nous ne ceffâmes de danfer que le lendemain à la pointe du
jour. Alors nous conduisîmes la jeune
Veftale dans le cloître qu'elle devait
habiter. Placés contre la grille du chœur,
dont tout les rideaux étaient ouverts,
nous vîmes aifément ce qui fe pratique
à la réception d'une Religieufe. On

dépouilla de ses habits mondains la
jeune personne que nous avions conduite en triomphe, on la couvrit d'une
robe lugubre, on lui mit un voile sur la
tête, qui rendait sa beauté plus piquante ; elle prononça des vœux d'un air
riant, embrassa tous ceux qui avaient
assisté à la cérémonie ; & chacun se
retira chez soi, bien régalé, bien content, bien édifié.

—— Il faut avouer, dis-je à mon conducteur en nous en retournant, que la
cérémonie qui précede la prise d'habit
des Religieuses Italiennes est tout-à-fait
singuliere. Mais je ne laisse pas de plaindre la jeune personne qui vient de se
séparer du monde ; les plaisirs & les
jeux n'ont servi qu'à la conduire dans
une éternelle prison. —— Vous êtes encore dans l'erreur, me répondit-il ; les
Religieuses d'Italie ne ressemblent nullement à celles qu'on voit dans le reste
de l'Europe ; le voile leur donne de
grands priviléges, dont elles seraient
privées dans la maison de leurs parens,
ou sous les loix d'un époux. Quoiqu'a-
vant de les renfermer dans un cloître,
on les fasse jouir des plaisirs & des va-
nités du monde, afin qu'elles leur di-

fent un éternel adieu , elles n'y renon-
cent pas pour toujours. Elles reçoivent
qui bon leur semble dans leurs cellules ;
peuvent y régaler leurs amis , & fortent
même quand elles en ont envie. -- Je
convins que le fort de pareilles recluses
n'était point tant à plaindre ; & je conclus
qu'il n'y a qu'en Italie où il eft raifonnable de fe faire Religieufe.

## DCXXXVI<sup>e</sup> FOLIE.

Cependant j'avais une envie extrême
d'arriver à Rome. Mon impatience me fit
bientôt quitter la Tofcane ; & je ne tardai
pas à découvrir la capitale du monde
Chrétien. J'entrai par la porte qui ne
fervait autrefois qu'aux triomphateurs ,
& par laquelle Charles V. voulut faire fon
entrée dans Rome , fans doute , parce
qu'il était défendu aux fimples payfans
d'y paffer : c'eft du moins ce que me
raconta mon poftillon pour m'engager
à lui donner la piéce. J'eus foin de me
faire indiquer la plus fameufe auberge ;
& ie trouvai que ce n'était pas mal dé-
buter que de favoir dès mon arrivée à
Rome quelle était l'hôtellerie où l'on
traitait le mieux les voyageurs. Je choi-
fis un conducteur parmi les Italiens

officieux qui fe préfenterent pour me
montrer les curiofités de la Ville; j'eus
le bonheur de rencontrer auffi-bien qu'à
Florence; il eft vrai que celui-ci me
coûtait davantage, attendu, me difait-
il, que les habitans de Rome, partageant
la gloire de leur Ville, devaient vendre
leurs fervices plus cher que ceux des
autres peuples, moins illuftres, moins
refpectables (1).

Mon conducteur m'avertit qu'il était
d'ufage de commencer par vifiter les
antiques; j'eus beau lui repréfenter que
j'aimais mieux voir d'abord le moderne;
il me répondit que cela ne s'était jamais
pratiqué; il me fallut avoir la complaifance de me rendre à fon avis. Il me fit
voir je ne fais combien de ftatues, d'o-
bélifques, d'arcs-de-triomphe; plus ces
chofes-là étaient vieilles, brifées, plus
il criait à la merveille. Il me montra

---

[1] Milord ne dit point que ceux qui font
chargés de montrer les monumens de Rome
s'appellent des *Cicérons*; aurait-il craint de
profaner le nom immortel d'un des plus
fameux Orateurs de l'Antiquité? Milord
ferait louable d'éviter un ridicule où tombent les Italiens.

des bains à demi-ruinés, qui ne font
bons qu'à prouver la propreté des anciens Romains; des amphithéâtres prefque démolis, qui ne fervent qu'à nous
attefter le goût qu'on avait autrefois
pour les fpectacles; d'anciens maufolées,
qui ne peuvent que nous faire juger
qu'on n'était point jadis plus fage qu'à
préfent. Je contemplai tout cela avec
des yeux philofophiques, c'eft-à-dire,
avec l'indifférence dont on doit regarder
des monumens qui n'ont aucun rapport
à notre fiécle, à nos mœurs, à notre façon de penfer actuelle : je demande,
par exemple, fi l'amphithéâtre de Vef-
pafien, fi les pyramides d'Egypte, quoiqu'un peu éloignées de mon fujet, peuvent inftruire nos Architectes, & nous
apprendre à nous loger plus commodément, ou avec plus de magnificence?

Je n'eus garde de faire part à mon
conducteur des idées que je vous com-
munique; je craignais trop de le fcan-
dalifer. Je feignis au contraire d'admirer
tout ce qu'il me montra. Pour paraître
connaiffeur, je n'avais qu'à me récrier
avec lui ; ce que je ne manquais pas de
faire, en fidéle écho.

Nous parcourûmes enfuite les prin-

cipaux palais de Rome , dont quelques-
uns contiennent des antiques & des
peintures qui ont plus coûté à acquérir que les palais mêmes dans lesquels
elles sont déposées. Je vis des tableaux
qui me charmerent par l'éclat & la vivacité de leurs couleurs. Mais, l'Italien qui
m'accompagnait , ne trouvait digne de
ses éloges que les tableaux les plus en-
fumés.

Voilà pourtant à quoi se réduit ce
que les curieux viennent admirer à
Rome ; des statues mutilées, des peintures à demi effacées, ou dont le prix
énorme fait souvent tout le mérite : est-
ce la peine de faire tant de chemin ? Il
est vrai que l'Eglise de Saint-Pierre est
superbe ; mais je voudrais qu'on n'y eût
point prodigué mal-à-propos le marbre
& les dorures , & que le dedans de ce
fameux édifice fût d'une matiere plus
précieuse que le dehors.

### DCXXXVIIᵉ Folie.

J'eus soin de me mettre en état de
raisonner des antiquités & des choses
curieuses répandues dans Rome ; quand
vous le voudrez , mon cher Marquis,
je m'offre de vous en faire une am-

ple description, enrichie de commen-
taires, qui vous feront juger de l'excellence & de la singularité de mon
esprit. Je n'ai pourtant vu qu'en paffant les merveilles d'une Ville, autrefois la Capitale du monde entier, &
qui n'est plus actuellement que celle du
monde Chrétien : mais un voyageur de
mon rang voit les objets fans attention,
& les inculque tout de fuite dans fa
mémoire.

En vérité, j'étais brifé, excédé, des
courfes que m'obligeait de faire mon
conducteur, pour me montrer fouvent
des bagatelles. Je l'aurais volontiers
paié afin qu'il me laiffât tranquile; mais
je craignais qu'on ne m'accufât de
voyager avec moins d'envie de m'inftruire que la plûpart de mes compatriotes; je m'immolais généreufement pour
maintenir l'honneur de ma patrie. Je
croyais que mes travaux étaient finis ;
je me flattais d'avoir porté affez loin
l'héroïfme : point du tout ; c'était encore à recommencer. Ce maudit conducteur vint un jour m'éveiller de
grand matin, en me demandant pardon de ce qu'il avait oublié de me mener
dans un palais où l'on conferva de

fameufes antiques. Je le fuivis ; & où
penfez-vous qu'il me fit aller ? à l'extrémité de Rome, c'eft-à-dire, à deux mortelles lieues de mon auberge. Nous arrivâmes dans ce palais où je devais
contempler des ftatues admirables. Le
Seigneur qui l'habitait ordinairement
venait de fe laiffer mourir, & d'abandonner tout fon bien à fa veuve, vieille
dévote, fans ceffe en oraifon, & dédaignant les plaifirs de la terre. Comme
nous nous avancions dans une grande
gallerie bordée de précieufes ftatues,
un officier de la maifon vint à nous,
l'air trifte & confterné. -- Vraiment,
nous dit-il, Madame a fait cette nuit un
bel ouvrage ; elle s'eft levée doucement,
munie d'un marteau, & a brifé tout ce
qui choquait fa pudeur dans les antiques. -- Nous nous apperçûmes en effet
que les Cupidons, les Hercules, & les
autres ftatues mafculines, étaient cruellement mutilées, dans les endroits qui
attirent fouvent les yeux des agnès.
Mon conducteur fe défefpéra d'une
étrange maniere en découvrant les ravages que venaient de faire les fcrupules de la bonne Dame ; pour moi, je n'en
fis que rire. Il me femblait pourtant

qu'au lieu de gâter des chef-d'œuvres,
rassemblés à grands frais par les ayeux
de son époux, ainsi que par son mari
lui-même, la rigide dévote aurait mieux
fait de les vendre.

## DCXXXVIII<sup>e</sup> FOLIE.

J'avais une forte envie de visiter le
quartier des courtisanes protégées par
le gouvernement; & je me promettais
bien d'observer ces charmantes Demoiselles avec beaucoup plus de soin que je
n'avais examiné les différentes curiosi-
tés de Rome. Je témoignai mon dessein
à mon conducteur; il me dit obligeamment qu'il était charmé que je le pré-
vinsse, qu'il n'aurait eu garde d'oublier
de me faire voir un lieu que la plûpart
des voyageurs préferait souvent à toutes les raretés de Rome. Mais, continua-t-il, j'ai un conseil à vous donner.
Contentez-vous de la vue; ne poussez
pas trop loin votre curiosité, si vous
ne voulez en savoir davantage que vous
n'avez sûrement dessein d'en apprendre.
Les beautés complaisantes qui vendent
ici leurs faveurs, sont semblables à celles des autres pays; leurs caresses laisf-
fent un cruel repentir. --

Je promis à l'honnête Italien de fuivre fes fages confeils. Ravi de me trouver fi docile, il me mena fans différer dans le quartier des plaifirs. Chemin faifant, il me raconta que les Milords dont il avait été le conducteur avaient tous defiré la vue des fyrènes que je voulais connaître auffi. Il me paraît, pourfuivit-il en fouriant, que les Seigneurs de votre nation voyagent pour s'inftruire, & qu'ils mettent à profit les fommes qu'ils dépenfent. J'allais répondre à cette ironie, quand il m'avertit que nous étions dans le quartier des Demoifelles auffi célebres par leurs charmes, que par leur douceur. C'eft une grande rue, dont toutes les maifons font ouvertes au public; là feulement, il eft permis aux femmes de n'être point cruelles, & aux hommes de chercher les plaifirs de l'amour, fans en éprouver les peines. Mon conducteur m'avertit qu'il allait me faire entrer dans l'endroit le plus fameux; & qu'il ferait inutile, après cela, que je me rendiffe ailleurs; attendu que je ferais affez inftruit des ufages de ces fortes de maifons, & de tout ce qui s'y pratique.

A peine eûmes-nous mis le pied dans

l'afyle fecret du myftere, qu'une vieille rechignée portant un paquet de clefs, nous aborda, nous avertit de la fuivre, &, marchant devant nous, nous conduifit dans un vafte corridor, éclairé à chaque bout par de larges croifées; plufieurs portes regnaient aux deux côtés. Alors la vieille, me montrant des tableaux placés au-deffus de chaque porte, me dit de les confidérer les uns après les autres, & de lui témoigner celui qui me plairait davantage, afin qu'elle pût me dire le prix au jufte. -- Quoi! m'écriai-je, encore des tableaux à examiner! On eft terriblement occupé des arts dans cette Ville; à tout moment on vous montre de nouveaux objets, qu'il faut admirer ou dire pourquoi. Mais je ne fuis point venu ici pour juger du mérite d'un peintre; j'y fuis conduit par un motif plus agréable. -- Eh! vous vous trompez, reprit l'Italien qui m'accompagnait; ces peintures ne font que les portraits des charmantes Demoifelles renfermées dans ces chambres, & dont cette honnête Dame a la clef; il ne s'agit que de défigner le portrait qui vous frappera le plus, & l'on vous montrera l'original. --

Un peu honteux de ma méprise, je
me mis à regarder les tableaux ; j'en
parcourus plusieurs sans être trop ému
des beautés qu'ils représentaient. A mesure que je faisais cet examen, la vieille
me disait celle-là ne vous coûtera que
quelques jules ( 1 ) : voici une blonde qui
vaut un peu davantage ; on ne peut entretenir cette jolie brune, si bien faite,
sans payer quatre écus Romains ( 2 ). Le
prix était toujours proportionné aux
charmes qu'offraient les peintures. Il ne
m'en restait plus que quelques-unes à
voir, quand enfin je jettai les yeux sur
un tableau qui m'enchanta. -- N'allons
pas plus loin, m'écriai-je; voici un portrait tout-à-fait séduisant. -- Oh ! oh !
reprit la vieille, on voit bien que vous
vous y connaissez ; vraiment l'original
est encore au-dessus de la copie. Comp-
tez-moi trente sequins ( 3 ), en espèces
sonnantes, & vous en jugerez. C'est un

_____

[ 1 ] Le jules vaut environ 1 liv. 4 f. de notre
monnoie.

[ 2 ] Chaque Ecu Romain est de 6 liv. plus
ou moins.

[ 3 ] Le sequin de Rome est une pièce d'or,
qui vaut vingt-une livres, monnoie de
France.

bijou deſtiné à nos Seigneurs. . . — Ne babillez pas tant, dis-je à la vieille, en lui mettant dans la main la ſomme qu'elle demandait. Alors la porte me fut ouverte; je vis la plus jolie perſonne du monde, qui vint me ſauter au cou d'un air folâtre. Mon conducteur & la Dame *Honeſta* diſparurent ; ils ne me rejoignirent que lorſque je me ſéparai de l'aimable Nymphe, auprès de laquelle j'oubliai les conſeils que l'Italien m'avait donnés, ainſi que mes beaux projets de ſageſſe.

## DCXXXIX<sup>e</sup> FOLIE.

Je ferais d'avis, mon cher d'Illois, que vous allaſſiez faire un tour à Rome, exprès pour voir les divinités qui habitent le quartier du plaiſir ; je vous promets qu'elles en valent bien la peine. Faites vos réflexions là-deſſus ; je reviens à la ſuite de mes aventures.

Comme je rentrais dans mon auberge, un homme me gliſſa un billet, ſans que perſonne s'en apperçût, & s'éloigna ſans me dire une ſeule parole. Curieux de ſavoir ce qu'on pouvait m'écrire, je me retirai dans ma chambre, & je lus ces mots : — « Vous me

» paraiſſez un fort joli garçon, vous avez
» fait ma conquête. Vous pourrez ſuivre
» celui qui doit aller vous prendre dans
» deux heures; & nous verrons ſi vous
» mériterez par votre complaiſance le
» bonheur qu'on vous prépare ». -- Je
ne doutai pas que quelque Dame Ro-
maine n'eût le cœur ſenſible à mes charmes. Mon aventure de Véniſe m'avait
dégoûté des rendez-vous avec d'honnêtes femmes; je réſolus pourtant de
m'expoſer encore aux dangers des bonnes-fortunes d'Italie; je me flattais que
ma témérité ſerait peut-être plus heureuſe.

J'attendis impatiemment celui qui
devait me conduire aux pieds de ma
nouvelle conquête, à laquelle mon imagination prêtait mille attraits; il vint à
l'heure marquée, enveloppé d'un ample
manteau, me fit ſigne de le ſuivre, &
j'obéis. Après avoir marché longtems
ſans nous parler ni l'un ni l'autre, nous
nous trouvâmes près d'un palais dont
les dehors annonçaient la magnificence
du dedans; une petite porte s'ouvrit,
nous montâmes par un eſcalier dérobé
dans un appartement ſuperbe. Je vis un
vieillard tout rabougri, à demi-cou-

ché dans son fauteuil. J'étais fort embarrassé de ma contenance, & je me
disposais à prendre la fuite, quand le
débile vieillard me dit d'une voix cas-
sée : – Rassurez-vous, mon enfant ; c'est
moi qui vous ai écrit. – Pour vous mo-
quer de moi, sans doute, répliquai-je
en m'efforçant de rire. – Point du tout,
c'est très sérieusement. – Oh ! m'écriai-
je, vous ne me ferez jamais croire que
vous soyez ma maitresse ; & je n'ai nullement envie de vous servir de jouet. –
A ces mots je m'éloignai, fort en colere de la plaisanterie. Je traversai
plusieurs salles remplies d'une foule de
Laquais & de Pages, qui levaient les
épaules en me regardant.

## DCXL^e FOLIE.

C'est ainsi que se termina ce plaisant
rendez-vous ; j'en fis toujours un mystere à mon conducteur, dans la crainte
qu'il n'approuvât l'espiéglerie de ses
compatriotes, à laquelle je m'étais
prêté de si bonne foi : mais je ne pus lui
cacher que je commençais à m'ennuier
dans Rome. Il s'apperçut que je médi-
tais mon départ ; voulant par intérêt me
retenir encore quelque tems, il me

parla de la forte. -- Vous croyez, Milord, connaître tout ce qu'il y a de curieux à Rome & dans l'Italie ; il eſt ſi
vrai que les voyageurs de votre âge ne
font guères d'obſervations plus exactes.
Mais ſavez-vous ce que c'eſt que les
Sigiſbés ? Que penſera-t-on de vous ſi
vous n'en êtes point inſtruit ? -- Sigiſbés !
m'écriai-je ; je n'ai jamais entendu parler
de cela. Seraient-ce encore des tableaux,
des antiques ? -- Non, c'eſt un uſage
très-moderne, qui n'appartient qu'à
l'Italie ; il faut que votre propre expérience vous en inſtruiſe. Apprenez que
nos Dames ſont toujours accompagnées
de deux Cavaliers, qu'on appelle *Sigiſ-*
*bés* ; ce ſont des eſclaves d'Amour, entiérement ſoumis à la beauté qu'ils adorent ; mais dont la paſſion diſcrette &
décente ne deſire que la vue de l'objet
aimé, & ſe borne à obtenir les plus
légeres faveurs, comme un regard, un
ſourire, & la permiſſion de baiſer reſ-
pectueuſement une main blanche ; de
même que les Divinités fabuleuſes ſe
contentaient, dit-on, de la fumée, de
l'odeur des mets qu'on leur ſervait.
L'emploi des deux Sigiſbés eſt tout-à-
fait différent ; l'un donne le bras à la

Signora quand elle fort, lui fert de fidéle
Ecuyer ; l'autre , ( & c'est le plus favo-
rifé , ) fe tient dans l'appartement de
Madame , l'entretient de tendres propos, de fines galanteries , a grand foin
enfin de l'amufer par fa converfation :
c'est de la forte que les Sigifbés paffent
leur vie. -- Et comment la jaloufie des
époux ne s'allarme-t-elle point d'une
pareille privauté ? -- Les Italiens font
perfuadés que les Sigifbés font autant
de gardiens qui confervent la fageffe
des femmes. -- Mais vos Sigifbés ont-
ils dans le particulier autant de retenue
qu'en public ? -- Oh ! c'est une autre
affaire ; mais il fuffit qu'on n'ait point
encore entendu dire qu'aucun d'eux fe
foit jamais écarté de l'Amour plato-
nique ; les maris fe tranquilifent , & fe
foumettent à l'ufage.

## DCXLI<sup>e</sup> F o l i e.

Ecoutez , continua mon Italien : un
des Sigifbés d'une Dame de ma connaiffance vient de mourir fubitement ; fon
office était d'entretenir la Belle tête-à-
tête ; feriez-vous bien aife de le remplacer ? -- A la bonne-heure celui-là , m'é-
criai-je ; mais pour l'autre qui fe con-

tente de remplir les devoirs d'Ecuyer; ne m'en parlez point davantage; il lui eſt trop difficile de prétendre à des faveurs qui aient un peu de conſiſtance.

L'Italien me préſenta comme un étranger docile qui briguait l'honneur d'être au rang des Sigiſbés, afin de s'inſtruire de leur importante fonction. La Dame auprès de qui l'on me propoſait d'entrer, pouvait paſſer pour belle, quoiqu'elle eût trente ans révolus; elle était veuve depuis quelques années, & ne ſongeait à de ſecondes noces que depuis la mort de ſon Sigiſbé. Elle me permit de ſuccéder au défunt. On me fit un long diſcours pour m'apprendre les devoirs auxquels j'allais être aſſujettis dans l'exercice de ma charge; je jurai de me ſoumettre à tout ce qu'on me preſcrivait; & dès le même jour je pris poſſeſſion de ma nouvelle dignité. J'étais obligé de me trouver le matin au lever de ma belle maitreſſe, de lui débiter un compliment ſur l'éclat que le ſommeil donnait à ſes charmes; j'aſſiſtais à la toilette, toujours débitant de jolis propos, ou bien rendant les petits ſervices que l'on exigeait de moi; enſuite je prenais congé de la belle, ſi

elle voulait fortir, ou bien je lui tenais
compagnie jufqu'à l'heure du dîner ;
j'avais grand foin de me retirer auffitôt
qu'on avait fervi, récompenfé de mes
peines par un fourire, ou rafraîchi
quelquefois par un verre d'eau, lorfque
mes difcours doucereux m'avaient trop
échauffé. Quand je prévoyais que mon
Infante devait être hors de table, je
retournais auprès d'elle recommencer
mes fleurettes, quinteffenfier le fenti-
ment, & me perdre dans la métaphyfi-
que de l'Amour. Il faut noter que la
Dame me répondait fur le même ton,
elle me ripoftait de nouvelles phrafes
entortillées, des lieux communs de la
vieille galanterie. Nous mourions tous
les deux du plaifir de nous adorer ;
nous étions extafiés des tranfports que
nous infpirait un pur amour dégagé
de toute idée groffiere, que la feule
union de nos ames rempliffait de délices
inexprimables. Tandis que nous nous
repaiffions à l'envi de ce tendre ver-
biage, de ce galimathias emmiellé, l'autre Sigifbé était dans l'anti-chambre à
garder les manteaux, attendant qu'il
prît envie à la Dame de fortir. Je

ne me retirais que dans l'inftant que mon Infante allait fe mettre au lit.

Compte fait, je jouai pendant trois jours cet impertinent rôle. Ne fachant plus que dire, & cédant à des defirs que je m'efforçais trop longtems de réprimer; je me jettai brufquement aux pieds de la Dame, ferrai fes genoux avec tranfport, couvris de baifers une de fes belles mains. -- Que faites-vous, me cria-t-elle d'une voix émue? Vous oubliez votre perfonnage; il eft inoui qu'un Sigifbé fe comporte de la forte. -- J'achevai de me rendre téméraire; & je m'excufai fur l'ignorance où j'étais des ufages reçus en Italie. -- Malgré les leçons qu'on m'a données, dis-je à la Belle, encore furprife de mon audace, j'ai cru qu'en tout pays il fallait à l'Amour une nourriture folide; le mien ferait bientôt péri misérablement, s'il avait été contraint de fe repaître de mets trop délicats, auxquels il n'eft point accoutumé; il va prendre actuellement une force nouvelle. -- La Signora fut satisfaite de mes raifons; elle me permit de fuivre les ufages du refte de l'Europe, qu'elle trouvait plus agréables que ceux de fa patrie.

Le Sigiſbé qui m'était inférieur s'avifa de troubler notre félicité. Il ne voyait pas ſans envie la préférence qu'on accordait à un étranger ; il devint jaloux de mon bonheur. Moi, de mon côté, je m'aviſai de trouver mauvais qu'il eût ſeul le privilége de donner le bras à ma maitreſſe. Je lui diſputai un jour ce précieux avantage ; il fallut que l'objet de mon amour me l'ordonnât abſolument, pour que je puſſe me réſoudre à le lui céder. L'Italien diſſimula ſa colere, afin de mieux aſſurer ſa vengeance. Une nuit que je ſortais de chez la belle veuve, je me ſentis frappé par derriere de pluſieurs coups de poignard; je me retournai précipitamment, & quoique la nuit fût aſſez obſcure, j'entrevis mon aſſaſſin qui prenait la fuite, & je le reconnus à ſes habits pour le Sigiſbé mon rival. Je retirai le ſtilet que le ſcélérat troublé avait laiſſé dans une de mes bleſſures, & qui acheva de me découvrir quel était celui qui en voulait à mes jours. J'eus la force de me rendre à mon auberge, où j'arrivai très-affaibli par la perte du ſang que je répandais. Le Chirurgien qu'on fit bien vite venir, déclara que j'étais légere-

ment bleſſé, & que j'en ſerais quitte
pour garder le lit. Je guéris, en effet,
très-promptement. Les nouvelles marques d'amour que me donna la belle
veuve, ne contribuèrent pas peu à me
rétablir; elle eut la bonté de me rendre de fréquentes viſites *incognitò*. Je
ne lui dis rien de la connaiſſance que
j'avais de mon aſſaſſin; je craignais trop
qu'il n'échappât à ma juſte fureur.

Auſſi-tôt que mes bleſſures furent
entiérement fermées, je volai chez la
belle veuve, animé par l'amour & par
la vengeance. Je fus au comble de la
joie de rencontrer dans l'anti-chambre
le perfide Sigiſbé, qui me vit paraître
d'un air tranquile, perſuadé que j'i-
gnorais ſon crime. Je me propoſai de
l'appeller en duel, après avoir reſté un
moment avec ma maitreſſe. Mais je ne
pus effectuer les arrangemens que j'a-
vais pris. La belle veuve voulut ſortir
avant que j'euſſe le tems de prendre
congé d'elle, je la ſuivis; le Sigiſbé eut
l'audace de lui offrir ſon bras devant
moi. Alors je ne fus plus maître de ma
fureur; il était à peine dans la rue, que,
ſans être arrêté par la préſence de la
Dame dont il était l'Ecuyer, je mis
l'épée

l'épée à la main, en lui criant de se défendre. A la premiere botte que je
portai, je lui enfonçai mon épée dans
le corps jusqu'à la garde; je le vis tomber roide mort. Les cris de la Dame
éperdue se faisaient entendre au loin,
le peuple commençait à se rassembler
en foule; frémissant du danger qui me
menaçait, je me sauvai à toutes jambes.
J'eus le bonheur de me dérober aux
regards des Sbires (1) qui me poursui-
vaient, & de me réfugier dans mon
auberge.

## DCXLIIᵉ FOLIE.

Sans me donner le tems de me reposer, je fis monter mes gens à cheval,
me jettai dans ma chaise, & me rendis
au grand galop à Civita-Vecchia, où
j'avais dessein de m'embarquer pour
passer en Espagne. Il semble qu'il était
de mon destin de sortir de la plûpart
des Villes avec précipitation; & je ne
dois m'en prendre qu'à l'envie extrême
que j'avais de m'instruire, qui me faisait souvent hasarder bien des démar-

---

(1) C'est ainsi qu'on appelle les Soldats
de Rome.

ches. Quoi qu'il en foit, je me hâtai de
gagner le premier Port d'Italie, craignant à chaque inftant de me voir arrêter. Le même bonheur qui avait fa-
vorifé ma fuite de Rome, me fit trouver à Civita-Vecchia un vaiffeau prêt à
faire voile pour Barcelonne ; je m'y embarquai, ainfi que mes gens & tout
mon bagage ; & je ne me crus en fûreté que lorfque je me vis en pleine
mer.

Selon ma louable coutume, je dédaignai toutes les Villes d'Efpagne en
faveur de la Capitale. A peine eus-je
mis pied à terre, que, fans m'informer
de ce qui pouvait être digne de ma
curiofité, je ne fongeai qu'à prendre la
pofte, & qu'à me rendre au plutôt à
Madrid. N'avais je pas raifon ? C'eft
ordinairement dans les Capitales que
les richeffes font raffemblées, qu'on
a du goût & de la magnificence : j'en
appelle à tous les Seigneurs qui auraient
honte de vivre en Province. Mais quelque empreffement que j'euffe d'arriver
à Madrid, il me fallut effuyer différens
retards. Les poftes font affez mal fer-
vies en Efpagne, les Villages très-éloi-
gnés les uns des autres ; & pour comble

d'incommodités , les gîtes font tres-
mauvais. Si l'on n'a pas foin de fe munir de provifions & d'uftenfiles de
cuifine, on court grand rifque de mourir de faim dans les auberges de ce
pays-là ; il faut même que ceux qui
veulent y coucher, portent leur lit avec
eux; encore les rats, les fouris , & d'autres animaux plus infupportables , les
empêchent-ils de dormir, en leur faifant une guerre continuelle. Les Efpa-
gnols font fi pareffeux, que, loin de fe
délivrer de pareils ennemis, ils ont
peine à fe réfoudre à cultiver leurs
terres, dont ils laiffent en friche la
meilleure partie. Ce qu'on publie de
leur orgueil ne m'a point paru trop
hyperbolique. Vous favez le conte de
cet Efpagnol, qui avait une fi grande
kirielle de noms, qu'on ne pouvait l'entendre nommer fans croire qu'on parlait d'un Régiment entier. Je vous
promets qu'il a encore beaucoup de
confreres. Chacun prétend être noble
chez cette fuperbe nation; le payfan
laboure fon champ l'épée au côté. Il
n'eft point rare de trouver des gueux
qui vous demandent l'aumône le cha-

G 2

peau fur la tête, en vous débitant leur ge généalogie.

### DCXLIII<sup>e</sup> Folie.

Je ne fais fi j'aurais fait toutes ces remarques, fans la mauvaife humeur que me cauferent les fatigues que j'éprouvai dans la route. Je n'étais plus qu'à une journée de Madrid ; mes provifions étaient épuifées, & je mourais de faim, quand je fis une rencontre qui ranima mon courage. Accablé de befoins & de laffitude, il me fallut defcendre dans une miférable taverne, décorée du nom d'auberge. L'hôte, fachant que je ne portais point de quoi faire un bon repas, vint au-devant de moi d'un air joyeux : — Que vous plairait-il de manger, Seigneur, me dit-il ? Vous connaiffez notre excellent potage, dans lequel il entre tant de chofes ? Eh bien, vous en aurez. Voudriez-vous enfuite qu'on vous ferve des perdrix, des faifans, des cailles, une groffe poularde farcie ? Seriez-vous bien aife de goûter des ragoûts à la façon du pays ? Si vous l'avez pour agréable, à votre deffert vous aurez des olives, des confitures féches, des crêmes à la vanille. Décidez-vous, choififfez. — A chaque mets

que me nommait le bourreau, je me
hâtais de dire oui, d'autant plus charmé,
que je voyais devant le feu une broche
garnie de gibiers, & fur plufieurs four-
neaux, des cafferoles, où étaient des fau-
ces dont la fumée frappait délicieufe-
ment mon odorat. L'hôte reprit avec le
même flux de paroles :--Ordinairement
mon auberge eft fournie de tout ce qu'on
peut defirer ; on y trouve de quoi nourrir un Prince, un Général d'armée,
une Infante, un Roi ; prenez patience,
on travaillera pour vous ; demain à
votre fouper vous aurez tout ce que
vous avez paru fouhaiter aujourd'hui.--
Eh morbleu ! m'écriai-je, ce ne ferait
pas là mon compte ; j'ai faim actuellement, il faut que je mange... --J'en
fuis fâché, interrompit le fcélérat d'aubergifte ; je n'ai abfolument rien à vous
donner ; mais demain au foir...--Eh !
pour qui font donc les apprêts que je vois
dans votre cuifine, repris-je fort en
colere ? -- C'eft le fouper d'un Seigneur
Efpagnol qui vient d'arriver à l'inftant,
me répondit-il. Le Seigneur Don Alon-
zos - Torillos - Cataplinos - Alphonfos-
Aloyos de Zugarate ne voyage jamais

fans porter avec lui de quoi faire bonne chere.

Jugez de mon embarras. Six mortelles lieues me féparaient du premier endroit habité ; j'étais fûr de périr d'inanition en chemin. J'allais étrangler l'hôte malencontreux qui avait redoublé mon appétit par fon étalage de mets chimériques ; l'Efpagnol dont j'enviais le fort entra fort à propos pour le fauver de mes mains. – Calmez-vous, me dit-il , & partagez avec moi mon mauvais fouper : je viens d'ordonner qu'on mette votre couvert. -- Ces paroles furent un baume falutaire qui me rendit la vie. Je remerciai l'honnête Efpagnol ; & fans me le faire dire deux fois, j'acceptai fon offre généreufe. Je mangeai comme un homme affamé, qui s'attendait à fe coucher le ventre vuide. Tandis que je faifais honneur au repas, l'Efpagnol me dit qu'il allait à Madrid, & qu'il ne tiendrait qu'à moi que nous fiffions la route enfemble. Je n'eus garde de refufer un compagnon avec qui je ne ferais plus expofé au défagrément de jeûner par force.

Don Zugarate, ( car je n'aurais jamais fini fi je lui donnais tous fes noms, )

Don Zugarate me vanta les charmes de
fa maitreffe, & m'affura qu'il était le
plus heureux des hommes. -- Oui, me
difait-il tout en fouettant fa mule, la
belle Cécilia que j'adore répond à mon
amour; je ne puis douter de fes tendres fentimens, je vous confie même
qu'elle ne m'eft point cruelle; je n'ai qu'à
me louer de fa complaifance. Je veux,
continua-t-il, que vous foyez témoin
du fuprême bonheur dont je jouis; vous
m'accompagnerez la premiere fois que
j'irai m'enivrer de délices auprès de ma
maitreffe. -- Je félicitai Don Zugarate
fur fa bonne-fortune, & lui témoignai
combien j'étais fenfible à la confiance
qu'il daignait avoir en moi.

Nos entretiens femblerent accourcir le
chemin; nous arrivâmes à Madrid fans
nous être ennuyés un feul inftant. Il
faifait grand jour quand nous entrâmes
dans cette ville, & ce n'était qu'au milieu de la nuit que l'amoureux Efpagnol devait voir fa maitreffe : il me promit de nouveau qu'il viendrait me prendre à l'heure ordinaire de fes rendez-
vous, me conduifit lui - même dans
la plus fameufe auberge, & recomman-

da bien à l'hôte de me traiter de son mieux.

Don Zugarate n'oublia point sa parole ; il vint me chercher à minuit.— J'eus d'abord de la peine à le reconnaître ; il était enveloppé d'un gros manteau de drap, qui lui cachait jusqu'au bout du nez ; il avait sous son bras une longue épée dont la garde était si large, que je ne saurais mieux la comparer qu'à une écuelle ; il portait encore quelqu'autre chose, qu'il me fut impossible de distinguer. Il me fit prêter un manteau pareil au sien, je m'en affublai à-peu-près comme lui ; & nous nous mîmes à courir les rues, quoique la nuit fût des plus obscures. Après nous être crottés comme des barbets, & avoir heurté contre je ne sais combien de musiciens collés le long des maisons de même que des bornes, nous nous arrêtâmes aux environs d'une maison qui me parut assez apparente. J'allais demander au Seigneur Zugarate ce que signifiaient tous ces chanteurs nocturnes, qui avaient manqué vingt fois nous faire rompre le cou, lorsqu'il se mit à tirer de profonds soupirs du creux de sa poitrine.

Las de se fatiguer les poum.
de soupirer, il prit sa guitarre, q.
ce que je n'avais pu distinguer sous 1.
manteau, & joua plusieurs airs langoureux ; s'accompagnant ensuite de cet
instrument, il chanta une tendre chan-
son, qu'il venait de composer à la louange de sa maitresse. Ce concert était si
discordant, le musicien faisait des con-
torsions si ridicules, & poussait à chaque instant des hélas si lamentables, que
je pensai vingt fois éclater de rire.

Cependant quatre heures sonnerent,
& l'amoureux Espagnol continuait toujours son extravagante musique. Outre
que j'étais morfondu, je m'ennuyais de
faire si long-tems le pied-de-grue. Je
crois que nous allions enfin nous retirer ; mais une fenêtre qui s'ouvrit, obligea Don Zugarate transporté de joie
à revenir sur ses pas. Comme la fenêtre était au rez-de-chaussée, j'entrevis
une femme au travers d'une jalousie. L'a-
moureux Espagnol débita mille fadeurs,
mille complimens ampoulés, auxquels
on ne fit d'autre réponse que de lui demander quel était l'homme qui l'accompagnait. Il apprit à la Dame curieuse,
que j'étais un étranger, son intime ami,

logé dans telle auberge, & que je me
proposais de séjourner quelque tems à
Madrid; à ces mots on passa à travers
le grillage de la fenêtre une main
plus blanche que la neige; je m'imaginai que c'était afin que je la baisasse, je
levai les bras afin de la saisir respectueusement. Dans l'instant que j'y collais
mes lévres, l'Amoureux Espagnol, persuadé avec raison que cette faveur ne
s'adressait qu'à lui seul, & croyant tenir la main de sa maitresse, baisait la
mienne avec transport.

On nous ordonna de nous retirer,
nous obéîmes.-- Eh! bien, Seigneur, me
dit Don Zugarate pendant que nous re-
prenions le chemin de mon auberge,
vous venez de voir que je suis le plus
heureux des hommes. Que vous devez
trouver mon sort digne d'envie! -- Si
c'est-là toute votre félicité, répondis-je,
il faut avouer qu'elle se borne à bien
peu de chose. -- Quoi! s'écria-t-il d'un
air étonné, mon bonheur ne vous paraît pas assez grand! J'ai passé une partie de la nuit sous les fenêtres de ma
maitresse à soupirer, à jouer de la guitarre, à faire entendre mes accens amoureux; on a daigné se montrer un ins-

tant, j'ai baisé la plus belle main du
monde; & vous penfez encore que mes
vœux ne doivent point être fatisfaits!
Ah! trop heureux fi ma vie s'écoulait
dans de pareilles délices! -- A la fin de
toutes fes exclamations, j'arrivai à la
porte de mon auberge, & je fouhaitai
le bon foir à l'Amoureux Efpagnol;
j'aurais dû plutôt lui fouhaiter le bon
jour; car l'aurore commençait à parai-
tre.

## DCXLIV^e FOLIE.

Je ne fortis du lit que fort tard; je
me difpofais à aller faire un tour dans
la ville, quand on m'annonça quelqu'un
qui voulait me parler. Je crus que c'é-
tait le Seigneur Zugarate. Quelle fut
ma furprife de voir entrer une vieille
femme, couverte d'une large mante,
qui portait plufieurs clefs attachées à fa
ceinture, & un chapelet énorme. - Mon
fils, me dit-elle, je fuis la Duegne de la
jeune Demoifelle que vous avez apperçue cette nuit à fa fenêtre; fon faible
eft pour les étrangers, & j'ai la complaifance de me prêter à fes petites fantaifies. Vous n'avez qu'à me fuivre, je
vais vous mener auprès d'elle; il me fa-

G 6

ra facile de vous introduire par une
porte fecrette dont j'ai feule la clef.
Mais je ne puis vous rendre heureux
qu'à une condition. Il faut que vous me
juriez de quitter Madrid, & de fortir
d'Efpagne auffi-tôt que vous vous fépa-
rerez de ma belle maitreffe ; pour plus
de fûreté, je dois encore vous voir monter dans votre chaife. Vous foumettez-
vous aux conditions que je vous impo-
fe? Songez que, fi vous manquiez à vos
engagemens, vous pourriez avoir lieu
de vous en repentir. La vengeance des
femmes eft à redouter ; je ne vous en
dis point davantage. --

J'héfitai un inftant à répondre, non
que je regrettâffe d'être privé de parcourir la ville, & de vifiter l'Efcurial,
qui eft tout à la fois palais, monaftere
& collége ; il me fuffifait d'être venu en
Efpagne ; mais parce que les rendez-
vous m'avaient toujours été funeftes. --
Au moins, dis-je à la vieille, après avoir
mûrement réfléchi, m'affurez-vous que
je ne cours aucun rifque? -- Vous devez
en être certain, me répondit-elle ; mes
mefures font trop bien prifes, pour que
vous ayez fujet de craindre d'être troublé dans vos plaifirs. Le pere de Dona

Cécilia eſt d'ailleurs un vieil imbécile à qui je fais croire tout ce que je veux.— Tranquiliſé par ces paroles, je fis ſerment de ne point m'arrêter une heure dans Madrid, ni dans aucun lieu de la monarchie d'Eſpagne, après avoir eu le bonheur d'entretenir la belle Cécilia.

La vieille parut alors tranſportée de joie. — Vous ne ſavez peut-être pas, continua-t-elle ce que c'eſt qu'une Duegne, qualité que j'ai priſe en vous abordant? Je vais vous l'expliquer. Les femmes ſont auſſi retenues ici qu'en Italie, leurs fenêtres ſont grillées comme les cloîtres des Religieuſes; elles parlent rarement aux hommes en particulier; elles ne ſortent jamais que couvertes d'une mante, c'eſt-à-dire d'un long voile qui leur deſcend preſque juſqu'aux pieds; encore ne ſortiraient-elles point du tout, ſi elles n'étaient accompagnées d'une gouvernante décrépite, chargée du ſoin de veiller à leur conduite. Ce ſont ces ſurveillantes infatigables qu'on appelle des Duegnes; mais leur humeur ſévere & bourrue n'eſt ſouvent qu'une trompeuſe apparence. Quand les jeunes Beautés qu'elles ont en garde ſavent s'inſinuer dans leur amitié, elles endorment bientôt ces terribles dragons. Nous connaissons trop les faiblesses de notre sexe par notre propre expérience, pour n'avoir pas quelques égards à celles des jeunes personnes que l'on nous confie : nous ne ressemblons point tout-à-fait aux vilains Eunuques du Sérail des Turcs. Il est vrai que les amans qui veulent mériter nos services ont attention de nous faire de petits présens, que nous acceptons afin de ne les point désobliger.

## DCXLVᵉ FOLIE.

Je compris ce que la vieille voulait dire, & je lui mis dans la main une poignée de piéces d'or, qu'elle empocha tout en me protestant qu'elle n'était point intéressée. Sans m'amuser à lui répondre, je la fis ressouvenir du bonheur qu'elle m'avait promis; car il me sembla que le plaisir de bavarder, lui avait fait perdre la mémoire. Elle se couvrit de sa mante, moi je m'enveloppai de mon manteau, & je la suivis. Nous allâmes par des rues détournées, où ne passait presque personne, jusqu'à une petite porte qui donnait dans un jardin. La Duegne prit encore des détours qu'elle connaissait, & me conduisit enfin

auprès de l'appartement de Dona Cécilia. Avant de m'y introduire, elle ne
m'obligea point de me déchauffer, comme en Hollande ; mais elle tira d'une
armoire des fouliers d'une forme bifarre, qu'elle laiſſa contre la porte, ſans
vouloir me dire à quel deſſein.

J'entrai dans la chambre de Dona
Cécilia ; & je fus ébloui de ſa beauté.
Quoique ſon teint ſoit peut-être un peu
trop brun, aucune femme n'eſt plus ſé-
duiſante que cette aimable Eſpagnole.
Elle n'a guères que dix-huit ans ; ſa
taille eſt d'une fineſſe extrême ; ſes yeux,
deux fois plus grands que ſa jolie petite
bouche, ſont ſi vifs, ſi brillans, qu'on
peut à peine en ſoutenir l'éclat. Son en-
jouement, ſa gaieté folâtre, ſes manieres
enfantines, achevent de charmer, en
inſpirant la joie & la tendreſſe.

-- S'eſt-il ſoumis aux conditions que
je deſire ? s'écria la Belle en me voyant.
Oui, Madame, répondit la Duegne ;
il va fuir de ce Royaume en prenant
congé de vous. -- Eh ! Madame, repris-je, à quoi ne me ferais-je pas ſoumis, ſi j'avais connu le prix du bonheur qui m'était deſtiné ? A préſent que
je vous ai vue, quel objet plus beau

peut s'offrir à mes regards dans toute
l'Espagne? Si je regrette Madrid, c'est
parce que je vais m'éloigner de la divine Cécilia , auprès de qui j'aurais voulu passer ma vie. -- La Dame parut contente de mon compliment, quoi que je
m'exprimâsse assez mal en Espagnol. L'o-
bligeante Duegne nous laissa tête-à-tête ;
je m'apperçus qu'elle s'était éclipsée ,
& ne me comportai pas en amant novice.

Cécilia , de plus en plus satisfaite de
ma personne, m'apprit qu'elle m'avait
entrevu , lorsque j'accompagnai le pas-
sionné Don Zugarate, & qu'elle s'était
proposé aussitôt de m'entretenir en particulier ; c'est pourquoi elle s'informa
du nom de l'auberge où je logeais. Elle
daigna me confier aussi qu'elle ne pouvait souffrir le Seigneur Zugarate , trop
entêté des coutumes de son pays , pour
se douter que le bonheur des amans ne
consiste pas seulement à jouer de la guitarre sous une fenêtre. -- Je le ménage ,
ajoûta-t-elle , afin de l'épouser , si je ne
puis trouver mieux , quand je serai lasse
des Etrangers. --

Notre entretien durait depuis plusieurs heures ; tout-à-coup un grand bruit

fe fit entendre à la porte de la chambre.
-- Je veux entrer, criait-on d'une voix
de tonnerre; il m'eft libre, je crois,
de voir ma fille. Voilà fon frere qui
vient d'arriver, & qui meurt d'envie
de l'embraffer. Qu'on m'ouvre, morbleu! finon j'enfonce la porte.-- Ah!
nous fommes perdus, me dit tout bas
Cécilia! C'eft mon pere; il va nous
tuer tous les deux. -- Jugez fi j'étais
tranquile; j'aurais voulu être au fom-
met des Pyrénées. Je me fentis pourtant
un peu raffuré, quand j'entendis la voix
de la Duegne. -- Qu'allez - vous faire,
Seigneur, s'écriait-elle? O ciel! gardez-
vous de troubler votre fille; vous devez
refpecter fon occupation dans ce moment..... Sa Révérence.... ces fan-
dales vous en difent affez. -- Il me fut
impoffible de bien entendre cette derniere phrafe; la vieille la prononça trop
bas. Les mots qui terminerent fon difcours opérerent un effet merveilleux.
Le bruit ceffa entiérement; je connus
que tout le monde s'était retiré, & qu'on
ne cherchait plus à troubler notre tête-
à-tête.

## DCXLVI<sup>e</sup> FOLIE.

Les careſſes de la belle Eſpagnole ne
purent diſſiper ma frayeur: il me ſemblait qu'à tout moment l'on revenait
nous ſurprendre. Je feignais d'être raſ-
ſuré ; mais dans le fond de mon ame, le
moindre bruit m'inquiétait. Il me fallut pourtant reſter juſqu'à la nuit auprès de Cécilia. Sitôt qu'il y eut moyen
de me faire ſortir ſans qu'on m'apperçût, la Duegne vint m'avertir qu'il
fallait nous ſéparer. La fidéle amante
du Seigneur Zugarate m'embraſſa tendrement, & me fit reſſouvenir que nous
devions ne plus nous revoir.

La vieille me prit par la main, me
conduiſit à tâtons dans de longs corri-
dors, & par des eſcaliers dérobés. Je me
vis enfin dans la rue ſain & ſauf. La
vieille m'accompagna juſqu'à mon auberge, afin d'être témoin ſi je rem-
plirais mes engagemens.

Mes gens furent bien ſurpris de me
voir rentrer avec cette vieille ſempiter-
nelle ; & le furent encore davantage
lorſque je leur ordonnai de ſe préparer
à partir ſur le champ ; ils s'imaginerent
que j'enlevais d'Eſpagne ſa plus curieuſe

antiquité. On attela des mulets à ma
chaife; & je m'éloignai en criant à la
Duegne de prier fa maitreffe de voyager dans l'Europe, où elle avait fi grand
foin de fe ménager des connaiffances.

Mes Poftillons, informés que j'avais
deffein de me rendre en France, prirent
par la Catalogne, du côté que cette
Province eft la plus voifine des Pyrénées.
Mais je ne courais point la pofte ; je n'allais qu'au pas de mes mules; c'eft-à-
dire auffi gravement qu'un Ambaffadeur qui fait fon entrée. Parvenu au
pied de ces fameufes montagnes, que
la Nature femble avoir plantées pour
marquer les limites de la France & de
l'Efpagne, il fallut me réfoudre à voyager encore plus lentement. Nous gra-
vîmes par un fentier bordé de préci-
pices, coupé très-fouvent par de larges
marais. La mule fur laquelle j'étais grim-
pé bronchait à tout moment, & menaçait de faire avec moi un terrible faut. Il
m'arriva même un jour de culbuter avec
ma monture ; heureufement que nous ne
tombâmes l'un & l'autre que dans un lac
peu profond ; j'en fus quitte pour être
mouillé jufqu'aux os. A force d'avancer
lentement, je ne laiffai pas de faire un

peu de chemin. J'entrai en France par Perpignan ; & ne fongeai plus qu'aux plaifirs que j'allais goûter.

Voilà de quelle maniere je fortis d'Efpagne ; tout ce que je puis vous dire de Madrid, c'eft que les rues en font très-mal-propres. J'y ai pourtant fait d'utiles obfervations ; j'ai connu le caractere des Dames Efpagnoles, & les ufages de leurs amoureux Chevaliers. Je le répéte encore ; ô que c'eft une belle chofe que les voyages ! qu'ils forment promptement la Jeuneffe !

## DCXLVIIᶜ FOLIE.

C'eft par la France que je voulus terminer mes courfes ; j'avais réfervé ce beau Royaume pour venir m'y délaffer de mes fatigues dans le fein des plaifirs, & pour mettre la derniere main à mon inftruction. Quand je dis la *France*, je prends la partie pour le tout ; car vous verrez que je n'ai voyagé que dans Paris, felon la coutume de mes illuftres compatriotes.

Quel dommage qu'on ne puiffe voler tout de fuite jufqu'à la Capitale d'un Royaume ! Il me fallut traverfer plufieurs Villes ; mais je ne m'arrêtais que lorfqu'on changeait de chevaux ; & j'ordonnais bien vîte aux Poftillons de partir. Je m'informais pourtant aux poftes des principales Villes de ce qu'elles pouvaient avoir de remarquable. A Touloufe, on me parla d'un Hôtel-de-Ville qu'on venait d'achever, dont les fenêtres font auffi grandes que les portes. A Cahors, on m'entretint d'un ufage affez bifarre ; le voici : Lorfque l'Evêque fait fa prémiere entrée dans la Ville, certain Vicomte de la Province eft obligé de tenir la bride de la mule du Prélat, nue tête, fans manteau, une jambe & un pied nuds, chauffé feulement d'une pantoufle ; dans ce bifarre équipage, il eft encore contraint de fervir le Prélat à table pendant fon dîner. Comme toute peine mérite falaire, on lui donne la mule qu'il a fi bien conduite ; & le buffet de l'Evêque le récompenfe d'avoir verfé à boire.

On m'avertit à la Pofte de Limoges que j'étais dans le pays où l'on mange les chataignes à toute fauffe, ce qui me parut très-curieux à favoir. On ne manqua point à Orléans de me parler de la Pucelle qui défendit fi vaillamment cette Ville ; mais dans le fiécle où nous fommes, on ne croit plus aux Pucelles. J'admirai le nouveau pont de cette Ville, qu'on vient de bâtir à grands frais, & dont les arches seraient tres-belles, si elles n'étaient un peu écrasées. J'observai aussi, en courant rapidement dans ma chaise, que la France est coupée en tout sens par un nombre infini de grands chemins ; rien ne me parut plus admirable : vous m'avouerez que des routes spacieuses, bordées de beaux arbres, font un meilleur effet que des champs, des prés & des vignes.

## DCXLVIIIᵉ FOLIE.

Je n'étais qu'à quelques lieues de Paris, lorsqu'en jettant les yeux par hasard sur le grand chemin, j'apperçus un homme habillé à l'Anglaise, qui cheminait tristement, un bâton à la main, suivi d'une espèce de Laquais, chargé d'une petite valise. Les traits de cet homme me frappèrent ; je l'envisageai avec attention ; je fus dans le dernier étonnement de reconnaître en lui Milord Moorgod, mon camarade d'enfance, l'un des plus riches Seigneurs d'Angleterre. Je fis aussi-tôt arrêter ; & m'élançant hors de ma chaise, je m'écriai : -- Où diable allez-vous, mon cher Milord, équipe de la forte ? Comme vous voilà fait, vous qu'on m'a dit qui faiſiez une ſi belle figure à Paris ! -- Moorgod, interdit, fut quelque tems ſans me répondre ; enſuite mettant ſon doigt ſur ſa bouche, il s'approcha de moi d'un air moins embarraſſé : -- Je ſuis au déſeſpoir, me dit-il à voix baſſe, que vous m'ayez rencontré dans ce triſte équipage. Si vous aviez ſu la vérité, vous ne vous feriez peut-être pas tant preſſé de me reconnaître. Au reſte, vour allez dans une Ville où l'on pourra bien vous mettre dans un cas pareil au mien ; je vous en avertis. -- Quoi ! m'écriai-je, eſt-ce que Paris renferme des voleurs, qui dépouillent ſans pitié les Etrangers ? -- Vous y trouverez, me répondit-il, de jolies femmes, des Beautés ſéduiſantes, qui, ſans vous voler, auront le ſecret de vous ravir tout votre bien. -- Vous êtes donc exactement ruiné ? -- Hélas ! oui ; j'ai été contraint de vendre mes équipages, de congédier mes domeſtiques ; je n'ai gardé que ce garçon, que ma miſere n'a pu éloigner de moi. Poſſédant à peine de quoi regagner l'Angleterre, je viens de

partir fecrettement de Paris. Je ne veux
point d'abord prendre la route de Calais,
trop fréquentée par des gens qui m'ont
vu dans l'opulence. Après avoir tourné
quelque tems aux environs de Paris,
& lorfque j'en ferai à une certaine diftance, je me mettrai dans le chemin
que je dois fuivre. Mon deffein eft d'aller me confiner dans une petite terre
qui me refte au Comté de Dévonshire,
& d'y faire pénitence de mes prodiga-
lités. Mais vous me jouez un vilain tour
de vous trouver dans un endroit où je
croyais être sûr de ne rencontrer aucun
Anglais. Vous tombez donc des nues
exprès pour me faire pièce ? --

### DCXLIXᵉ Folie.

Le chagrin que me montrait Milord
Moorgod me fit éclater de rire. Il fe
préparait à me quitter, je ne voulus
point y confentir. -- Il faut, lui dis-je,
que nous nous rendions enfemble au
premier Village ; là nous renouvellerons
connaiffance le verre à la main, & vous
prendrez des forces pour continuer
votre voyage. -- Il confentit à la propofition avec d'autant plus de plaifir, que
nous n'étions qu'à un quart-de-lieue
d'un

d'un gros Bourg : je fis aisément ce chemin à pied, en racontant mes aventures à Milord Moorgod. On nous indiqua la meilleure auberge ; j'y conduisis mon malheureux compatriote. — Préparez - nous en diligence, dis-je à l'hôte, un repas splendide, composé des mets les plus rares & les plus recherchés ; ayez soin, en un mot, de nous faire faire bonne chere ; & ne nous donnez que des vins exquis. Le prix n'y fait rien, je paierai tout ce qu'il faudra. —

Je vis l'allégresse se répandre sur le front de mon hôte ; il appella ses garçons à grands cris, & se mit à travailler avec ardeur. Pendant que tout était en mouvement dans la cuisine, Moorgod & moi nous buvions tranquilement d'un vin délicieux, en attendant que la table fût servie. On nous avait placés dans une chambre très-propre, où nous pouvions nous entretenir en liberté.

Le repas fut prêt au bout de quelques heures ; je fis asseoir à côté de moi le fidèle serviteur de l'infortuné Milord, afin de le récompenser de son attachement pour son maître. Le festin n'avait rien de trop merveilleux ; notre

*Tome III.*        H

appétit ne contribua pas peu à nous le faire paraître excellent. Nous reſtâmes une partie de la nuit à table; Milord m'inſtruiſait de la maniere dont je devais me conduire à Paris: moi je ne pouvais me laſſer d'entendre la deſcription de la vie délicieuſe qu'il avait menée. Le jour nous aurait ſurpris au milieu des verres & des bouteilles, ſi Moorgod ne m'avait repréſenté que, ne ſe ſervant point d'une voiture auſſi commode que la mienne, & voulant partir de grand matin, il lui fallait un peu de repos. Nous nous dîmes le dernier adieu avant de nous quitter. Je lui offris une certaine ſomme, afin qu'il pût paſſer en Angleterre avec moins de déſagrément, il refuſa de la prendre; j'eus beau le preſſer, le prier même d'accepter des dons qui lui étaient utiles; il perſiſta dans ſon refus, en m'aſſurant qu'il n'en aurait pas moins de reconnaiſſance. Enfin nous nous mîmes au lit, lui dans le deſſein de ſe lever avec l'Aurore, pour continuer ſa route; & moi dans l'intention de dormir la graſſe matinée.

Je ne me réveillai en effet que très-tard le lendemain; & j'appris qu'il y avait long-tems que mon Anglais était

parti. Auffi tôt qu'il fut jour dans ma
chambre, l'hôte vint me préfenter la
carte. Devineriez - vous à combien fe
montait la dépenfe ? A vingt-cinq louis
d'or. Je ne manquai pas de me récrier
fur une fomme fi prodigieufe ; le juif
me protefta que c'était en confcience.
-- Mais, lui dis-je, montrez - moi le
tarif de vos Marchandifes. -- Oh ! vraiment, me répondit-il, l'on n'aurait jamais fini, fi l'on entreprenait de fixer le
prix des mets que nous fourniffons. Les
auberges en France ne font point taxées ;
on y peut écorcher en toute fûreté les
voyageurs. -- Dans les pays policés, m'é-
criai-je, on devrait bien réformer cet
abus. N'eft-il pas affreux qu'un hôte impitoyable vole impunément les Etrangers ? Que font devenues les Loix de
l'hofpitalité, fi facrées chez les anciens
Peuples ? -- Vous parlez auffi bien qu'un
livre, répliqua l'aubergifte en fouriant ;
mais payez, Milord ; vous prêcherez
après à votre aife. -- Voilà votre argent,
m'écriai-je tranfporté de colere ; j'entends pourquoi vous me demandez une
telle fomme. --

Alors je fis monter mes gens, & leur ordonnai de m'aider à jetter tous les meu-

H 2

bles par la fenétre. Ils s'empreſſerent de
m'obéir ; vous euſſiez vu voler dans la
rue les fauteuils, les tables, les miroirs.
L'hôte s'arrachait les cheveux, & pouſ-
ſait les hauts-cris. Les payſans s'ameu-
terent; deux Arçhers du lieu accoururent, accompagnés de Monſieur le Bailli
Le grave Magiſtrat me pria de lui dire
pour quelle raiſon j'occaſionnais un pareil déſordre. -- Non-ſeulement, répondis-je, je crois avoir payé le repas de
cet honnête Aubergiſte, en lui donnant
la ſomme qu'il m'a demandée; mais je
ſuis certain auſſi qu'il m'a vendu tous
les meubles de cette chambre: or,
puiſqu'ils m'appartiennent, j'en peux
faire ce qu'il me plaira. -- Vous vous
trompez, reprit l'hôte; je ne vous ai
fait payer que le ſouper d'hier au ſoir.

-- Aviez-vous fait votre prix, me dit
le Juge de Village, avant de vous mettre à table? Tant-pis, continua-t-il,
quand je lui eus aſſuré que je ne m'en
étais point aviſé: il faut toujours faire
ſes conventions; ainſi je vous condamne
à payer ce que cet homme demande,
& le dommage cauſé à ſes meubles. --
Hélas! m'écriai-je, que les uſages ſont
différens! En Suiſſe il m'en coûta cher

pour avoir marchandé; en France il m'en coûte encore davantage pour m'être fié à la probité d'un Aubergiste. --

## D C L<sup>e</sup> F O L I E.

La vue de Paris me consola de cette aventure. Je ne m'en ressouviens actuellement que pour en rire avec mes amis. Le seul aspect de la Capitale de la France annonce sa grandeur & ses beautés; l'œil ne peut mesurer son étendue immense. Le nombre infini de ses clochers, les dômes majestueux qu'on découvre lorsqu'on la regarde de loin, les superbes avenues par lesquelles on y arrive de toutes parts, inspirent aux Voyageurs une admiration mêlée de respect.

Les idées avantageuses qu'on s'en forme en la contemplant d'une hauteur voisine, ne sont point démenties lorsqu'on pénétre dans son enceinte. Les Édifices, les vastes Hôtels qu'on rencontre à chaque pas; les rues inondées d'une foule de peuples; la quantité prodigieuse de carrosses qu'on voit rouler sans cesse, vous causent une nouvelle surprise; & je vous avoue que j'ai eu de la peine à m'accoutumer au fracas, au cahos de Paris.

H 3

J'allai loger dans un Hôtel garni,
que le pauvre Milord Moorgod m'avait
indiqué, en me priant bien de n'y point
parler de lui, parce qu'il y devait quelques termes de son loyer.

J'habite Paris depuis six mois; la dépense que j'y fais me procure un grand
nombre d'amis, & des sociétés charmantes, où je suis toujours très-bien reçu. Je mene une vie délicieuse. Je me
couche à quatre heures, ne me leve
qu'à midi ; je suis invité à tant de sou-
pers fins, qu'il m'est impossible d'y suf-
fire. Les Anglais font tellement devenus
à la mode, ainsi que leurs romans,
qu'on veut m'avoir dans les meilleures
maisons; & la tête m'en tourne.

J'avais bien raison de penser que je
ne pouvais mieux terminer mes voyages que par la France. Les agrémens
dont je jouis dans la Capitale font de
beaucoup au-dessus des plaisirs que me
peignait mon imagination, d'après des
récits que je croyais exagérés. Vos Demoiselles de l'Opéra, toutes plus
charmantes les unes que les autres,
s'empressent de sourire aux Etrangers, se piquent de ne point les faire
trop languir. Il est vrai qu'on achete

un peu cher le bonheur de les con‑
naître; mais peut-on mieux prodiguer
ſes richeſſes qu'en faveur des Grâces &
des Talens? D'ailleurs, ceux qui pré‑
ferent l'amour honnête, ſe rendent auſſi
facilement heureux; les galans rendez‑
vous ne ſont point à Paris auſſi dange‑
reux qu'en Italie & qu'en Eſpagne ; les
époux Français ont la complaiſance de
ne jamais troubler ceux que donnent
leurs tendres moitiés. Pour moi, j'aime
également les Divinités de couliſſes , &
les Dames du grand monde qui ſe per‑
mettent d'avoir un amant. Je ne vois
guères de différence entr'elles.

## CONCLUSION

*des voyages & des aventures de Milord*
*Wartong.*

### DCLI<sup>e</sup> FOLIE.

Tandis que j'entretenais la Nymphe
d'Opéra qui nous trompait tous les
deux à la fois, j'étais en même tems le fa‑
vori de certaine Comteſſe , à laquelle je
daigne me reſtreindre actuellement, en

attendant mieux ; car, j'abandonne, ainſi que vous, la perfide Danſeuſe au plus offrant & dernier enchériſſeur.

Et j'aurais tort de ſoutenir que Paris eſt la Ville la plus délicieuſe de l'Univers, continua Milord avec une grande exclamation ! On ne ſaurait douter qu'elle ne ſoit digne de ſa célébrité, depuis que nos Milords viennent y dépenſer, comme à l'envi, pluſieurs milliers de livres ſterling, afin d'achever de s'y polir, en s'identifiant, pour ainſi dire, avec l'élégance Françaiſe. Fidèle à ſuivre l'exemple qu'on m'a tracé, je ne quitterai Paris qu'après y avoir mangé les trois quarts de mon bien ; je me flatte d'y reſter encore pendant quelques mois, puiſque je n'ai diſſipé que la moitié tout juſte de ma fortune. À mon retour à Londres, mes compatriotes me voyant ruiné dans les régles, ſeront contraints d'avouer que les voyages m'ont été trèsutiles, & que je ſuis un garçon fort bien inſtruit.

Vous devez être content de ma complaiſance, mon cher Marquis ; je parle depuis je ne ſais combien d'heures avec un courage inoui. Mais ce qu'il y a de ſingulier, c'eſt qu'en ne voulant que

vous conter mes aventures paſſées, je
viens de vous faire part auſſi de mon ſort
futur. Eh bien ! éprouvez-vous encore
cet ennui, ce vuide que vous cauſe la
ſatiété des plaiſirs ? Le détail de mes
aventures a-t-il chaſſé cette humeur
ſombre qui ternit quelquefois les graces
du Français élégant ; humeur qu'il faut
reléguer en Angleterre parmi les bour-
rus attaqués du ſpléen ou de la con-
ſomption ?

## LE FATALISME,

### OU LES AMANS INFORTUNÉS.

### DCLIIᵉ FOLIE.

NOUS verrons ailleurs la réponſe du
Marquis, & les nouvelles extravagances auxquelles il va ſe livrer. Il eſt
tems de retourner au vieux Baron d'Urbin, que nous avons laiſſé dans ſon Village,
s'efforçant de ſéparer trois gros ruſtres,
acharnés à ſe battre, & s'accablant mutuellement d'injures & de reproches.

Les prieres du Baron, le reſpect, la
crainte qu'il inſpire, calment enfin la

H 5

fureur des combattans; ils lâchent prife ,
s'éloignent les uns des autres de quelques
pas, mais en fe menaçant encore des
yeux. -- Quel eft donc le fujet d'une fi
violente querelle , demande M. d'Urbin
en fe mettant au milieu du champ de
bataille ? -- Celui des trois payfans qui
fe croit le plus d'éloquence , fe charge
d'apprendre au Baron ce qu'il defire
tant de favoir. Tous les Spectateurs ,
gardant un profond filence , fe ferrent
les uns contre les autres , & l'écoutent
d'un air avide. Le villageois , fier de parler devant un auditoire fi nombreux ,
éleve la voix , & commence de la forte
fon difcours , en s'adreffant à Monfieur
d'Urbin.

-- C'eft le remords qui nous déchire
& nous met en fureur. Nous fommes
caufe de la mort d'une malheureufe
femme , autrefois tranquile dans fon ménage ; fans nous elle vivrait encore ; fon
mari n'aurait point à fe reprocher une
action trop cruelle. Chacun de nous
rejette la faute fur fon camarade ; mais
ce qu'il y a de très-vrai , c'eft que nous
fommes tous les trois coupab'e.

Vous faurez , Monféigneur le Baron,
pourfuit le payfan, (affez habile pour ne

s'adresser toujours qu'à la principale personne qui l'écoute, ) vous saurez que ce Village avait le bonheur de posséder, il y a dix ans environ, une jeune fille tout-à-fait aimable, aussi sage que jolie, dont la conduite nous charmait tous. Son ame était aussi pure que son visage était serein; ignorant jusqu'au nom du crime, elle vivait heureuse dans une paix profonde; elle n'aurait jamais rougi, si l'on n'avait jamais fait devant elle l'éloge de ses attraits; son air d'innocence & de candeur n'avait rien d'affecté; il peignait la simplicité de ses mœurs.

Le pere d'une fille aussi charmante se nommait Gros-Jean; c'était un vilain homme bourru, méchant, intéressé, d'une humeur sombre, toujours prêt à quereller, n'étant content de rien, grondant sans cesse entre ses dents; il semblait qu'il voulût avoir autant de défauts que sa fille avait de bonnes qualités. Aussi le haïssait-on dans le Village autant qu'on chérissait l'aimable Jacqueline, qui lui devait la vie.

Cette chere enfant perdit beaucoup à la mort de sa mere; elle fut d'autant

H 6

plus à plaindre , qu'elle lui fut enlevée
dans un âge où elle pouvait fentir la
grandeur de fa perte. Elle aurait enfin
fuccombé à fa douleur , fi les foins d'un
jeune berger du Village , pour lequel
elle n'était point indifférente , ne l'a-
vaient empêchée de s'y livrer trop vivement. Pierrin était digne en effet de
confoler une belle affligée. Repréfentez-
vous un grand garçon , les cheveux
blonds comme les épis des blés , le teint
frais & vermeil , le menton garni d'un
léger duvet , la phyfionomie affez femblable à une belle pêche , colorée par
les rayons du Soleil , & couverte de
fon velouté. L'air ingénu de Pierrin , la
douce gaieté qui l'animait , le rire naïf
qu'il faifait éclater aux moindres propos qu'il entendait , ainfi qu'à la fin des
difcours qu'il tenait lui-même , annonçaient l'excellence de fon caractere , & la
tranquilité de fon ame. Sans l'amour
innocent qu'il éprouvait , aucune paffion ne l'aurait agité. Son humeur était
fi douce , il était fi éloigné de faire de
la peine à qui que ce foit , qu'il fe ferait reproché la mort d'un petit oifeau ,
& qu'il n'ofa jamais dérober un feul
fruit dans les vergers du canton.

La sympathie l'attacha dès sa tendre jeunesse à l'aimable Jacqueline ; & cette belle bergere sentit aussi qu'il était nécessaire au bonheur de sa vie. L'union de ces jeunes amans enchantait tout le Village. Lorsqu'on les voyait ensemble, la joie qui brillait dans leurs yeux, pénétrait aussi-tôt dans les cœurs. Ils ne songeaient qu'au plaisir de s'aimer & de se le dire ; ils croyaient que le bonheur des amans ne s'étendait pas plus loin : heureuse simplicité !

Un des amis de Pierrin lui apprit qu'il devait demander sa maitresse en mariage, s'il voulait passer ses jours avec elle. Pierrin courut tout de suite prier Gros-Jean de lui accorder sa fille. Mais il n'en reçut que des rebufades, que des mépris. -- Vraiment, lui dit ce pere trop intéressé, il sied bien à un gueux tel que toi d'oser prétendre à Jacqueline ! Va gagner les trente écus qu'il te faut pour te mettre dans ton ménage ; & j'aurai peut-être égard à ta demande. -- Pierrin voulut faire quelques représentations ; Gros-Jean lui tourna brusquement le dos, en l'accablant d'injures.

On ne saurait exprimer le désespoir

des deux amans; il ne leur fallait, il eſt
vrai, qu'une bien petite ſomme pour
être unis, eu égard aux richeſſes des
gens de la Ville. Mais comment la gagner dans nos campagnes, où le travail
produit à peine de quoi vivre? D'ailleurs, le tems qu'il leur fallait pour
amaſſer les trente écus, leur paraiſſait
bien long à paſſer.

## DCLIII.ᶜ FOLIE.

Ils prirent pourtant leur parti avec
douceur; aucune plainte ne ſortit de
leur bouche; ils ſe contenterent de pleurer enſemble, & de s'exhorter à la
patience. Après avoir bien répandu des
larmes, ils ne reſterent point les bras
croiſés. Jacqueline dit adieu à ſon amant,
s'arracha d'auprès de lui, & ſe rendit
à pied juſqu'à la prochaine Ville, où
elle ſe fit ſervante. On la reçut ſans
peine dans la premiere maiſon où elle
ſe préſenta; ſon air modeſte & rempli
d'innocence atteſtait la régularité de ſa
conduite. Pierrin, de ſon côté, quitta le
Village, perſuadé qu'il gagnerait davantage ailleurs, & ne pouvant vivre
dans un lieu que n'habitait plus celle
qu'il aimait. Lorſqu'il ſe fut éloigné

d'une douzaine de lieues, il offrit ſes ſervices à un bon fermier, vieillard reſpectable, qui les accepta avec joie, jugeant à la phyſionomie de Pierrin qu'il ne pouvait acquérir un domeſtique plus honnête. Pierrin dans ſa nouvelle condition ne gagnait que huit écus par an ; c'étaient deux de plus que dans ſon Village ; & il s'encourageait au travail, en ſupputant que ſon gain le mettrait dans quelques années en état d'épouſer ſa chere Jacqueline. Ses fatigues lui paraiſſaient moins pénibles depuis qu'il les regardait comme autant de moyens de poſſéder ſa maitreſſe. Jacqueline travaillait auſſi avec joie, pour l'amour de lui. Ces deux fidèles amans s'informerent mutuellement du lieu où ils étaient ; & chaque mois ils goûtaient la douceur de s'écrire.

Leur fuite avait été ſi ſécrette, qu'on ignora longtems dans le Village ce qu'ils étaient devenus. Etonné de ne plus les revoir, l'on s'en demandait l'un à l'autre des nouvelles. La douleur qu'on reſſentit de leur perte fut générale ; vous euſſiez dit que chaque famille venait d'être privée tout-à-coup d'un enfant chéri, tant les vertus de Jac-

queline & de Pierrin les faisaient aimér
de tout le monde; le seul Gros-Jean
parut insensible, quoiqu'il dût naturellement être inquiet du sort de sa fille
unique. Sans considérer que son avarice
pouvait l'avoir réduite au désespoir, il
supporta son départ avec la derniere
indifférence. -- Elle reviendra, disait-
il, lorsqu'elle sera lasse de courir. -- Il
osa même se féliciter tout haut de la
résistance qu'il avait apportée aux desirs de Pierrin, parce qu'il se réjouissait
d'avoir conservé l'argent qu'il lui aurait
fallu dépenser.

## DCLIVe FOLIE.

La fatalité qui poursuit quelquefois
les amans, ainsi que le reste des hommes, conduisit Jacqueline, lorsqu'elle
fut arrivée dans la Ville où elle était
résolue de s'arrêter, chez un vieillard
encore plus avare que Gros-Jean. Il
reçut tout de suite la pauvre fille,
charmé d'avoir une servante aussi jolie,
& dont l'air était aussi modeste. Il convint, en la prenant à son service, de
lui donner dix écus par an. Un autre
que le vieillard serait devenu amoureux d'une pareille gouvernante; mais

il n'avait des yeux que pour son argent ;
son unique plaisir était de le recompter
sans cesse. Il craignait tant de diminuer
quelque chose de son trésor, qu'il se
refusait même jusqu'au nécessaire. A
quoi lui servaient donc ses richesses ?
N'était-il pas aussi misérable que s'il
avait été réellement dans l'indigence ?

Il est facile de s'imaginer que Jacqueline ne devait pas être trop heureuse
avec un tel maître. Elle faisait très-
mauvaise chere, & ne laissait pas d'être
fort occupée. Quand son ménage était
fini, le maudit avare l'employait encore à différens ouvrages ; malgré les
divers services qu'il en retirait, il n'a-
vait guères plus d'égards pour elle ; il
lui reprochait souvent qu'elle serait la
cause de sa ruine ; & Dieu sait pourtant le peu de dépenses qu'elle lui oc-
casionnait.

Notre avare poussa plus loin ses mauvais procédés. Lorsqu'il fallut payer une
année des gages de Jacqueline , il éluda,
sous quelque prétexte ; en lui faisant
observer qu'elle n'avait pas besoin
d'argent , tant qu'elle serait chez lui.
Jacqueline prit patience , se flattant

qu'un jour il acquitterait une dette auſſi légitime. Mais au bout de trois ans, il refuſa tout net de lui donner un ſou. Le vilain avare aurait cru s'arracher l'ame, en ôtant quelques écus de ſon tréſor.

Qu'on ſe peigne la douleur de Jac-queline. Elle croyait être parvenue à gagner ce qu'il fallait à ſon amant pour l'obtenir; elle était enchantée de lui donner cette preuve d'amour. Lorſ-qu'elle ſe flattait d'être au comble de ſes vœux, elle ſe voit cruellement dé-chue de ſes eſpérances. Elle ſera donc contrainte de recommencer ſes tra-vaux? & qui lui répondra que ſon amant ſoit toujours capable de la même fidélité? -- Il peut, diſait-elle, m'ac-cuſer d'indifférence, ou bien ſe laſſer d'attendre ſi longtems le bonheur qui lui était promis. -- Cette derniere idée redouble la violence de ſes chagrins. Elle ne ſait quel parti prendre; elle ignorait qu'il eſt des loix auxquelles on peut recourir. Fondant en larmes, la voix étouffée par ſes ſanglots, elle ſe jette vainement aux pieds du maître dont l'indigne avarice la prive de ſon ſalaire.

## D C L V<sup>e</sup> F O L I E.

Dans cette situation cruelle , l'infortunée Jacqueline se trouve un jour
seule dans la chambre de l'avare. Elle
apperçoit plusieurs sacs remplis d'argent. Ses yeux se fixent malgré elle sur
ce trésor; elle a beau vouloir détourner
son attention sur d'autres objets; elle
y revient toujours, & demeure enfin
immobile à le contempler. -- Voilà,
s'écrie-t-elle , comme la fortune est
injuste!... Hélas! ce n'est point tout
cet argent que j'envie; je ne desire que
la somme qu'il me faudrait pour passer
mes jours avec mon cher Pierrin.... --
A ces mots, un mouvement involon-
taire l'approche du trésor. -- Que fais-je?
dit-elle en s'arrêtant. Eloignons-nous
d'ici!... Mais, continue-t-elle, on me
refuse depuis trois ans le prix de mes
travaux; serait-ce un crime de me payer
par mes mains? -- Elle demeure un
instant plongée dans mille réflexions.
Tandis qu'elle promene en silence un
œil égaré autour d'elle , son ame se
trouble, son cœur palpite avec force,
elle peut à peine se soutenir. -- Je ne
veux prendre que ce qui m'est dû,

poursuit-elle d'une voix éteinte......
Si je manque l'occasion qui se présente,
je perds mon amant pour toujours. --
Elle ne balance plus , elle se saisit d'un
des sacs, qu'elle arrose de ses larmes,
elle l'ouvre en tremblant , en tire
trente écus , qu'elle a grand soin de
compter. Une voix secrette lui crie:
malheureuse, tu t'égares. Mais elle est
étouffée par celle de son amour. A peine
a-t-elle remis le sac à sa place , qu'elle
tombe sur une chaise toute éperdue,
toute hors d'elle-même. Elle se releve
enfin, & se hâte de fuir du lieu funeste
où sa vertu vient de se livrer au crime.
A chaque pas qu'elle fait pour regagner
sa chambre, elle sent ses genoux se dérober sous elle ; il lui semble qu'elle est
poursuivie , & que tout le monde va
l'accabler de reproches.

Elle ne commence à respirer qu'après
avoir caché dans sa cassette les trente
écus qu'elle vient de voler, & qui lui
étaient dus si légitimement. Aussitôt que
son maître fut rentré , elle reprit sa
petite somme, & courut la porter,
bien empaquetée, à un paysan, qui,
après avoir vendu diverses denrées dans
le marché de la Ville, retournait aux

environs du Village où demeurait Pierrin. — Remettez-lui, dit-elle, cet argent ; c'est tout ce que j'ai gagné chez
mon maître, depuis trois ans que je le
sers ; assurez-le que je lui en fais présent, afin qu'il puisse me demander en
mariage, & pour que nous soyons
bientôt unis. Je ne tarderai pas à me
rendre auprès de mon pere. — Le paysan promit qu'il s'acquitterait fidélement de sa commission. Jacqueline alors
se sentit plus tranquile ; mais elle n'é-
prouvait qu'une joie mêlée d'inquiétude ; elle avait perdu cette douceur
intérieure que lui procurait l'innocence
de sa conduite.

## DCLVIᶜ FOLIE.

L'avare, dont Jacqueline était la
gouvernante, ne manquait pas chaque
jour de compter son argent. Il goûtait
un plaisir extrême à repaître ses yeux
de l'éclat de son or, à le palper plusieurs fois, ainsi qu'à prêter l'oreille
au doux son de ses especes : le vilain
avare savait ainsi satisfaire trois de ses
sens à peu de frais. Le soir même du
vol forcé de Jacqueline, il vint rendre visite à son cher trésor. Après avoir

fermé foigneufement la porte & les volets des fenêtres, felon fa coutume, il vuide à petit bruit fes facs fur la table; quelle fut fa rage & fon défefpoir, lorfqu'il s'apperçut qu'on avait touché à un de fes facs! Il s'arrache les cheveux, fe meurtrit le vifage, fe roule par terre, en criant au voleur, qu'il eft mort, qu'il eft ruiné.

Quoiqu'il y eût quelque tems que Jacqueline s'était retirée dans fa chambre, elle n'était point encore endormie; le repos fuyait loin d'elle depuis la criminelle action où l'avait réduit l'avarice de fon maître. Elle entendit fes cris, & ne fe douta que trop de ce qui les caufait. Auffitôt elle fort précipitamment de fon lit, fe hâte de s'habiller; & voulant fe délivrer des remords qui la déchirent, elle vole à la chambre du vieillard, fans réflechir aux conféquences de la démarche qu'elle va faire. Elle frappe à la porte, l'avare ouvre, en continuant fes lamentations; & ne fut jamais plus furpris que de la voir entrer les cheveux en défordre, le vifage couvert de larmes; & fe jetter tout de fuite à fes genoux, qu'elle embraffe avec tranfport. — C'eft moi, lui dit-elle, en

redoublant ſes ſanglots, c'eſt moi qui
vous ai volé l'argent qui vous manque.
Mais conſidérez que je ne vous ai pris
que le montant de mes gages, & qu'a-
près vous avoir preſſé d'acquitter une
dette qui doit être ſacrée. Vous me
pardonnerez, ſans doute ; votre cœur
s'adoucira, quand vous ſaurez les motifs qui m'ont forcée à commettre l'action qui cauſe mon déſeſpoir. Daignez
me faire grace ; ayez pitié d'une amante
aveuglée par l'Amour ; & je ne croirai
devoir la ſomme que je vous ai priſe
qu'à votre ſeule humanité. Vous ferez
le bonheur de deux infortunés, qui ne
ceſſeront de vous bénir toute leur vie. --

L'avare ne lui aurait point donné le
tems de faire un auſſi long diſcours, ſi
la crainte dont il était agité de perdre
ſon argent, & l'eſpérance qu'il reſſen-
tait de le retrouver, ne lui avaient ôté
l'uſage de la parole. -- Malheureuſe !
s'écria-t-il enfin, où as-tu mis ces trente
écus ? Va me les chercher tout-à-l'heure. -- Hélas ! répondit Jacqueline, je ne
les ai plus ; ils ſont au moins à ſix lieues
d'ici. -- Le vieillard devient alors tout-
à-fait furieux. Il ſe met à la fenêtre,
appelle à grands cris les voiſins à ſon

ſecours. — Je ſuis ruiné, leur dit-il ;
ma coquine de ſervante m'a volé tout
mon bien. — Ses clameurs attirent auſſi
la Garde ; & ſur ſa dépoſition, l'on
charge de chaînes la pauvre Jacqueline,
on la jette dans un ſombre cachot. Elle
ſe laiſſe conduire avec douceur, ſans
proférer une ſeule plainte, ainſi que
l'innocente brebis qu'on mene à la bou-
cherie.

## DCLVIIᵉ FOLIE.

Dès le lendemain, cette fille infortunée comparait devant ſes Juges. Sans
être touché de ſa jeuneſſe & de ſes larmes, on l'interroge avec un front ſévere, & d'un air menaçant ; il ſemble
qu'on cherche plutôt à la trouver coupable qu'innocente. Elle ne nie point le
crime dont on l'accuſe ; elle fait l'aveu
de ſa faute, en frémiſſant de l'horreur
qu'elle lui inſpire. Un des Juges, prenant alors un air gracieux, lui dit d'un
ton doux & patelin. — A tout péché
miſéricorde, ma chere enfant. Allons,
ne craignez rien, découvrez-nous la
vérité ; ſi vous êtes ſincere, je vous
promets qu'il ne vous ſera rien fair.
N'avez-vous pris que cela à votre maître ;

tre ; & n'auriez-vous point, par hafard, des complices ? Parlez fans détour ; fiez-vous à notre clémence. -- C'eft ainfi qu'on cherchait à tendre un piége à fa crédulité. La Juftice devrait-elle recourir à de pareils moyens ? N'eft-ce pas tromper les malheureux que féduit l'apparence d'une vaine douceur, & qu'on oblige d'avouer eux-mêmes leurs crimes, qu'on aurait pu favoir par des informations ? Ou bien l'aveu libre qui fort de la bouche d'un criminel, que l'efpoir de fa grace encourage, & qui cede aux inftances de fon Juge ; cet aveu, dis-je, ne devrait-il pas lui procurer une punition moins rigoureufe ?

L'innocente fille qu'on interroge, s'imagine que fes Juges feront plus humains que l'avare acharné à fa perte. Elle fe jette à genoux en levant les yeux & les mains au Ciel. Elle leur déclare l'avarice de fon maître, qui refufe depuis trois ans de lui payer fes gages ; & qu'elle s'eft vue réduite à prendre elle-même ce qu'il lui devait. -- Ne croyez pourtant pas, ajoûte-t-elle, que l'intérêt m'ait conduite ; j'aurais renoncé à l'argent que j'ai gagné par mon tra-

vail, s'il n'avait été nécessaire au bonheur de mon amant. Un pere inflexible
me refusait à la tendresse de Pierrin,
parce qu'il manquait trente écus à ce
jeune berger. Emportée par mon amour,
je viens de les lui envoyer. Il se livre
actuellement à toute sa joie, plus enchanté d'être sûr que je l'aime, que
charmé de posséder la somme dont je
lui ai fait présent. Ah! ne troublez pas
le bonheur dont il se flatte. S'il apprend
les maux que je souffre pour l'amour
de lui, il en mourra de douleur; & moi
je ne pourrai lui survivre : serait-ce donc-
là l'union qui nous est destinée ? --

Pour toute réponse, on lui demande
l'endroit où demeure ce Pierrin ; elle
l'indique avec ingénuité. Les Juges
froncent les sourcils, & loin de la consoler, ils ordonnent qu'on la reconduise
dans sa sombre prison. A peine s'est-
elle retirée, que fidèles à la Loi, ils
envoient arrêter le jeune Pierrin,
comme recéleur de choses volées.

Ce malheureux amant venait de demander en mariage, & d'obtenir sa
chere Jacqueline. Gros-Jean, lui voyant
une somme suffisante pour son établis-
sement, n'avait pu lui refuser sa fille.

Pierrin faifait les préparatifs de fes noces, & attendait fa bien-aimée avec impatience ; lorfqu'une troupe d'archers fondit tout - à - coup dans fa chaumiere, lui lia les mains, & le traîna, attaché à la queue d'un cheval, jufqu'à la prifon de la Ville prochaine. En vain il fupplia les Satellites de la Juftice de lui apprendre quel crime il avait commis, pour être traité auffi cruellement ; ils s'obftinerent à garder le filence. On le defcendit dans un affreux cachot, qui n'était féparé que par une épaiffe muraille de celui où languiffait la pauvre Jacqueline. Sans rien comprendre à fon infortune, fans fe douter qu'il eft fi près de fa maitreffe, il tombe fur un monceau de paille, en proie aux plus triftes réflexions.

## DCLVIII<sup>e</sup> FOLIE.

Il fe voit feul dans une efpece de fouterrain, deftiné aux derniers fcélérats ; il confidere qu'il eft comme enterré tout vif ; & qu'oublié des hommes, il éleverait en vain fa voix, pour fe faire entendre de l'abîme où il eft englouti. Il s'efforce inutilement d'entre-

I 2

voir un faible rayon de lumiere; il
n'apperçoit qu'une obſcurité profonde;
le vaſte ſilence qui regne autour de lui,
acheve de le glacer d'horreur. Son ame
treſſaillit, un froid mortel pénetre ſes
ſens; une frayeur inconnue vient arrêter le cours de ſes eſprits. Son imagination troublée lui repréſente mille fantômes hideux, qu'il croit voir errer
dans les ténebres épaiſſes qui l'environnent. Il ferme les yeux d'effroi, n'oſe
ni reſpirer, ni faire aucun mouvement;
il pouſſe par intervalles des cris ſourds
& plaintifs.

Dans cet état douloureux, au milieu
des horreurs dont il eſt accablé, il lui
ſemble entendre de longs gémiſſemens;
il prête l'oreille, & croit connaître des
accens toujours chers à ſon cœur. C'é-
tait en effet la voix de Jacqueline, qui
déplorait dans ſon cachot l'excès de ſes
malheurs. Conſolé d'abord par la voix
de ſa maitreſſe, Pierrin leve la tête, &
ſent rafraîchir ſon ſang par une douce
joie. Il écoute attentivement les mots
inarticulés, qui ne parviennent qu'à
peine vers lui, à travers une épaiſſe
muraille. -- Mon Dieu, diſait la malheureuſe Jacqueline, en s'agitant dans

l'ombre de fa prifon, ayez pitié de moi.... Jacqueline une voleufe!,... C'eft pour toi qu'elle a pu fe réfoudre.... Cher Pierrin, que vas-tu penfer?... Je te l'ai fait remettre, cet argent fatal... Il aura porté mon pere.... Ah! jamaisje ne ferai ta femme!... L'horreur de mon crime.... Le défefpoir.... fongeras-tu quelquefois à la miférable Jacqueline?... Daigneras-tu pleurer fa mort?...

--O Ciel! que viens-je d'entendre? s'écria Pierrin; & ce cri lugubre rétentit au loin dans la prifon, répété par les voûtes & les cavités qui forment d'affreux cachots. Pierrin allait continuer à troubler le filence de fa fombre demeure, mais il n'en a pas la force; fa voix s'éteint tout-à-coup. Cet infortuné jeunehomme, deja troublé des fantômes produits par fon imagination, va penfer que fa maitreffe eft morte, & que fon ombre lui apparait. Certain qu'il ne fe trompe pas, il tâche de diftinguer dans les ténebres l'ombre de fa chere Jacqueline. Cet effort ne dure qu'un inftant; l'idée qu'un revenant eft à fes côtés, étouffe tout fon amour; fes membres font agités de mouvemens

I 3

convulfifs; fes cheveux fe hériffent; il retombe, demi-mort d'effroi, fur la paille où il eft enchaîné.

Le cri perçant de Pierrin à la voix de Jacqueline, retentit jufqu'à cette infortunée fille; elle connaît qu'il part de fon amant, & ne peut douter qu'il ne foit renfermé dans la même prifon. Cette découverte augmente fes douleurs; elle a la trifte certitude d'avoir conduit l'objet de fon amour dans le fond d'un cachot. La nouvelle affliction qui s'empare de fes efprits, eft fi vive, qu'elle refte longtems fans connaiffance; à la voir immobile, pâle & glacée, on l'aurait cru privée de la vie, fans les pleurs qui fortaient abondamment de fes yeux.

## DCLIXe FOLIE.

Voilà l'état dans lequel on la trouva, lorfqu'on vint la prendre pour la mener une feconde fois devant fes Juges. Les Geoliers, tout impitoyables qu'ils font ordinairement, furent attendris, & s'efforcerent de la rappeller à la vie. Elle reprit enfin l'ufage de fes fens, & fe traîna au Tribunal, où l'on devait prononcer fon Arrêt. Mais elle parut fi faible, fi languiffante, qu'on s'empreffa

de la faire asseoir sur ce siége destiné
aux criminels qui doivent subir une
longue interrogation, & qu'on est parvenu à rendre déshonorant, sans considérer que son origine primitive est
l'ouvrage de l'humanité des Juges, con-
vaincus que les malheureux qui paraissent en leur présence, ne pourraient se tenir debout pendant des heures entieres.
Comment a-t-on pu imaginer qu'il y
avait du déshonneur à s'asseoir devant
ses Juges? Il était bien plus naturel d'admirer labonté des Magistrats qui permettent que le criminel paraisse devant
eux dans un état moins humiliant, lorsque tout conspire à le couvrir d'infamie.
L'idée que certains hommes se forment
de la Justice, est si effrayante, & tout
ce qui vient d'elle est si terrible en certaines circonstances, qu'on en a conclu, sans doute, que les attentions
mêmes qu'elle a pour les malheureux,
sur lesquels son glaive est suspendu,
sont de nouvelles taches dont les couvrent leurs crimes.

Jacqueline était à peine assise, qu'elle
voit entrer son cher Pierrin; mais si
changé, si pâle, si défait, qu'il fallait
les yeux d'une amante pour le reconnaî-

tre. Ils fe jettent tous les deux un regard languiffant, fe contemplent d'un
air morne & la tête baiffée, comme
s'ils doutaient du témoignage de leurs
yeux; ils paraiffent prêts quelquefois
à s'élancer dans les bras l'un de l'autre;
la vue de leurs chaînes les arrête, & tout-
à-coup un torrent de larmes baigne
leurs vifages. Ils continuent de fe regarder fans ouvrir la bouche; mais que ce
filence eft expreffif; & que cette trifte
entrevue eft différente de celle que
l'Amour femblait leur préparer!

On place ces malheureux amans à
quelque diftance l'un de l'autre; ils
font tous les deux affis fur un fiége pareil; & leurs foupirs feuls expriment
ce qui fe paffe dans leur ame. — N'eft-
ce pas à cet homme-là, dit un des Juges
à Jacqueline, que vous avez fait remettre les trente écus que vous avez
volés? — A qui donc les aurais-je donnés? répond Jacqueline, fans lever la
tête. — C'eft donc un recéleur, reprend le grave Magiftrat; écrivez, Gref-
fier. — Pourquoi tant d'écritures? dit
triftement Pierrin. Ma maitreffe, que
j'étais à la veille d'époufer, m'envoie
de l'argent qu'elle a gagné par fon tra-

vail; je le reçois comme une preuve de son amour, je l'emploie aux préparatifs de notre mariage. Que voyez-vous là d'étrange & de criminel ? — Ce discours d'une éloquence simple & touchante, ne produisit d'autre effet que d'engager les Juges à tenir entr'eux un petit conseil, dont le résultat fut de faire retirer les deux accusés.

Comme on s'apprêtat à les reconduire chacun dans leur cachot, par des chemins différens, & qu'ils craignaient qu'on ne les séparât peut-être pour toujours; ils ne pûrent retenir leurs sanglots, & leurs larmes coulerent avec une nouvelle abondance. Jacqueline s'arrache du milieu de ses Gardes, & courant à Pierrin: — Pourras-tu me pardonner, s'écrie-t-elle, les maux que je te fais souffrir ? C'est mon amour funeste qui te charge de fers, & qui te plonge dans les cachots. — Que dis-tu ? s'écrie Pierrin, en s'élançant vers elle avec l'impétuosité d'un trait. Si mes maux me paraissent cruels, c'est parce que tu les partages; & que je ne puis me dissimuler que je suis la cause de tous tes malheurs. . . . — Se retournant tout de suite du côté des Juges: — oui,

I 5

continue-t-il, si quelqu'un de nous deux
est coupable, c'est moi seul qui suis criminel, c'est moi seul qui mérite d'être
puni. Hélas! sans l'excès de sa tendresse,
elle ne se serait jamais portée à l'action
qui ternit sa vertu : c'est donc moi
seul qui suis coupable. —

Les Juges, témoins de cette scène
douloureuse, ordonnent qu'on fasse retirer les deux amans; alors ils veulent
se dire adieu ; mais leurs chaînes les
empêchant de se tendre les bras, ils
s'éloignent en poussant un grand cri. A
peine Jacqueline a fait quelques pas,
que ses forces épuisées par sa douleur,
achevent de s'éteindre, & qu'elle s'é-
vanouit entre les bras de ceux qui la
conduisent; on la porte mourante au
fond de son cachot : Pierrin arrive dans
le sien dans un état non moins triste.

## DCLX<sup>e</sup> FOLIE.

Cependant les Juges font attendris :
ils voient bien qu'ils n'ont point à condamner des scélérats enhardis dans le
crime ; mais de malheureuses victimes
de la fatalité, que l'erreur d'un moment a rendu coupables. Peu s'en faut
qu'ils ne se reprochent la pitié qu'ils

éprouvent, comme contraire à leur devoir. Ils s'affemblent pour décider du fort de Jacqueline ; forcés d'obéir à la Loi, ils étouffent le cri de la Nature, s'arment d'une nouvelle rigueur ; & d'une commune voix, condamnent cette fille infortunée à être pendue. Mais en fignant cet Arrêt, jufte & cruel tout à la fois, aucun des Juges ne peut retenir fes larmes.... Ah ! c'eft en vain que l'Humanité gémit fur tant de malheureux livrés chaque jour au fupplice. Au lieu de chercher à adoucir la Loi, ainfi que la Nature & la Loi même l'ordonnent, il femble que la plûpart des Juges s'efforcent de la rendre plus rigoureufe ; on peut dire du moins qu'ils la fuivent toujours à la lettre ; non par inhumanité, mais afin de paraître plus integres. Combien de centaines d'infortunés périffent dans les tourmens, qu'on pourrait employer à des travaux utiles, à ces corvées pour lefquelles on arrache de leurs champs les habitans de la campagne ! L'ufage d'envoyer indifféremment tant de criminels au gibet ; ne tient-il pas trop de la barbarie des Huns & des anciens Goths ? Ah ! qu'il eft doux de fe perfuader qu'un tems viendra où les peuples de l'Europe, encore plus policés que ceux d'à-préfent, s'étonneront des fpectacles cruels que la Juftice donne de nos jours à la vile populace, en faifant périr fur les mêmes échaffauds, & des mêmes fupplices, des criminels fouvent plus coupables les uns que les autres, & qu'on aurait puni davantage en les laiffant jouir d'une vie pénible, à laquelle on aurait attaché une certaine ignominie : les fcélérats ne font point épouvantés par la crainte de la mort ; plufieurs d'entr'eux, échappés aux fupplices, continuent de commettre des crimes.

La veille du jour que Jacqueline devait être exécutée, un des Geoliers, le plus brutal de tous, ivre d'eau de-vie, defcendit dans le cachot de Pierrin. -- Allons, de la joye, mon camarade, lui dit-il en entrant. Ta bonne-amie touche bientôt à la fin de fes peines. Je voudrais de tout mon cœur que tu fuffes auffi avancé qu'elle ; mais il faudra que tu gardes la prifon au moins fix mois, après quoi l'on te mettra peut-être en liberté, fi les informations te font favorables. Tiens, pour prendre courage, bois ce verre d'eau-de-vie. -- Serait il

possible, s'écrie Pierrin, comme en sortant d'un profond sommeil, serait il
possible que Jacqueline.....--Rien n'est
plus véritable, interompit le Geolier,
en lui versant rasade; j'aurais voulu te
procurer la satisfaction de boire bouteille avec elle, mais cela n'est point
en mon pouvoir. Je m'imagine qu'on
a bien des choses à se dire, quand on
se quitte comme çà pour si long-tems.
Expliquez-vous, dit Pierrin tout troublé. -- Parbleu! mon cher, tu es terriblement dur de conception! La
chose est pourtant toute simple; Jacqueline sera pendue demain au soir à
quatre heures, s'il plaît à Dieu. Dame!
il n'y a point de grace pour les vols
domestiques. Tu es un bon garçon; j'ai
voulu t'annoncer cette nouvelle, & boire quelques coups de rogome avec toi,
afin.....-- Le coquin de Geolier en aurait dit davantage; mais il s'apperçut
que les yeux de Pierrin étaient tournés,
& qu'il demeurait immobile, tenant
près de sa bouche le verre qu'il lui avait
rempli. Il l'agite, le secoue, l'appelle,
le tout en vain. Cet infortuné jeune
homme fut tellement frappé d'appren-

dre le fort affreux de fa maitreffe, qu'il mourut fur le champ.

Le Geolier, fans fe déconcerter du malheur dont il eft caufe, charge froidement fur fon dos le cadavre de Pierrin; & le portant au milieu de la cour de la prifon : -- En voici un de mort, dit-il; celui-là va jouir de fa liberté, en dépit de tous les magiftrats & de tous les créanciers du monde.

## DCLXIe FOLIE.

Le dernier inftant de Jacqueline eft .arrivé, on la tire de fon cachot, on lui fait voir la lumiere pour la derniere fois. Préparée à la mort par les foins d'un pieux miniftre, elle y marche avec courage, ne foupirant tout bas qu'en faveur de fon amant, qui feul lui fait paraître fa deftinée cruelle, par la douleur qu'elle a de le quitter, & par le défefpoir qu'elle conçoit qu'il va reffentir. On lui avait refufé la trifte douceur de lui dire un éternel adieu, & de l'exhorter à fe foumettre aux décrets du Ciel.

En fortant de la prifon pour aller au fupplice, elle apperçoit fur la porte un corps couvert d'un drap-mortuaire. Emportée par un mouvement dont elle n'eſt pas la maitreſſe, elle y fixe les yeux; & deſire ſavoir le nom du malheureux que la mort a délivré d'eſclavage. -- Quel eſt, demande-t-elle, cet infortuné qui ne craint plus l'injuſtice des hommes? -- Avait-on des ménagemens à garder dans la circonſtance où ſe trouvait Jacqueline? Sans balancer, un des Geoliers lui répondit; --vous voyez le corps de Pierrin, de ce pauvre garçon qui était votre complice; il eſt maintenant plus heureux que vous.

Jacqueline apprit la mort de ſon amant ſans répandre une larme, ſans jetter un ſeul cri; ſoit que ſa douleur fût trop vive pour éclater au dehors, & qu'accablée de ce coup imprévu, elle n'eût que la force de dévorer ſon déſeſpoir en elle-même; ou ſoit que l'approche du ſupplice, de ce moment terrible, où la Nature frémit à la veille de ſa deſtruction, eût anéanti toutes les facultés de ſon ame. Quoiqu'il en ſoit, elle garda depuis ce moment un profond ſilence, & ne donna plus aucun ſigne de vie.

Ces payſans avec leſquels je viens de

me battre, se trouverént, ainsi que
moi, dans la ville où la misérable Jacqueline devait terminer ses jours d'une
maniere aussi horrible; nos affaires nous
y avaient amenés le jour même de l'exécution. Nous étions loin de nous attendre que nous serions témoins d'une pareille scène. Jugez de notre douleur &
de notre surprise, quand nous fûmes
certains qu'on allait pendre la belle Jacqueline, cette fille qui faisait l'admiration de tout le village, qu'on avait
vu toujours si sage, si honnête, si esti-
mable. Ses traits nous étaient trop présens, pour la méconnaître, malgré la
pâleur de la mort empreinte sur son
visage. Nous mêlâmes nos larmes à celles qu'on répandait sur sa jeunesse, sur
le sort que lui attirait une action qu'on
attribuait plutôt à son innocence, qu'au
penchant au crime; & nous suivîmes
la foule des spectateurs attirés par
une curiosité qui tient tout à la fois de
la barbarie & de la pitié; ou de laquelle, pour mieux dire, on ne saurait
trop rendre raison. Saisis d'horreur, les
yeux offusqués par nos larmes, nous
vîmes la fin tragique de la misérable
Jacqueline. Après qu'elle eut été suspen-

due quelques inſtans au gibet, des Etu-
dians en Chirurgie, qui avaient obtenu
ſon corps pour le diſſéquer, ſe hâterent
de couper la corde, & d'emporter ſon
cadavre livide & défiguré.

## DCLXIIᵉ FOLIE.

Nous nous retirâmes en déplorant les
malheurs de Jacqueline & de ſon amant.
O Dieu! diſions-nous, qui peut répondre de ne point mourir d'une mort
ignominieuſe, après un tel exemple? Le
ſage qui ſe proſternait la face contre
terre, en voyant conduire un coupable à l'échaffaud, & priait le Ciel de
l'exempter d'un ſort auſſi funeſte, connaiſſait bien les maux de la faible Humanité, qu'elle ne ſaurait ni détourner
ni prévoir. Nous ſommes le jouet d'une
aveugle fatalité, qui nous entraîne au
gré de ſes caprices. L'homme qui meurt
dans ſon lit, comblé de gloire & d'honneur, ne doit nullement ce précieux
avantage à ſa vertu, mais au deſtin,
qui détourna de lui les circonſtances
malheureuſes, ſi fatales à des milliers
d'infortunés. N'en chériſſons pas moins
la ſageſſe; n'ayons à imputer nos maux
qu'à l'aveugle fataliſme. --

En tenant de pareils diſcours, nous 1
arrivâmes dans notre village. La nouvelle du ſort de Jacqueline nous avait
dévancés; car la Renommée a des aîles
rapides pour publier le mal; & va lentement annoncer le bonheur. Le pere
de cette fille infortunée, fut bientôt
inſtruit de ſa fin tragique; ſoit que les
diſcours qu'on tenait confuſément lui
fiſſent deviner une partie de la vérité;
ſoit qu'il y eût des gens aſſez indiſcrets
pour lui tout découvrir. Auſſi tôt qu'il
fut certain de ſa cruelle infortune, il ſe
mit à courir par le village, s'arrachant
les cheveux, ſe donnant de grands coups
de poing dans la poitrine, ſans que perſonne ſe préſentât pour le conſoler. --
Hélas! s'écriait-il, c'eſt moi qui ſuis la
premiere cauſe de la mort de ma fille,
& de celle de Pierrin; j'ai fait périr
l'un dans un cachot, & l'autre par la
main du bourreau. Que d'horribles malheurs a produit mon avarice! Si j'avais
conſenti tout de ſuite au mariage de
ces pauvres enfans, ils vivraient dans
la félicité, je partagerais leurs plaiſirs; ils
auraient pris ſoin de ma vieilleſſe....
Ah! malheureux! malédiction à jamais
ſur ma tête! --

C'eſt ainſi que ce pere, accablé de douleur, ſe livrait à ſon déſeſpoir, au lieu de conſidérer qu'il n'avait été que l'inſtrument des volontés du Ciel, qu'il devait lui offrir ſes peines, & que ſes plaintes & ſes larmes ne pouvaient rien à des maux ſans remede. Mais raiſonne-t-on dans la violence des afflictions qu'on éprouve? Gros-Jean, ne pouvant plus modérer les ſiennes, & déchiré par ſes remords, grimpa ſur le ſommet d'un rocher, peu éloigné du village, & ſe précipita dans l'abîme qui eſt au bas: mais avant d'arriver juſqu'au fond du gouffre, ſon corps fut mis en mille piéces par la pointe des rochers ſur leſquels il roula. Des Bergers furent témoins de cet excès de déſeſpoir, & le raconterent à toute la contrée.

Pour le maudit avare chez qui Jacqueline avait été ſervante, & qui la déclara comme voleuſe domeſtique à la Juſtice, il ne fut nullement ému d'être une des principales cauſes de tant de malheurs; il ne fut touché que de la perte de ſes trente écus.

## DCLXIIIᵉ FOLIE.

Maintenant vous allez ſavoir, Monfeigneur le Baron, continue le payfan narrateur, pourquoi nous nous fommes battus avec tant d'acharnement. Vous trouverez que nous avons de juftes motifs de nous reprocher notre imprudence, & de nous maudire les uns les autres.

Il y avait un an d'écoulé depuis la malheureufe hiftoire de Jacqueline, & de tout ce qui lui était le plus cher; on commençait à s'en occuper moins, lorfque ces deux payfans & moi, nous fûmes députés à Paris, pour un procès qu'avait la communauté. Nous arrivâmes tous les trois enfemble dans cette grande ville; & comme on rend auffi bien juftice aux pauvres qu'aux riches; ( avec cette feule différence, que les riches font expédiés plus promptement;) nous eûmes terminé notre affaire au bout de fix mois, & nous eûmes la fatisfaction de la finir à notre avantage: nous gagnâmes notre procès avec dépens.

Impatiens de retourner dans notre village, le front couvert de lauriers, nous fongeâmes à faire les emplettes, & à nous acquitter des commiffions dont nous étions chargés. Dans la crainte de nous égarer & de nous perdre dans

les rues de Paris, de cette ville immenſe, nous avions grand ſoin de ne
ſortir jamais que tous les trois enſemble. En faiſant nos courſes pour achever nos emplettes, la veille de notre
départ, nous paſſâmes devant la boutique d'un Orſévre, dans un quartier où
nous n'avions point encore été. L'envie
nous prit auſſi-tôt d'acheter chacun une
taſſe d'argent, & de troquer les nôtres.
Nous entrâmes donc dans la boutique
de l'Orſévre; il n'y avait que ſa femme, aſſiſe devant le comptoir, & qui travaillait d'un air honnête. Que devînmes-
nous, lorſqu'en jettant les yeux ſur elle
nous crûmes reconnaître les traits de la
pauvre Jacqueline! Frappés d'une auſſi
grande reſſemblance, nous demeurâmes
quelque tems immobiles. Je pris enfin
la parole, & je demandai ce que nous
nous propoſions d'acheter. Tandis qu'elle
cherchait dans une grande armoire,
nous nous diſions tout bas; -- on la pren-
drait pour Jacqueline; ce ſont ſes traits,
ſa taille, ſon maintien; ma foi, ſi nous
ne l'avions pas vu pendre de nos propres yeux, nous jurerions que c'eſt elle-
même. --

Pendant ce petit dialogue, la Dame

étalait fa marchandife; lorfqu'elle vint
à parler pour nous en dire le prix, le
fon de fa voix redoubla notre étonnement: il nous femblait entendre Jacqueline. - Excufez Madame, dit l'un d'entre
nous ; auriez-vous demeuré dans notre
village ? --A ces mots la Dame leve les
yeux, nous confidere un inftant, paraît un
peu troublée, & répond qu'elle ne nous a
jamais vus. Alors j'ofai prendre la parole
à mon tour. -- Nous avions autrefois
dans notre village une fille très-aimable, qui vous reffemblait, Madame,
& qui fut très-malheureufe. -- Oui, reprit celui de mes camarades qui n'avait
pas encore parlé, il lui arriva une aventure qui ne lui fit point d'honneur; auffi
en fut-elle punie. --

Nos difcours paraiffant impatienter
la Dame, nous nous retirâmes, fans
fonger à notre emplette ; nous avions
bien d'autres idées en tête.

## DCLIVᶜ FOLIE.

Afin de nous mieux entretenir d'une
rencontre qui nous femblait tenir du
prodige, nous entrâmes dans le premier cabaret. Nos réflexions ne pouvaient éclaircir nos doutes; nous ne fai-

fions que nous embrouiller dans des raifonnemens à perte de vue. Il était affez probable que nous nous trompions; & cependant nos conjectures avaient auffi quelque apparence de vérité. Nous interrogeâmes le Marchand de Vin au fujet de l'Orfévre & de fa femme; il nous affura que c'était le ménage le plus uni de toute la ville, qu'ils s'aimaient comme le premier jour de leur mariage, que le mari était un honnête homme, généralement eftimé; que fa femme fur-tout charmait ceux qui la connaiffaient, par fa conduite, fa douceur, fa modeftie, & l'application avec laquelle on la voyait s'occuper des foins de fon ménage. -- La feule difpute qu'ils aient quelquefois, continua le Marchand de Vin, eft excitée par un fujet bien bifarre, & que vous trouverez nouveau. L'Orfévre n'a jamais pu engager fa femme à ôter, pour un inftant, le triple mouchoir qu'elle porte fur fon cou; non feulement elle le garde dans les plus grandes chaleurs, elle pouffe la modeftie jufqu'à le garder auffi la nuit. --

A ce dernier trait, nous ne doutâmes plus que la femme de l'Orfévre ne fût véritablement la belle Jacqueline, que l'on croyait morte depuis près de deux ans. Nous devions nous contenter de nous réjouir de son bonheur, & ne point déranger les mesures qu'elle avait prises, pour que sa funeste aventure fût toujours ignorée. Au lieu de prendre ce sage parti, nous allâmes nous imaginer qu'il était de notre devoir de publier tout ce que nous savions: le diable vint nous souffler qu'il fallait avertir le mari; car pouvons-nous attribuer à quelqu'autre cause qu'au démon, le dessein détestable que nous formâmes, qui devait produire tant de malheurs?

## DCLXV<sup>e</sup> FOLIE.

Sous prétexte que nous avions quelque chose d'important à lui communiquer, nous envoyâmes chercher l'Orfévre, par le garçon du cabaret, sans considérer que nous allions peut-être le rendre malheureux pour toute sa vie, détruire le bonheur dont il jouissait, & plonger dans le dernier désespoir une épouse digne de son attachement. Que nous nous serions épargné de remords, si nous avions fait tout de suite ces sages réflexions!

L'Orfévre se trouva dans sa boutitique;

que; il vint tout de suite dans la chambre où nous l'attendions avec impatience. Il entra d'un air satisfait, le visage riant.... Hélas! il était loin de s'attendre au coup mortel que nous allions lui porter. C'était un homme d'environ quarante ans, d'une physionomie intéressante & qui attestait sa probité. Il s'assit auprès de nous d'un air qui inspirait la confiance.

Mes camarades m'avaient choisi pour porter la parole; je ne m'acquittai que trop de mon fatal ministere. -- Nous allons vous découvrir un secret qui intéresse votre honneur, dis-je à l'Orfévre, que ce début inquiéta. Connaissez-vous bien votre femme?-- Sans doute, me répondit l'Orfévre, encore plus étonné : je suis certain de sa sagesse... Mais pourquoi me faites-vous une telle question?-- C'est qu'elle est de notre village, repris-je, & que j'ai pensé que vous l'ignoriez peut-être. -- Eh! que m'importe de quel pays elle soit? s'écria le mari; il me suffit de savoir que je l'aime, & que je n'ai jamais été plus heureux que depuis qu'elle est unie à mon sort.-- J'avais envie de m'en tenir là; je commençais à sentir de la répu-

gnance à troubler une si belle union.
Mais les signes de mes camarades, & le
diable sans doute, m'engagerent de
continuer. -- Les apparences sont quelquefois trompeuses, repris-je. Et que
diriez-vous si votre femme n'était qu'une
voleuse &... -- Ma femme n'a jamais
rien pris à personne, interrompit brusquement l'Orfévre, en rougissant de
colere. -- Enfin poursuivis-je, notre probité nous engage à vous dire que celle
que vous croyez si sage a été pendue, il
y a deux ans, dans une Ville située à
trente lieues d'ici. Ces deux hommes &
moi, nous avons été témoins de l'exécution ; &, pour derniere preuve, rap-
pellez-vous qu'elle n'a jamais voulu ôter
le mouchoir qu'elle porte à son cou. --

A ces mots, l'Orfévre parut frappé
comme d'un coup de foudre. L'effet que
mon discours fit en lui, fut si terrible,
que nous le vîmes changer de couleur,
& perdre entiérement connaissance.
Nous nous empressâmes de le faire revenir. A peine eut-il repris l'usage
de ses sens, qu'il se leva de sa chaise
avec fureur. -- Suivez-moi, mes amis,
s'écria-t-il. Je ne suis que trop convaincu de votre sincérité ; mais je veux

achever de déchirer mon ame.... O Dieu!
continua-t-il, en fe tordant les mains,
ferait-il poffible ? --

## DCLXVI<sup>e</sup> FOLIE.

Il s'élance le long de l'efcalier, nous
le fuivons la tête baiffée, en nous re-
pentant de notre indifcrétion; mais il
n'était plus tems! Il arrive dans fa boutique, l'air égaré, les yeux étincelans;
il ordonne à fa femme de monter avec
nous dans fa chambre. Toute tremblan-
te, elle obéit, en jettant fur nous des
regards, qui femblaient nous reprocher
ce que nous venions de faire. A peine
fommes-nous tous entrés dans la chambre, que l'Orfévre en ferme la porte,
&, fe jettant fur fon époufe, lui arrache
le mouchoir qui couvre fon fein. Nous
découvrons alors autour de fon cou les
marques livides d'une corde fortement
imprimée, & nous ne pouvons douter
qu'elle ne foit en effet la malheureufe
Jacqueline. Saifi d'horreur à cette vue,
l'Orfévre, pouffe un cri terrible, en
tombant dans un fauteuil; & fa femme
mourante tombe à genoux, les bras tendus, fans pouvoir parler. Pour nous,
acteurs muets de cette fcène déchirante,

nous nous regardions triſtement, fixés à la même place, & nous fondions en larmes.

Revenant à lui-même, l'Orfévre s'é-crie douloureuſement:-Quelle eſt la fa-talité de mon ſort! Je me vois condam-né à une ignominie éternelle. Oſerai-je lever les yeux, après l'indigne union que j'ai formée? Si l'on fuit en France les parens des criminels, comme s'ils étaient reſponſables des actions d'autrui; ſi on les oblige de quitter leur patrie, ou de traîner une vie obſcure ſous un nom étranger; à plus forte raiſon doit-on avoir en horreur ceux mêmes que le haſard fait échapper de la potence, lorſqu'ils étaient ſur le point d'y périr.. Heureux Anglais, que ne ſuis-je né par-mi-vous! Le crime d'un ſeul n'y réjail-lit point ſur pluſieurs; quand la Juſtice punit un coupable, ſa famille n'eſt poin t déshonorée, & ſe conſerve pour l'Etat. Fatal préjugé, que tu dépeuples la Fran-ce!.... Mais que dis-je? Il eſt juſte, il eſt raiſonnable; & d'ailleurs, c'eſt au criminel lui-même que je me ſuis aſſo-cié..... O Dieu! celle qui porte le nom de ma femme, n'échappa de la potence que pour venir dans mes bras!...Mais, continua l'Orfévre, en faifant un effort pour modérer fa douleur, parle, malheureufe dont je partage le crime, inftruis-moi de ta vie, que je perce enfin cet affreux myftere; je le veux, je l'ordonne. --

La pauvre Jacqueline, toujours à genoux, obéit aux ordres de fon mari; elle lui raconta fes malheurs, avec une aimable ingénuité, fans diffimuler fon amour pour Pierrin; & quand elle fut arrivée à l'inftant où les Chirurgiens la détacherent de la potence, pour la difféquer, elle continua de la forte : ( c'eft elle qui va parler; fon récit ne fortira jamais de ma mémoire. )

## DCLXVIIᵉ FOLIE.

-- J'ignore ce que je devins depuis que j'eus vu le corps de mon amant, qu'on allait porter en terre, jufqu'à ce que je fus rappellée à la vie d'une maniere auffi furprenante. Une grande douleur que je fentis me fit pouffer un profond foupir; & ayant ouvert les yeux, quel fut mon étonnement & mon effroi, de me voir couchée toute nue fur une longue table, baignée dans mon

K 3

sang, entourée de personnages lugubres, le bras retroussé, & tenant dans la main des espèces de poignards.

Repassant dans ma mémoire ce qui m'était arrivé, je ne doutai point que je ne fusse morte, & je regardai ma situation comme une suite naturelle de ce qu'on éprouvait dans l'autre monde. Les Chirurgiens qui m'environnaient m'apprirent bientôt que j'étais encore en vie ; c'est-à-dire que mon ame allait encore ressentir toutes ses infortunes. L'on s'empressa de me secourir ; l'on banda la blessure que m'avait fait l'instrument destiné à me disséquer, & dont la première piquure rappella mes esprits ; je revins entiérement à moi. La Providence veilla, sans doute, à la conservation de mes jours : me destinait-elle à d'autres malheurs ?

Le Professeur des Ecoles de Chirurgie me conduisit secrettement chez lui ; sa généreuse épouse me reçut avec la derniere bonté, & daigna prendre de moi les mêmes soins que si j'avais été sa propre fille. Les attentions de cette Dame charitable, me rétablirent dans peu de tems ; il ne me resta de ma cruel-

le infortune, qu'une marque noire &
livide autour du cou, qu'il fut impossible d'effacer. La plûpart de mes libéra-
teurs se réjouirent de mon retour à la
vie; je dis la *plûpart*, car ma bienfai-
trice m'assura que quelques-uns d'entre
eux étaient mortifiés de ne m'avoir point
disséquée, parce qu'ils se proposaient,
disaient-ils, de faire sur mon corps des
observations très-utiles.

## DCLXVIII<sup>e</sup> FOLIE.

Aussitôt que je sentis mes forces re-
venues, je voulus quitter une Ville qui
m'était en horreur. Mais où pouvais-je
me réfugier? Hélas! je n'avais plus d'a-
syle, j'étais véritablement morte au monde; & quand je repassais dans mon esprit l'embarras de ma situation, il m'arrivait souvent de reprocher au Ciel les
jours qu'il m'avait conservés. Aurais-je
osé me remontrer dans le village où je
suis née? Tout me bannissait du lieu de
ma naissance, & la honte de mon crime, & la mort de Pierrin, & la triste
fin de mon pere, dont le récit parvint
jusqu'à moi. Il fallait donc me bannir
de ma patrie, & fuir dans quelque lieu
où je fusse inconnue. La Dame qui me

K 4

comblait de bienfaits me conseilla de me rendre à Paris, où ma funeste histoire serait sûrement toujours ignorée. Je me fis un devoir de suivre ses avis : peu m'importait de me retirer dans un lieu ou dans un autre, pourvu qu'il me fût possible d'y cacher ma honte.

Mes généreux protecteurs me firent présent du linge qui m'était nécessaire, & de l'argent dont j'avais besoin pour mon voyage. Ils daignerent encore me donner des lettres de recommandation, adressées à quelques-uns de leurs amis de Paris, dans lesquelles ils disaient, qu'étant une pauvre orpheline de leur Ville, l'indigence me forçait à me faire domestique ; ils finissaient par prier leurs amis de faire leurs efforts pour tâcher de me placer dans quelque bonne maison. Je fus très-bien reçue des personnes auxquelles j'étais recommandée. Vous savez, mon cher mari, que les choses avantageuses qu'elles dirent de moi à l'épouse que vous avez perdue, l'engagerent à me prendre à son service. Pendant un an qu'elle vécut, après que je fus entrée dans votre maison, je n'eus qu'à me louer de ses bontés & des vôtres. Le Ciel m'enleva cette bonne maîtreſſe, & vous perdîtes une femme que vous aimiez tendrement.

Je crus alors que la bienſéance m'obligeait de ſortir de chez vous ; vos inſtances, la conduite que vous aviez toujours tenue à mon égard, & les repréſentations de ceux de qui je dépendais, pour ainſi dire, me porterent à reſter ; & j'oſe vous avouer que je m'y réſolus ſans peine. Au bout de quelques mois, vous me découvrîtes que j'avais le bonheur de vous plaire ; mais en des termes ſi meſurés, ſi honnêtes, que je ne pus m'en fâcher. Vous m'apprîtes en même tems que vous aviez deſſein de partager votre fortune avec moi, ſi je conſentais à vous épouſer. Tout avantageux, tout au-deſſus de mes eſpérances, qu'était le parti que vous daigniez m'offrir, ſoyez bien ſûr que je l'aurais refuſé, ſi le malheureux Pierrin avait vécu. Je conſidérai que j'étais comme étrangere ſur la terre, & les périls auxquels j'étais expoſée ; enfin, vous le dirai-je ? un ſentiment plus tendre, qui me parlait en votre faveur, me fit écouter avec joie votre propoſition. Cependant, je ne me rendis point tout de ſuite. Vous devez vous rappeller que je vous repréfentai long-tems, que j'étais une infortunée, fans naiffance & fans bien, indigne de votre alliance. Tout ce que je pus vous dire ne fervit qu'à redoubler votre amour; vous engageâtes les perfonnes qui m'avaient placée chez vous à me rendre plus raifonnable, (c'eft ainfi que vous vous exprimiez.) Elles n'eurent point de peine à vaincre ma réfiftance. Mais reffouvenez-vous que la veille du jour fixé pour notre mariage, je me jettai à vos pieds, fondante en larmes, & vous conjurai de nouveau de ne point m'époufer. Je vous repréfentai que n'ayant point affez fongé à l'honneur que vous vouliez me faire, vous vous repentiriez peut-être un jour du bien dont vous m'auriez comblé, quand il ne ferait plus tems; j'ajoûtai que votre amour vous faifait illufion; & que, lorfqu'il ferait évanoui, vous fentiriez davantage l'excès de votre faute. Vous me jurâtes que vous ne changeriez jamais, & qu'il y allait de votre vie, de devenir mon époux. Que me reftait-il à vous oppofer? Nos noces s'acheverent; & jufqu'à ce malheureux jour, je n'ai eu lieu que de bénir mon fort..

### DCLXIXe FOLIE.

Voilà, mon cher mari, continua la pauvre Jacqueline, le fidèle récit de ma vie & de mes malheurs; j'attefte le Ciel que je ne vous ai rien déguifé. Si je vous ai fait myftere du cruel fupplice auquel me livra mon imprudence, & du bonheur que j'eus d'échapper à une mort ignominieufe, hélas! c'eft une vérité fatale que je voudrais pouvoir me cacher à moi-même. Pardonnez donc une diffimulation qui n'était que trop bien fondée. Ne fuis-je pas affez malheureufe, faut-il encore que je perde votre tendreffe, le feul bien qui me refte, & qui m'attache au monde? --

Oui, s'écria l'Orfévre, l'indigne amour que tu m'avais infpiré s'éteint pour jamais. Je n'éprouve plus que l'horreur de m'être allié à une malheureufe échappée au dernier fupplice .... Quelle eft l'ignominie dont je fuis couvert!.. Et je foutiendrai toujours la préfence.. Ah! je veux m'en délivrer. -- A ces mots, cet époux qu'égare la fureur, plonge à plufieurs reprifes fon couteau dans le fein de la miférable Jacqueline,

K 5

qui meurt fans prononcer une feule parole.

Nous n'eûmes point le tems d'arrêter le bras de l'Orfévre ; nous ne pû-
mes nous jetter fur lui que quand fa
rage venait de le fouiller d'un meurtre. -- Qu'avez vous fait, criâmes-nous
tous enfemble. -- C'eft vous, malheureux, nous dit-il, en contemplant le
cadavre de fon époufe étendue à terre, & noyée dans fon fang ; c'eft vous
qui êtes la caufe des horreurs qui m'environnent. Sans vous cette infortunée
vivrait encore, je jouirais de ma félicité paffée ..... Ah ! fuyez, craignez que
je ne vous puniffe, je peux commettre
de nouveaux crimes ; fuyez, vous dis-je ;
ou ... --

Nous ne nous fîmes point répéter un
ordre d'où dépendait notre fûreté, nous
étions déja loin, qu'il continuait encore fes cris & fes imprécations. Nous
nous fauvâmes le plus vîte qu'il nous
fut poffible, dans l'horreur dont nous
étions faifis.

# CONCLUSION

*du Fatalisme, ou des Amans infortunés.*

## DCLXX<sup>e</sup> FOLIE.

LE lendemain nous reprîmes la route de notre Village, nous hâtant de nous éloigner de Paris, tant nous redoutions la fureur de l'Orfévre, ou d'être accusés du crime qu'il avait commis à nos yeux. Nous eûmes le bonheur d'arriver sans accident chacun chez nous; & nous en rendîmes graces au Ciel. Il y a plus de trois mois que nous sommes de retour, sans avoir entendu parler de l'Orfévre; il a, sans doute, subi la punition dûe au meurtre dont il s'est rendu coupable, s'il n'a été bien prompt à se sauver. Mais s'il a terminé ses jours sur l'échaffaud, on peut le mettre au rang des victimes de la fatalité; car enfin, a-t-il cherché à commettre le crime où l'a porté un mouvement irréfléchi de fureur, & dont il ne pouvait se garantir, puisque rien ne le lui faisait prévoir? Et la mort de Jacqueline n'est-elle pas encore une nouvelle preuve du fatalisme qui nous entraîne ? Elle vivait tranquile avec son mari ; tout-à-coup le hasard nous la fait rencontrer ; sans le vouloir, nous armons le bras qui lui perce le sein, nous rendons un honnête-homme coupable d'un meurtre. Ces réflexions ne sont point pour excuser les criminels, mais pour engager au moins à les plaindre. Elles ne doivent point non plus faire murmurer contre les décrets de la Providence, mais nous résoudre à supporter avec courage les adversités qu'elle nous envoie, en considérant qu'elle peut nous en faire éprouver de plus terribles, ainsi qu'à tant d'infortunés.

Il n'y avait que peu de jours que nous étions revenus de Paris, mes deux compagnons de voyage & moi, lorsque nous nous trouvâmes devant la chaumiere qu'habitait autrefois le pere de Jacqueline. Nous nous mîmes à parler alors des suites qu'avait eu notre indiscrétion, en nous rejettant la faute l'un à l'autre ; la conversation s'échauffa par degrés, nous en vînmes aux injures ; & les coups s'en-suivirent. Notre combat fut aussi opiniâtre que celuidont

Monfeigneur le Baron a été témoin.
Enfin, nous ne pouvons paffer devant
la chaumiere dont Gros-Jean fut le
maître tant qu'il vécut, fans nous ref-
fouvenir de notre imprudence de Paris,
feule caufe de la mort de l'infortunée
Jacqueline. Tant que nous fommes éloi-
gnés d'ici tous les trois, on nous voit
les meilleurs amis du monde; au feul
afpect de cette fatale chaumiere, les
reproches fe renouvellent, nous nous
querellons avec fureur, & nous en venons aux coups. C'eft pour la quatrieme
fois que la guerre fe déclare entre nous;
il y a toute apparence que ce ne fera
pas la derniere.

Le Payfan ayant fini de raconter
l'hiftoire de Jacqueline, M. d'Urbin le
remercia du plaifir qu'elle lui avait fait;
& fes larmes, & celles de la plûpart des
auditeurs, témoignerent combien ils
étaient attendris. Le Villageois narrateur allait fe retirer, quand le Baron
l'arrêta, furpris de la maniere aifée
dont il s'était exprimé, & de quelques
endroits de fon difcours, qui lui femblaient au-deffus d'un fimple payfan.
-- Apprends-moi, mon ami, lui dit-il,
pourquoi tu t'exprimes quelquefois auffi

purement, & par quel prodige tu es
capable des réflexions femées dans le
récit que tu viens de nous faire ? --
Vraiment, Monseigneur, répond le
ruftre, vous ferez moins furpris, quand
vous faurez que je lis tout couramment
comme notre Curé; d'ailleurs, je chante
au lutrin depuis plufieurs années; rien ne
forme tant l'efprit. Je vous dirai encore
que je me mêle de coucher fur le papier
ce qui me vient dans la fantaifie. Tout
le monde actuellement fe pique tellement d'être Auteur, que cette manie-
là gagne jufques dans les Villages. Un
tems viendra qu'on n'achetera plus de
livres, parce que chacun voudra être
en état d'en faire lui-même. -

Monfieur d'Urbin parut content de
fes raifons; la foule des curieux s'écoula
infenfiblement, très - fatisfaite de ce
qu'elle venait d'entendre; & le Baron
ne fut pas des derniers à fe retirer.

## CONTINUATION

*de l'histoire de la Marquise d'Illois.*

### DCLXXIᵉ FOLIE.

NOUS allons maintenant nous occuper de la Marquise d'Illois; il
y a trop long-tems que nous l'avons perdue de vue. Il est nécessaire, je crois,
de rappeller au Lecteur qu'elle s'est apperçue qu'elle est grosse, & que cette
découverte l'a pénétrée de la plus vive
douleur, parce qu'elle craint de voir
gâter la finesse de sa taille; & qu'il lui
paraît trop bourgeois de faire des enfans. Il faut encore répéter qu'au lieu
de se ménager dans sa grossesse, elle est
loin de s'assujettir au régime, aux sima-
grées de bien des femmes; elle donne
dans un ridicule tout opposé, elle garde
le secret sur son état, & se divertit
sans aucune réserve.

A propos des plaisirs de la Marquise,
aurait-on oublié qu'un certain Seigneur,
pétri de graces, enfant gâté de l'Amour
& des Belles, lui a fait un affront bien

fenfible à une jolie femme, & de quelle
maniere il prétendit s'en excufer? Peu
contente de ce que lui allégua cet Adonis,
qui n'a quelquefois que le brillant des
fleurs, elle l'a congédié, pour écouter les
foupirs d'un Cavalier robufte, dont la
phyfionomie lui promettait qu'elle ne
ferait plus expofée à la mortification
qu'elle a éprouvée. Elle n'a point été trompée en effet dans fes douces efpérances;
mais elle a trouvé dans le Vicomte de
l'Enclufe un indiferet, qui s'eft fait une
maligne joie de confier à tout Paris les
faveurs qu'on daigne lui accorder. Elevé
par fa naiffance au-deffus des préjugés
du Vulgaire, le Marquis n'a fait que
rire des indifcrétions du Vicomte; &
Madame d'Illois en entend parler avec
la derniere indifférence.

Après avoir retracé en peu de mots
les dernieres folies de la Marquife d'Illois, voyons les nouvelles extravagances qui vont les fuivre; elles ne feront
peut-être pas moins bifarres que la plûpart de celles que nous avons rapportées.

Vers les quatre heures du matin, en
hyver, la Marquife fort de chez Mademoifelle d'Orninville, cette fille qui

voulut avoir un enfant, fans fe foumettre aux liens du mariage, & dont
l'hiſtoire eſt aſſez finguliere. Madame
d'illois avait trouvé chez ſon amie une
compagnie délicieuſe, compoſée des
Agréables de la Cour, gens d'un eſprit,
d'un mérite infini, ſi l'on en croit certaines femmes. L'on avait fait une chere
délicate; l'on s'était régalé de différens
vins, de diverſes ſortes de liqueurs, &
d'un grand nombre de glaces, obligeant
ainſi l'eſtomac à recevoir tout à la fois
& le chaud & le froid: notez encore
que la Marquiſe ſoutenait, en man-
geant de tout, en buvant du tokai,
de la crême des barbades, qu'elle était
à la diette. Après le ſouper, l'on s'était
échauffé au jeu; & furieuſe de ſes pertes,
Madame d'Illois ſe retirait d'aſſez mauvaiſe humeur; elle ſe jette précipitamment dans ſa voiture, & le cocher
fouette auſſitôt.

Il y avait quelques inſtans que le carroſſe de la Marquiſe roulait rapidement,
lorſqu'elle crut ſentir quelque choſe à
ſes côtés. Elle tâte ce que ce pouvait
être; & frémit en s'appercevant que
c'eſt un homme. La frayeur l'empêche
de ſe récrier, & la rend immobile. Sai-

fie d'effroi, elle ofe pourtant encore
avancer la main en tremblant, afin de
s'affurer fi elle ne fe trompe point. Elle
eſt certaine qu'il y a quelqu'un en effet
dans fon carroffe ; & fe tranquilife un
peu, en voyant que l'inconnu qui eſt
affis auprès d'elle eſt plongé dans un
profond fommeil. — Mais par quel hafard cet homme fe trouve-t-il dans ma
voiture, difait la Marquife en elle-
même ? Peut-être eſt-ce un voleur qui
a formé le deffein de m'affaffiner, &
qui, en m'attendant, fe fera endor-
mi..... Je puis me tromper, conti-
nuait-elle en fe reprenant, il peut être
fort honnête, & s'être placé par mégarde dans mon carroffe ... Je ne con-
çois rien à cette aventure ; je ne fais
fi je dois en rire, ou m'en allarmer. —

## DCLXXII<sup>e</sup> Folie.

Tandis que Madame d'Illois était dans
cette perplexité, & qu'elle devait fe
tenir à-peu-près le difcours que je viens
de rapporter, fa voiture eſt tout-à-
coup environnée de plufieurs *coupe-jarrets*, armés jufqu'aux dents, fortis à
l'improvifte de leurs embufcades, dans
une rue obfcure & folitaire. Le Cocher,

rendu docile à l'afpect des armes à feu,
eft contraint d'arrêter fes chevaux; pour
les Laquais, ils n'ofent defcendre de
l'endroit où ils font perchés, ni appeller au fecours, dans la crainte d'être
tués fur le champ. L'on ouvre la portiere; & Madame d'Illois entrevoit des
épées nues, & fent qu'on lui appuie fort
incivilement contre l'eftomac le bout
d'un piftolet. Alors elle ne doute point
qu'elle ne foit perdue, & que l'homme
qui eft à fes côtés ne foit un des voleurs
de la bande. — Par la mort, s'écrie un
des *coupe-jarrets*! fi vous dites un feul
mot, Madame, vous êtes morte. Don-
nez-nous vîte votre bourfe, vos bijoux &
vos diamans. Dépêchez-vous, car nous
fommes preffés. — A ces paroles, pro-
noncées d'une voix terrible, la Marquife s'évanouit. Elles firent un effet
bien différent fur l'inconnu qui avait
caufé tant de frayeur à la Marquife;
elles le réveillerent, & lui apprenant
tout de fuite de quoi il s'agiffait, il
n'en voulut pas favoir davantage pour
prendre fon parti. — Mettez-vous derriere moi, Madame, dit-il, & n'ayez
aucune crainte; je vais bientôt vous dé-

livrer des coquins qui osent vous insul-
ter. -- Alors il tire son épée, & vous
en allonge de terribles estocades à droite
& à gauche, tantôt par une portiere,
tantôt par l'autre. Les voleurs, qui
croyaient n'avoir à faire qu'à une femme, s'étonnent de la trouver si bien accompagnée ; une terreur panique les saisit ; ils ne doutent pas qu'il n'y ait
plusieurs Cavaliers dans la voiture qu'ils
ont arrêtée imprudemment ; leur épouvante est encore augmentée par les gens
de Madame d'Illois, qui, revenus de
leur frayeur, appellaient au secours à
grands cris. Ils reculent en désordre,
& se sauvent sans regarder derriere eux.
Le Cocher, n'ayant plus d'obstacle qui
l'arrête, recommence à fouetter ses chevaux.

Le mouvement de la voiture fit revenir la Marquise à elle-même ; un
soupir annonça que son évanouissement
était dissipé.- Rassurez-vous, Madame,
dit alors l'inconnu ; vous ne courez aucun risque avec moi ; je viens de faire
prendre la fuite aux voleurs qui vous
ont tant effrayée. Je suis charmé d'avoir
trouvé l'occasion de vous être utile. Mais
permettez-moi de vous dire avec fran-

chife , que je fuis étonné qu'une Dame
auffi jeune, auffi aimable que vous me
paraiffez être , fe hafarde à fe retirer
à des heures fi indûes. A quel danger
ne vous expofez-vous pas , en courant
les rues au milieu de la nuit ? Il me
femble qu'il eft de la bienféance qu'une
perfonne de votre âge & de votre fexe ,
foit rentrée chez elle à dix heures au
plus tard : les voleurs ne font pas toujours
ce qu'elle a le plus à craindre. --

## DCLXXIII<sup>e</sup> FOLIE.

Un grand éclat de rire eft toute la
réponfe que la Marquife juge à propos
de faire à cette fage remontrance ; &
l'inconnu ne doute point qu'il ne vienne
de dire une fottife.

-- Par quel hafard vous trouvez-vous
dans ce carroffe , Monfieur le prédica-
teur , demande Madame d'Illois , en reprenant un air férieux ? -- J'allais vous
faire la même queftion , Madame , réplique l'inconnu. Mais je dois fatisfaire votre curiofité, avant de vous prier d'avoir
quelques égards pour la mienne. Vous
faurez donc que je fuis un Gentilhomme , qu'un procès tout-à-fait bifarre a
contraint , depuis fix mois , de quitter

fa Province, & de fe rendre à Paris.
Les courfes prodigieufes qu'il me faut
faire dans cette grande Ville m'ont obligé de louer un carroffe de remife. J'ai
foupé ce foir chez un de mes amis ; j'a-
vais donné ordre à mon cocher de m'attendre à minuit au plus tard. Le drôle
a fans doute perdu la mémoire au cabaret. En fortant de chez mon ami, je
ne l'ai point trouvé à fa porte ; j'ai penfé qu'il s'était arrêté un peu plus loin.
Après avoir fait quelques pas, j'ai découvert en effet dans l'obfcurité un
carroffe, que j'ai cru reconnaître pour
le mien. Las d'appeller le Cocher, j'ai
entré dans la voiture, efpérant qu'il
ne tarderait pas à venir. Tandis que je
l'attendais avec impatience, le fommeil
s'eft emparé de mes fens ; & j'ignore
comment une auffi belle Dame fe trouve placée à mes côtés. --

Je vais vous expliquer ce myftère,
dit la Marquife en fouriant. Vous avez
pris mon carroffe pour le vôtre. Ces
mots pétrifient le Gentilhomme de Province. Il paraît extrêmement confus de
fa méprife, & croit qu'il a commis une
faute impardonnable. Madame d'Illois
s'efforce en vain de le confoler. Il bal-
butiait

butiait encore de mauvaifes excuſes,
lorſqu'il s'apperçoit que le carroſſe vient
d'entrer dans une cour ſpacieuſe, & de
s'arrêter au pied d'un grand eſcalier. Il
offre auſſitôt galamment ſa main à la
Marquiſe, & la conduit à ſon appartement. A peine a-t-il rempli ce devoir,
preſcrit par la politeſſe, qu'il ſe prépare
à ſe retirer, alléguant qu'il eſt heure
indue. Les diſcours obligeans, les tendres regards de Madame d'Illois, ne
peuvent le retenir; elle lui fait même
violence pour l'engager à ſe laiſſer reconduire chez lui dans ſon équipage;
& ce n'eſt qu'en tremblant qu'il oſe demander la permiſſion de venir quelquefois faire ſa cour Les mœurs de la Province ſont moins libres que celles de la
Capitale.

Madame d'Illois n'eſt guères contente
de la retenue, de la timidité de notre
Gentilhomme. Qu'il lui paraîtrait ridicule, s'il n'était bien fait, s'il n'était
doué d'une phyſionomie intéreſſante;
& par-deſſus tout cela, à la fleur de
ſon âge! Elle avait eu le tems de l'examiner; un ſimple coup-d'œil fait ſouvent appercevoir tous les charmes d'un
objet aimable. Sans ſe donner le tems

*Tome III.* L

de connaître plus particuliérement le
Gentilhomme provincial, elle le juge
digne de sa tendresse; elle se promet
déjà de ne lui être point cruelle. Le
service qu'il lui a rendu en la délivrant
des coquins qui se proposaient de la
voler, lui inspire la plus grande reconnaissance. Elle passe le reste de la nuit
à rêver à la bonne mine de son cher
libérateur.

### DCLXXIVᵉ FOLIE.

Les charmes de la Marquise ont aussi
frappé le noble Provincial. Il bénit l'heureux hasard qui lui a procuré le moyen
d'être utile à une Dame si charmante;
il ne se posséde pas de joie, en songeant
qu'il a obtenu la permission de lui rendre visite. Il se leve le lendemain transporté d'avance du plaisir qu'il va goûter.
Il n'épargne rien pour relever sa bonne
mine, & vole chez Madame d'Illois.

Rempli d'impatience, il demande
qu'on l'annonce; quelle est sa douleur
d'apprendre qu'il est encore trop matin
pour qu'il lui soit possible de voir la
Marquise! -- L'envie extrême que j'ai
de présenter mes respects à votre maî-
tresse, dit-il au Domestique, m'a sans

doute fait venir de trop bonne-heure. –
En achevant ces mots, il tire sa montre.
– Vous n'y fongez pas, s'écrie-t-il ; Madame la Marquife eft fûrement éveillée ;
il eft au moins midi. -- Le Laquais ne
peut s'empêcher de fourire de la fimplicité du bon Gentilhomme. – Ignorez-
vous, lui dit-il, qu'il n'eft jour chez
une jolie femme qu'à trois heures fonnées ? -- Le noble Provincial rougit de
fe montrer fi peu inftruit des ufages.
Il conclut en lui – même que ce n'eft
qu'après avoir dîné qu'on a coutume
à Paris d'aller fouhaiter le bon jour aux
Dames.

### DCLXXV.e FOLIE.

Il devance de quelques minutes l'heure
qu'on lui avait indiquée. Madame d'Illois ne faifait que de fe réveiller, lorfqu'il parut dans fon appartement pour
la feconde fois. Elle ne fait pas plutôt
que le charmant Provincial eft fi peu
loin d'elle, qu'emportée par la force
de fa nouvelle paffion, elle ordonne
qu'on le faffe bien vîte entrer. Jugez
de la vivacité de fon amour, puifqu'elle
fe réfoud de paraître aux yeux d'un
homme à qui elle veut plaire avant d'a-

voir fait fa toilette , contre l'ufage
ordinaire du beau – fexe. Il eft vrai ;
( car il faut tout dire , ) qu'avant l'arrivée du Gentilhomme elle a foin de
demander à fes femmes comment elles
la trouvent , fi elle eft bien aujourd'hui.

Le Laquais, chargé d'introduire notre Provincial , voyant qu'il n'eft encore que petit jour , lui fait fentir de
quel prix eft la faveur qu'on lui accorde.
Le Gentilhomme ne conçoit pas trop
quelle grace on lui fait de le recevoir
dans une chambre où l'on ne laiffe pénétrer qu'à peine un faible rayon de
lumiere. Il s'avance prefque à tâtons jufqu'au lit de la Marquife , & balbutie
fon compliment. On cherche à l'enhar-
dir par une réponfe gracieufe. Il commençait à prendre un peu courage , lorfque la Marquife avertit fes femmes
qu'elle veut fe lever. Alors on ouvre toutes les fenêtres, tous les rideaux font tirés;
une vive clarté fe répand dans la chambre. Madame d'Illois faute du lit , couverte d'une robe légere ; & femble fe
plaire à étaler fes attraits au grand jour.
Le noble Provincial fe trouble à cette vue.
— Quel ufage bifarre, dit - il en lui-même ! Il aurait été bien plus naturel d'ou-

vrir les fenêtres quand la Marquise était au lit; & de les fermer quand le jour pourrait découvrir des objets, agréables à la vérité, mais qui blessent la bienséance. --

Pendant que de pareilles idées roulent dans l'esprit du Provincial, Madame d'Illois, qui le croit occupé de choses moins sérieuses, se fait habiller devant lui sans façon. L'on chausse d'un beau bas de soie une jambe plus blanche que la neige; une mule délicate vient presser un pied d'une petitesse extrême. La robe du matin qui enveloppait Madame d'Illois, lui est ôtée par des mains officieuses: alors la finesse de sa taille n'est plus voilée, ainsi que sa gorge ravissante. Le Gentilhomme fixe malgré lui sur tant d'appas des yeux enchantés. S'il est surpris du peu de retenue avec lequel on lui dévoile des charmes dignes de son hommage, il a bien lieu d'être plus étonné, quand il voit que Madame d'Illois change de chemise, sans s'inquietter s'il la regarde. Il croit rêver, & se serait caché vingt fois, s'il ne craignait de commettre encore quelque sottise.

L'on passe dans les bras de la Marquise

un peignoir, qu'on attache affez né-
gligemment ; & l'on déploie les treffes
de fes cheveux, qui tombent en groffes
boucles fur fes épaules Elle fe met à fa
toilette ; & tandis qu'une main habile
dreffe l'édifice de fa coëffure, elle prie
le Gentilhomme Provincial, dont elle
remarque l'embarras, de lui conter fon
hiftoire. -- Je me reffouviens, dit elle,
que vous m'avez donné à entendre la
nuit paffée que vous aviez à Paris un
procès des plus bifarres ; je ferais charmée d'en favoir le détail, ainfi que des
particularités de votre vie les plus cu-
rieufes. -- Le Provincial, affis refpectueufement affez loin de la Marquife,
n'ofant lever les yeux qu'à la dérobée,
témoigne par une grande inclination
qu'il eft prêt d'obéir ; & commence en
ces termes.

# LES SURPRISES,

*ou le Provincial à Paris.*

## DCLXXVI<sup>e</sup> FOLIE.

C'EST auprès d'une petite Ville de Picardie que je reçus la naissance. Mon pere habitait un vieux château, qu'on aurait plutôt pris pour la retraite des hiboux, que pour la demeure d'une créature humaine. Il était aussi fier dans cette antique mâsure que s'il eût été le maître d'un superbe palais. L'avantage d'être né Gentilhomme le dédommageait des rigueurs de la fortune. A le voir marcher, la tête haute, le chapeau enfoncé sur les yeux, paré de son large baudrier, d'où pendait une épée qui lui battait contre les jambes; à le voir, dis-je, dans un pareil équipage, & regardant tout le monde par dessus l'épaule, on aurait eu de la peine à s'empêcher de rire, ou à se douter de son indigence. Il ne s'occupait qu'à chasser, qu'à battre les paysans; quelquefois il se désennuyait à parler de politique avec le Bailli, ou le Curé du Village. Il faut avouer que ce Gentilhomme était fort utile à l'Etat, & que le moindre Laboureur aurait eu grand tort de lui difputer la préférence.

J'héritai de l'orgueil de mon pere, & de la mâfure qu'il appellait fon château. Je me ferais procuré peut-être une vie plus aifée, fi j'avais pu me réfoudre à vendre mes médiocres poffeffions, & à faire valoir l'argent que j'en aurais tiré. Mais un Gentilhomme tel que moi n'a garde de s'abaiffer au travail. Toutes les profeffions, les métiers les plus honnêtes font au-deffous de lui ; il dérogerait s'il ofait fe livrer au commerce. Il aime mieux languir dans l'indigence, dans le défœuvrement. Je parle d'un Gentilhomme tout-à-fait miférable ; car pour ceux qui ont quelques faibles revenus, ils prennent le parti des armes. J'imitai l'exemple qui m'était tracé de toutes parts ; je vécus fans rien faire, fans me donner même la peine de penfer que j'exiftais. Il me fuffifait que mon Fermier labourât mes champs, & que mon fufil tuât quelquefois du gibier.

## DCLXXVII<sup>e</sup> FOLIE.

Le Ciel fembla prendre le foin de
travailler à ma fortune. Un jour que
je me difpofais à retourner à la chaffe,
felon ma coutume, je vis entrer dans
la cour de ma mâfure un carroffe à
quatre chevaux. Ne fachant ce que fi-
gnifiait une pareille nouveauté, j'attendis quelles en feraient les fuites, fans me
remuer de ma place. La portiere du
carroffe s'ouvrit enfin ; un gros homme,
couvert d'un habit tout éclatant d'or,
en fortit avec peine, & fut fuivi d'un
Eccléfiaftique, que je reconnus pour le
Curé d'un Village prochain. Ces deux
perfonnages, dont la vifite me furpre-
nait également, s'avancerent vers moi,
fans que je fongeâffe à les prévenir.
-- Vous allez favoir ce qui nous amene
ici, me dit l'homme couvert de larges
galons d'or, en fouriant, fans doute,
de mon air embarraffé. Votre château
tombe en ruine ; voudriez-vous qu'on
le rebâtît à neuf ? -- Cette queftion me
révolta ; je m'imaginai qu'on me pro-
pofait de vendre mon domaine. -- Les
richeffes ne me tentent point, répondis-je fiérement. Je ferai toujours le

L 5

maître de ce château. -- Eh! qui vous
propose de le quitter, me répliqua le
vieux richard? Il sera toujours à vous;
& cependant il cessera d'être une mâsure. Il faut vous découvrir comment
l'on peut opérer ce prodige. -- Alors
l'Ecclésiastique prit la parole. Il m'apprit que ce Monsieur habillé si magnifiquement était un Receveur des Finances, établi dans la petite Ville, dont
mon château était voisin; qu'il avait
amassé de grands biens, avec l'aide du
Ciel; & que, pour comble de bénédic-
tions, il était pere d'une fille unique,
âgée de dix-huit ans, qu'il avait dessein
de marier à un bon Gentilhomme, dédaignant trop la roture pour s'allier
avec elle; & que sur le bien qu'il avait
entendu dire de moi, il avait jetté les
yeux sur ma personne pour me faire
son gendre; que je recevrais cinquante
mille livres le jour même du mariage.

Je croyais rêver. Dans une espece d'ex-
tâse, j'écoutais l'honnête Ecclésiastique,
sans avoir la force de l'interrompre.
Monsieur le Receveur des Finances lui
donna la liberté de reprendre haleine,
en m'adressant la parole à son tour. --
J'aurais procuré à ma fille des partis

confidérables , me dit-il , fi j'avais
écouté les vœux de tous ceux qui ont
prétendu à fa main. Mais ils etaient
roturiers ; & je veux la voir l'époufe
d'un Gentilhomme, n'eût-il pas un fou
de bien. C'eft mon envie , c'eft mon
plaifir que de m'allier à une famille
noble. Je nâge dans la joie, lorfque je
fonge qu'on appellera ma fille Madame
la Comtefle, ou Madame la Marquife ! --

Je confentis fans peine au mariage
qui m'était propofé; j'y trouvais de
trop grands avantages , pour balancer
un feul inftant. J'aurais eu cependant
de la répugnance à devenir le gendre
d'un homme forti de la lie du peuple, fi
l'argent n'avait étouffé mes fcrupules.
Combien de Gentilshommes, plus grands
Seigneurs que moi , ont encore été
moins difficiles !

Je fus enchanté de ma femme dès la
premiere fois que je la vis; l'air enfantin que lui donne fa jeunefle , ajoûte
un nouveau charme aux graces qui
l'embellifent. Six mois 'écoulerent dans
les douceurs d'une union parfaite. Jugez de mon bonheur. J'étais fûr d'être
aimé de ma femme ; & je voyais un

grand nombre d'ouvriers travailler aux réparations de mon château.

Je jouirais encore de la félicité que j'ai perdue, fans le fâcheux voifinage d'un homme de la Cour, qui vint paffer la belle faifon dans une de fes terres, prefque contiguë à la mienne. Il flatta l'orgueil de ma femme; elle répondit à l'amour qu'il conçut pour elle. Je ne m'apperçus que trop tard de leur liaifon. Voulant fauver mon honneur du danger qui le menaçait, s'il était encore tems, je défendis à ma tendre moitié d'entretenir aucun commerce avec fon galant, & fignifiai à celui-ci que ma porte lui était fermée. Ce coup d'éclat ne me rendit que plus malheureux. Ma criminelle époufe, au défefpoir d'être privée de l'objet de fa tendreffe, & cherchant les moyens de vivre avec lui, malgré mes efforts pour l'en empêcher, fe retira un beau matin chez fes parens, & s'avifa de m'accufer d'impuiffance.

## DCLXXVIII<sup>e</sup> FOLIE.

Un pareil procès fit beaucoup de bruit dans toute la province. J'eus la douleur de me voir auffi tourné en ridicule que fi j'avais eu réellement quelque chofe à me reprocher. Je devins l'objet des plaifanteries de tous ceux qui entendirent parler de mon affaire. Les femmes étaient les plus acharnées contre moi ; je leur paraiffais coupable d'un crime très-grave. Elles mirent fans doute les Juges dans leur parti ; je perdis ma caufe au Tribunal de la petite Ville auprès de laquelle était fitué mon château. Mon mariage fut déclaré nul ; permis à ma femme de paffer à de fecondes noces , comme fi elle était veuve; & ce qui me fit le plus de peine , ordre à moi de reftituer la dot, & de payer les dépens. Sans ces deux dernieres claufes, je n'aurais point murmuré contre la Sentence.

J'en appellai au Parlement de Paris; & j'eus foin de me rendre en diligence dans cette fameufe Ville , afin de pourfuivre moi-même la décifion d'un procès dont j'étais fûr que le dénouement me ferait favorable. Mon époufe fe rendit auffi dans la Capitale , fans doute avec les mêmes intentions qui m'y conduifaient. L'on m'informa bientôt de fon arrivée; & l'on m'apprit qu'en attendant l'Arrêt qui devait décider de fon fort & du mien, elle vivait publiquement avec l'homme de Cour qu'elle chériffait. Je voulais me plaindre d'une pareille conduite; mais l'on m'avertit qu'à Paris l'on était revenu des petiteffes de la Province; qu'on ne s'y étonnait nullement de voir les femmes tromper leurs maris, & que je me ferais fiffler, fi j'avais le ridicule de faire attention à une chofe toute fimple.

En vérité, la Renommée a bien raifon de publier tant de merveilles de la Capitale de la France; ce ne font pas feulement fes édifices qui font dignes de la curiofité des voyageurs; les mœurs de fes habitans doivent fur-tout attirer fon attention. Le luxe y confond tous les états; le fimple Artifan eft auffi bien mis que le riche Bourgeois; il femble qu'on ne fe plaife qu'à fe montrer en habit de mafque. Un nouvel arrivé n'a pas peu de peine à diftinguer l'homme couvert d'un faux éclat d'avec celui qui ne cherche point à tromper par un brillant extérieur: il faut être grand phyfionomifte, ou bien inftruit des métamorphofes qu'opere l'envie de briller, & de paraître plus riche qu'on ne l'eft en effet. Pour moi, qui avais apporté à Paris

toute la franchise, toute la bonne foi
provinciale, & qui m'imaginais que les
gens ne se donnaient jamais que pour
ce qu'ils sont réellement, j'ai fait, les
premiers mois de mon arrivée, des
*quiproquo* tout-à-fait ridicules. Je vais
vous en raconter quelques uns ; ils pour-
ront vous réjouir.

## DCLXXIX<sup>e</sup> FOLIE.

J'ai eu grand soin de faire ma cour
à mes Juges ; ils ne m'en ont pas mieux
traité ; j'en conclus que les sollicitations
sont fort inutiles. Un jour que j'étais
dans l'anti-chambre d'un Président,
auquel l'on m'avait particuliérement
recommandé, je vis entrer un jeune
homme en habit d'écarlate, couvert
de larges galons d'or, qu'accompa-
gnaient des manchettes à dentelles ; une
épée du dernier goût, décorée par un
beau nœud de ruban, broché en or ;
des boucles à pierre, étincelantes comme des rubis ; ajoûtez à tout cela une
frisure singuliere ; vous aurez une idée
du personnage. Aussitôt qu'il parut, je
ne doutai point à sa maniere de se présenter, à son air fier & dédaigneux,
au soin qu'il avait de faire briller un

gros diamant qu'il portait au doigt, &
d'agiter en marchant les nombreuses
breloques qui pendaient au cordon de
ſa montre, dont le bruit importun ſe
faiſait entendre de loin; je ne doutai
point, dis-je, que tant d'élégance n'an-
nonçât un homme d'importance. Prévenu de cette idée, je me levai rempli
de reſpect; & comme il jetta par haſard
les yeux de mon côté, je lui fis une
profonde inclination, qu'il me rendit
par un ſigne de tête. — C'eſt, pour le
moins, un Marquis, diſais-je en moi-
même; voyez comment il répond à ma
politeſſe; à peine daigne-t-il me regarder. —

Tandis que je me tenais debout,
n'oſant m'aſſeoir en la préſence de celui
que je croyais un grand Seigneur, le
Préſident à qui je venais parler ſortit de
ſon cabinet; & l'homme qui m'en im-
poſait tant s'approcha d'abord de lui,
d'un air aſſez familier, ce qui me con-
firma davantage dans l'opinion que j'a-
vais conçue. — Monſieur, dit-il au Préſident, veut-il que je lui apprête pour
ſon ſouper quelques plats de plus qu'à
l'ordinaire? — Jugez de ma ſurpriſe.
Cet homme qu'à ſes manieres, qu'à

son élégance, j'avais pris tout au moins pour un Marquis, n'était qu'un simple Cuisinier.

## DCLXXXᵉ FOLIE.

Une autrefois que je me trouvais chez une Duchesse qui a la bonté de s'intéresser à moi ; & que, selon la coutume des protégés, j'attendais dans l'antichambre qu'on daignât me donner audience ; je vis paraître une femme habillée magnifiquement ; sa robe était d'une étoffe précieuse, & traînait trois pieds après elle ; sa coeffure attirait autant les yeux par la beauté des dentelles, que par les rubans & les ponpons dont elle était ornée ; ses oreilles étaient fortement tirées par de larges boucles de diamans ; un collier de perles entourait son cou ; de riches braffelets enchaînaient mollement ses bras ; & vous pensez bien qu'elle avait à son côté une montre superbe. A l'aspect d'une Dame aussi bien mise, je me levai avec précipitation, afin de lui faire honneur, & me courbai presque jusqu'à terre, pour la saluer profondément. Je me persuadai que c'était une Princesse, quoique j'eusse résolu de me tenir sur mes gar-

des, depuis que j'avais pris un Cuisinier
pour un grand Seigneur. Mes révérences attirerent l'attention de la Dame;
& je m'imaginai qu'elles l'empêchaient
d'entrer dans l'appartement de la Duchesse. Elle vint à moi, me demanda
d'un air riant si je la connaissais. -- Je
n'ai point cet honneur-là, répondis-je,
en redoublant mes courbettes. -- Si je
puis vous être utile, me répliqua-t-elle,
je m'emploirai volontiers pour vous. --
Enchanté de la nouvelle protection que
m'envoyait mon heureuse étoile, je
me perdais dans des remercîmens qui,
je crois, dureraient encore, si elle ne
m'avait interrompu, en me priant de
l'instruire de mon affaire. Comme je me
disposais à obéir, elle s'assit afin de m'entendre plus à son aise, & m'obligea
honnêtement de me placer à côté d'elle.
Alors je lui détaillai mon procès, & les
raisons que j'avais de me plaindre de
ma femme. J'allais finir mon discours,
lorsqu'on vint nous avertir d'entrer tous
les deux chez Madame la Duchesse.

Aussitôt que la Duchesse apperçut la
Dame que je suivais respectueusement
par derriere: -- je vous attendais avec
impatience, lui dit-elle. A ces mots,
ma nouvelle protectrice s'approche, &

se jette à genoux. -- Serait-ce pour sol-
liciter en ma faveur, dis-je en moi-
même, qu'elle se met dans une si humble posture ? -- Je ne restai pas long-
tems dans l'incertitude. Je lui vois tirer
quelque chose de sa poche; je regarde ...
ô ciel! quel fut mon étonnement! C'é-
tait une paire de souliers qu'elle se mit
à chausser à Madame la Duchesse. Cette
femme si pimpante, que j'avais crue
d'un si haut rang, n'était qu'une Cor-
donniere. Je me retirai sans ouvrir la
bouche, extrêmement confus de ma
méprise.

## DCLXXXIᵉ FOLIE.

Quelque tems après, j'éprouvai un
étonnement d'un autre genre. Je fus
un matin sur les neuf heures chez mon
Huissier, qui faisait remettre à ma tendre épouse les exploits que la chicanne
multiplie jusqu'à l'infini. J'allais lui dire
de faire signifier au plutôt un Arrêt qui
m'était favorable, & semblait me promettre gain de cause. C'était la premiere fois que je me présentais chez cet
homme. Je traversai plusieurs anti-
chambres superbement meublées, sans
rencontrer personne. J'allais pénétrer

plus avant, lorfque je fus arrêté par une efpece de Laquais. -- Que demandez-vous? me dit-il d'un ton très-brufque. Je répondis que je voulais parler à mon Huiffier. -- Vous ne pouvez voir actuellement Monfieur, me répliqua - t - il. Repaffez dans quelques heures ; il n'eft pas encore jour.

*Il n'eft pas encore jour*, fignifie dans la bouche d'un domeftique, que fon maître fe livre aux douceurs du fommeil, ou que la molleffe & l'oifiveté l'empêchent de quitter le lit. Je m'imaginais autrefois que cette phrafe fi précieufe, inventée fûrement par quelque petite-maitreffe, & qui dut paraître d'abord un peu énigmatique, n'était connue que dans la maifon des grands Seigneurs; je ne m'attendais point qu'elle fût en ufage chez un fimple Huiffier. Comme je me fuis apperçu depuis ce tems-là qu'elle eft employée chez des gens d'un état encore plus bas, j'en ai conclu que les petits font en tout les finges des Grands, fans que la dépenfe dans laquelle ils fe jettent, & le ridicule dont ils fe couvrent, foient capables de les arrêter. Le luxe eft la manie du peuple la plus dangereufe ; il le ruine infenfiblement ; au lieu qu'il n'en ferait gueres plus pauvre , s'il n'imitait que les vains cérémonials des gens dont il s'efforce d'être la copie. Il n'y a, par exemple , que de la folie au petit-Bourgeois qui laiffe dire chez lui à midi , *il n'eſt pas encore jour.*

## DCLXXXIIᵉ Folie.

J'aurais été trop heureux , fi je n'avais eu que de pareils fujets de furprife; mais je viens d'avoir lieu de connaître que rien ne doit nous étonner dans Paris.

Réfolu de retourner à ma terre auffi-tôt après la décifion de mon procès , j'ai cru devoir me loger dans un Hôtel-garni. Mon hôte eſt veuf depuis quelques années. Il ne lui reſte de fon mariage qu'une fille âgée de vingt ans, affez gentille pour faire naître des tentations , & qui paraît trop farouche pour faire naître l'efpérance. Je n'ofais douter de la vertu de cette jeune perfonne. Son air modeſte , fon aimable innocence, fes difcours ingénus, fes yeux baiffés, le rouge qui colorait fes joues, lorfqu'on ofait feulement la regarder ; tout me la faifait prendre pour une agnès ; & je n'étais point le feul qui eût auffi bonne opinion de fa fageffe. Je ne lui parlais qu'avec un profond refpeét, encore n'ofais-je que bien rarement lui adreffer la parole.

Un matin, que je venais à peine de me lever, j'entendis une grande rumeur, des cris perçans frapperent mon oreille. J'écoutai d'où provenait le bruit dont toute la maifon retentiffait ; & je connus qu'il partait de la chambre de mon hôte. J'y courus tout épouvanté. Je le vis qui d'une main traînait fa fille par les cheveux, & lui diftribuait de l'autre une grêle de coups de poing; plufieurs perfonnes charitables s'efforçaient en vain de calmer fa fureur. -- Eh ! pourquoi, m'écriai-je, maltraitez-vous de la forte cet aimable enfant ? -- Je veux la tuer, me répondit-il; la coquine me déshonore ; elle eft groffe de fix mois. Enfin, aujourd'hui je l'ai forcée de m'avouer fon crime ; mais elle s'obftine à me cacher l'objet de fon indigne amour. -- Elle eft groffe ! repris-je ; & je demeurai immobile, ne pouvant croire ce que je venais d'entendre.

-- Apprends-moi donc, malheureufe, continua mon hôte, en redoublant fes

coups , quel eſt celui qui t'a fait cet
enfant. Si tu differes encore l'aveu que
je te demande, je le jure , c'eſt aujour-
d'hui ton dernier jour. -- Eh! bien,
mon pere , je vais vous obéir , s'écria
la beauté que je croyais une Veſtale.
C'eſt malgré moi que je puis me réſoudre à nommer l'amant qui triompha
de ma ſageſſe. Alors elle jette les yeux
autour d'elle, contemple en ſilence tous
ceux qui l'environnent, ſoupire; & tout-
à-coup élevant ſa voix : -- Le voilà le
pere de l'enfant que je porte dans mon
ſein , dit-elle en me montrant au doigt.

## DCLXXXIII^e FOLIE.

Une accuſation auſſi fauſſe parut d'a-
bord me confondre ; rappellant enſuite
mes eſprits , je proteſtai que la Belle
n'était point ſincere , & que je n'étais
nullement d'humeur à me charger de la
faute d'autrui. -- Béni ſoit le Ciel ! s'é-
cria mon hôte, après que j'eus fini de
parler ; ma coquine de fille a du moins
eu aſſez de prudence pour ne céder qu'à
un homme en état de payer ſes couches,
& de prendre ſoin de l'enfant. Ainſi ,
Monſieur , continua-t-il , vous n'avez
qu'à préparer une bonne ſomme. Vous

êtes fort heureux que je me contente de vuider votre bourſe. Un autre que moi, vous apprendrait d'une maniere plus ſenſible qu'on ne doit point deshonorer des filles reſpectables. -- C'eſt ainſi que me parla ce pere irrité. Mais ayant eu le tems de revenir tout-à-coup à moi-même, je ne fis que rire de ſes menaces.

Cependant il ne tarda point à les effectuer. Il m'intenta un grand procès. Je me flattai de prouver bientôt l'injuſtice de ſes chicannes, & me défendis quelque tems avec les mêmes armes dont il m'attaquait. Après quelques exploits ſignifiés de part & d'autre, j'eus la douleur de m'appercevoir que je m'étais bercé de trompeuſes eſpérances. L'on ajoûtait foi aux ſermens de la fille de mon hôte; je me vis ſur le point d'être condamné. Dans cette fâcheuſe circonſtance, je crus trouver le moyen de changer la face de mon affaire. J'avais gardé le ſilence ſur le biſarre procès que je ſoutenais contre ma femme; je n'en parlais qu'à des gens à qui je ne pouvais abſolument le cacher. Il me parut que je ne devais plus en faire myſtere à mon hôte. Je l'informai donc
du

du trouble qui regnait dans mon ménage. Je fis la même déclaration à mes
Juges ; & j'ajoûtai, qu'il était abſurde
de prétendre que j'avais fait un enfant
à une fille, puiſque ma propre femme
m'accuſait d'impuiſſance. Sans être frappé de la force de mes raiſons, mon hôte
continua ſes pourſuites ; les meſures
que je venais de prendre ne me laiſſe-
rent pas douter qu'il ne fût la dupe de
ſon opiniâtreté.

Je repréſentai auſſi aux Juges qui
devaient décider le procès que m'avait
intenté ma tendre épouſe, que j'étais
ſi peu impuiſſant, qu'une jeune perſonne m'accuſait de l'avoir rendu
mere. C'eſt ainſi que chacun de mes deux
procès me ſervait de moyens de dé-
fenſe ; & que j'employais à me diſculper
ce qui ſemblait me rendre coupable
d'un autre côté. Hélas ! quel avantage
ai-je retiré de l'adreſſe avec laquelle je
me ſuis conduit ? Pourrez-vous le croire,
Madame ? Mes deux cauſes viennent
d'être jugées dans le même jour ; & je
les ai perdues toutes les deux à la fo··;
C'eſt-à-dire que mon mariage vient
d'être caſſé, déclaré nul, au Parlement ;
qu'il m'eſt enjoint de rendre la dot ; &

que l'on me condamne comme impuif-
fant; tandis qu'une *Sentence du Châ-
telet* me déclare le pere de l'enfant dont
la fille de mon hôteffe eft groffe.

## DCLXXXIV<sup>e</sup> FOLIE.

Combien de réflexions ne nous offre
pas une telle bifarrerie dans la Juftice
des hommes ? Si les plaintes de ma
femme étaient fondées, l'accufation de
la jeune perfonne eft donc détruite. Il
faut néceffairement que l'une des deux
ait tort; & cependant elles gagnent,
enfemble leurs caufes, quand le fuccès de
l'une devait amener la perte de l'autre.
Mais ce qu'il y a de plus étonnant, c'eft
que leurs plaintes mutuelles étant très-
injuftes, elles aient eu le fecret de me
faire condamner. Après un pareil exemple, ayez des procès, miférables humains ( 1 ).

Accablé du poids de mon malheur,
défefpéré que des Juges foient trop
fouvent fujets à fe tromper, ainfi que le
refte des hommes, je voulais hier me

---

[ 1 ] Les Juges fe trompent quelquefois;
mais ils n'en compofent pas moins le Corps
le plus refpectable qu'il y ait dans l'Etat.

pendre, ou me jetter dans la riviere.
Un de mes amis s'eft efforcé de modérer mon affliction, en me repréfentant
qu'on ne m'avait point ravi tout mon
bien, & qu'il me refterait même quelque chofe de la dot de ma femme. Ses
difcours ont peu-à-peu diffipé ma douleur; & afin d'effaier à me réjouir, il
m'a contraint de fouper chez lui, où
j'ai trouvé une compagnie charmante.
Les momens s'écoulent bien vîte à table;
il était plus de minuit, lorfque j'ai parlé
de me retirer. L'on s'eft vainement
efforcé de me retenir, en m'affurant
qu'il n'était point du bon ton de fe
coucher *comme les poules.* J'ai répondu
qu'en province l'on fe divertiffait auffi
beaucoup, & que l'on fe couchait pourtant de bonne-heure; & que j'ignorais
d'ailleurs, fi le *bon-ton* était quelque
chofe de plus précieux que la fanté.
J'ai laiffé mes gens le verre à la main,
peu difpofés à quitter de fitôt. Mon
ami demeure apparemment auprès de
la maifon où vous avez foupé hier au
foir; votre carroffe vous attendait; je
le pris pour le mien, qui devait n'être
qu'à quelques pas. Voilà ce qui m'a
procuré le bonheur de connaître une

Dame auſſi aimable; & je puis dire que
ſi j'avais gagné mes deux procès, j'é-
prouverais un plaiſir moins vif que celui
que je goûte en ce moment.

N'allez pas conclure, Madame, de
quelques endroits de mon diſcours,
pourſuivit en ſouriant le Gentilhomme,
qu'on ait moins d'eſprit en Province
que dans la Capitale. Je ſais qu'on a la
modeſtie de croire à Paris & à la Cour
que toutes les connaiſſances y ſont re-
léguées; & que les pauvres Provinciaux
ont à peine le ſens commun. Qui peut
inſpirer des idées ſi favorables? & pourquoi s'imaginer que des millions de
perſonnes ſoient moins bien organiſées
que les habitans des bords de la Seine?
Serait-ce parce que ces derniers inven-
tent toutes les biſarreries de la parure?
En ce cas-là, quel reſpect ne devons-
nous pas avoir pour une Marchande
de modes? Mais l'avantage qu'ils ont
ſur nous eſt bien frivole. Je fais cette
remarque, dans la crainte qu'on n'attribue les ſurpriſes que m'ont cauſé les
mœurs de la Capitale, à la prétendue
ſimplicité des habitans de la Province.
Que tout ce que je vous ai dit ne tire
point à conſéquence.

# SUITE

*des surprises, ou du Provincial à Paris ;
& continuation de l'histoire de la Marquise d'Illois.*

## DCLXXXVe FOLIE.

NOTRE Gentilhomme prouve bientôt
en effet qu'il a beaucoup d'esprit,
pour un *Provincial.* Il dit des choses si
galantes à la Marquise, il paraît si peu
novice auprès des femmes, qu'il acheve
de la charmer. Il est vrai qu'il est assez
bel homme, que ses yeux sont vifs, que
sa physionomie est intéressante : &
qu'en le voyant plusieurs fois, l'on oublie qu'il est Provincial. Madame d'Illois ne le fait point languir longtems.
Dès le troisieme jour de leur connaissance, elle lui accorde les dernieres &
les plus douces faveurs de l'amour; soit
qu'elle ait conçu une passion trop difficile à vaincre ; ou soit qu'elle se pique
d'être reconnaissante des services qu'on
lui a rendus. Il est vrai qu'un incident
très-grave, très-férieux, faillit à recu-

M 3

ler le bonheur de ce nouvel amant ; &
pensa même le détruire tout-à-fait.
Notre Gentilhomme s'était épris des
charmes de la Marquise ; la sincérité
de la passion qu'il exprimait, le rendant respectueux, timide, l'empêchait
de profiter des avances que lui faisait la
sensible d'Illois .Elle fut vingt-fois sur le
point de perdre patience. Enfin, elle
eut la bonté de lui faire un jour tant de
caresses, de le regarder si tendrement,
qu'il s'enhardit, & eut la gloire de
posséder une Marquise, ajoûtez, jeune
& charmante, sans quoi son bonheur
serait bien peu de chose ; car ce n'est
point la qualité qui plaît en amour,
c'est la beauté. Notre Gentilhomme,
toujours surpris de ce qui paraîtrait à
d'autres fort naturel, ne conçoit pas
comment une Dame d'un rang distin-
gué peut céder au bout de trois jours.

La Marquise est si contente de notre
Gentilhomme, qu'elle avoue que les
gens de Province ne sont pas sans mérite, & que, sur certains points, ils peuvent le disputer aux fiers habitans de la
Capitale, ainsi qu'aux talons rouges de
la Cour. Elle est à même de décider
actuellement, bien mieux peut-être que

fes Juges, lequel de fes deux procès il méritait de perdre.

Charmée d'avoir un amant auffi accompli, elle ne faurait fe réfoudre à s'en éloigner. Elle l'oblige à refter quatre jours de fuite auprès d'elle, tant elle prend de plaifir à lui entendre répéter qu'il l'adore. A chaque fois qu'il vient lui renouveller les affurances de fa tendreffe, il faut qu'il paffe plufieurs jours renfermé avec elle. Afin que perfonne ne vienne les interrompre dans les chofes importantes qu'ils ont à fe dire, & dans la crainte qu'on ne s'apperçoive de leur tête-à-tête, elle a foin que les volets foient toujours fermés, comme fi elle était abfente; & elle fait croire qu'elle eft à la campagne. Ses gens mêmes y font trompés.

— Ceci eft un peu fort; s'écriera peut-être le Lecteur. Eh! de quoi vivent donc nos amans tandis qu'ils font renfermés enfemble? Je vais répondre en peu de mots; j'efpere fatisfaire à toutes les objections de la critique.

Oui, Madame d'Illois refte tête-à-tête avec fon amant quatre, cinq, même huit jours de fuite, fans que

perſonne entre dans la chambre. Voici
l'explication de l'énigme. Une de ſes
femmes eſt dans la confidence. A l'heure
ordinaire des repas, elle deſcend par
une ouverture pratiquée au plancher,
tout ce qui eſt néceſſaire à nos amans
pour réparer leurs forces; & Madame
d'Illois met elle - même le couvert.
Quand la diſcrette femme-de-chambre
préſume que les plaiſirs de la table ſont
finis, elle redeſcend ſa corde, & remonte diligemment tout ce que la
Marquiſe y attache. C'eſt de la ſorte
que Madame d'Illois paſſe des ſemaines
entieres avec le Gentilhomme provincial, ſans s'ennuyer un ſeul inſtant. Je
ne crois pas qu'on ſe ſoit encore aviſé
de pouſſer ſi loin la fureur des tête-à-
têtes.

# SUITE DE L'HISTOIRE

*de la Marquise d'Illois , & conclusion des surprises , ou du Provincial à Paris.*

## DCLXXXVI<sup>e</sup> FOLIE.

IL y a toute apparence qu'une liaison aussi intime durera longtems. La passion de la Marquise est trop forte, les preuves qu'elle donne de sa tendresse sont trop vives & trop réitérées, pour qu'on puisse présumer qu'elle va bientôt s'éteindre. Cependant il ne faut jurer de rien. Notre Gentilhomme a vu s'écouler un mois dans les délices que lui procure l'amour ; il ne songe plus à une épouse infidelle ; son cœur & son amour-propre sont également satisfaits. Il se rend un matin chez Madame d'Illois , dont il était éloigné depuis trois jours , & qui , à leur derniere séparation , ne s'était arrachée qu'avec peine de ses bras , & qu'en lui prodiguant les noms les plus tendres. Il est persuadé qu'il sera bien reçu ; il entre

M 5

dans cette douce idée. Mais quelle est sa
surprise de se voir accueilli avec la
derniere froideur! A peine Madame
d'Illois daigne-t-elle le regarder. Elle
prend un air boudeur, se plaint de la
migraine, s'impatiente des caresses
que hasarde le pauvre Gentilhomme,
gronde sans sujet, lui cherche querelle
à propos de rien, & le prie enfin de ne
plus l'importuner par ses visites. Notre
Provincial stupéfait se retire la larme
à l'œil. Les graves réflexions qu'il fait
sur la colere de la Marquise, dont il ne
peut comprendre la cause, dissipent en
partie la douleur qu'il ressent; il s'imagine que ce n'est qu'un caprice, auquel
les jolies femmes ne sont que trop su-
jettes, qu'un instant voit naître & mourir. Il se présente le lendemain à la
porte de son illustre conquête. On lui
dit qu'il n'y a personne; & qu'il est inutile qu'il se donne la peine de revenir,
parce qu'on n'y sera jamais pour lui.
Notre Gentilhomme ne sait à quoi attribuer le traitement qu'il éprouve.

Le Lecteur, pour peu qu'il soit intelligent, n'a pas de peine à deviner ce
qui paraît une énigme inexplicable à
notre Provincial. Il suffit d'avoir l'usage

du monde pour fe douter que la Marquife n'eſt qu'une petite infidelle , &
qu'elle s'eſt engouée de quelqu'autre
amant. Elle s'eſt aviſée en effet de faire
attention au mérite du Duc de Wilcam ,
jeune Seigneur Allemand , que l'envie
de s'inſtruire a conduit à Paris. Les
charmes de la nouveauté féduiſant fon
cœur , la dégoûterent du Gentilhomme
de Province, & lui firent naître tout-à-
coup le deſſein de le congédier.

Il était loin de s'attendre , comme on
vient de le voir, à une rupture ſi prochaine. En Province les femmes mettent un peu plus de décence dans la
maniere de quitter leurs amans ; elles
alléguent du moins de bonnes raiſons ,
& vous préparent à foutenir le changement qu'elles méditent. Le bon Gentilhomme eut bien un autre ſujet de fur-
priſe. Quelques jours après avoir reçu
fon audience de congé de Madame d'Illois , il la rencontra dans une maiſon
où il allait faire fa partie. Quoiqu'elle
feignît de ne point l'appercevoir , il lui
parut tout ſimple d'aborder une femme
avec laquelle il avait eu le bonheur de
coucher ſi fouvent ; il s'imagina même
qu'il ne pouvait s'en difpenfer. Il s'ap-

proche donc de la Marquife, l'aborde
d'un air très-familier. Elle répond à fes
politeffes par de grandes révérences,
lui adreffe quelques mots d'un air dif-
trait, comme à un homme qu'on n'a
jamais vu, & qui nous eft tout-à-fait
indifférent. Le Gentilhomme déconcerté
s'éloigne en faifant une profonde inclination. A peine s'eft-il éloigné de quelques pas, que la Marquife fe met à
parler à l'oreille de quelqu'un de la
compagnie, affez haut pour être entendue de tout le monde : -- Quel eft, dit-
elle, cet homme-là qui vient de me fa-
luer ? -- C'eft, lui répond-on, ce Gentilhomme accufé tout à la fois d'impuiffance & d'avoir fait un enfant. --
J'en ai, je crois, entendu parler, s'é-
crie-t-elle froidement ; fon aventure eft
unique. -- Le Provincial entendit ces
mots ; ils le pétrifierent. Trop embarraffé de fa contenance, pour pouvoir
refter plus longtems, il prit le parti de
fe retirer. -- Il eft donc des femmes,
fe dit-il en lui-même, qui foutiennent
fans aucun trouble la préfence d'un
homme qu'elles ont comblé de faveurs?
Comment ne font-elles point émues en
voyant celui qu'elles adoraient, ou que

du moins elles feignaient d'aimer, &
avec qui elles ont vécu dans la liaifon
la plus intime. Je n'aurais jamais cru
que ce fexe fi tendre, qui a la douceur
en partage, foit capable de tant de déguifement & de tant de cruauté. --

Notre Gentilhomme, las de toutes
les furprifes qu'il éprouve à Paris,
monte un beau matin dans fa chaife-de-
pofte, & retourne habiter fa Province,
où il trouve que les chofes font plus
dans l'ordre, & qu'on y a moins de fujets d'étonnement.

## LE HASARD DES LOTERIES.

### DCLXXXVIIᵉ FOLIE.

MADAME d'Illois n'a point de
peine à fe confoler du départ de
notre Provincial. Le même jour qu'elle
apprend par hafard qu'il s'eft rappro-
ché de fes Dieux pénates, fon anti-
chambre retentit tout-à-coup de grands
cris de joie. Elle entend plufieurs perfonnes rire & chanter en chœur. Eton-
née d'un bruit fi extraordinaire, elle
a beau fonner à diverfes reprifes, afin

d'en favoir la caufe, il femble que tous
fes gens foient fourds. Elle va elle-même
fatisfaire fa curiofité. Elle voit fes Laquais & fes femmes danfer, s'agiter
en tumulte, crier tous à la fois à pleine
tête, fans s'entendre. Un de fes Domeftiques attire fur-tout fon attention ; fes
tranfports, fes exclamations, le diftin-
guent des autres; il fait lui feul autant
de bruit que tous fes camarades enfemble. On dit enfin à la Marquife de
quoi il s'agit. Un de fes Domeftiques
vient de gagner le gros-lot de cinquante
mille francs ; on prend part à fon bonheur; & cet homme, qui fe voit enri-
chi d'une maniere fi imprévue, eft dans
une efpèce de délire : il rit & pleure à
la fois, la joie trouble fes fens: fa femme n'eft guères plus fage que lui. Ils
paraiffent plutôt dignes des petites-mai-
fons que des faveurs de la fortune.

Mais à quoi leur fervirent les bienfaits de cette Déité volage, ou plutôt
de l'aveugle Deftin? Ils en éprouverent
les caprices dans l'inftant même qu'ils
croyaient toucher au bonheur. Hélas!
ils ne firent que l'entrevoir. Avant de
retirer la fomme que le hafard venait
de leur envoyer, ils voulurent favoir

quel ufage ils en feraient. La queftion n'était point facile à réfoudre. Le pauvre, que le hafard enrichit, n'imagine pas tout-à-coup les moyens de dépenfer fon argent, ainfi que le riche accoutumé aux douceurs de l'opulence. Auffi nos époux furent-ils long-tems incertains; la diverfité de leurs opinions, amenant des querelles très-vives, faillit à faire naître entr'eux un terrible combat. Enfin la femme l'emporta, comme de raifon, vu qu'elle était un peu plus opiniâtre que fon mari. Elle fe chargea de louer un vafte appartement, de le meubler avec magnificence; d'acheter des robes, des étoffes précieufes; de beaux hábits, des bijoux; & d'avoir, en un mot, non ce qui eft néceffaire aux befoins de la vie, mais tout ce qui dénote une prodigieufe fortune. Impatiente de fe voir au fein des grandeurs & du luxe, la pauvre femme fe donna tant de mouvemens pour commander bien vîte tout ce qui pouvait fatisfaire fa vanité, qu'elle gagna une pleuréfie dans les régles, & mourut au bout de trois jours, avec la douleur de n'avoir pas même eu le tems de fe rendre maitreffe des cinquante mille livres.

Son mari l'aurait peut-être pleurée davantage, si la joie de se voir si riche n'avait éteint en lui tout autre senti-ment. A peine fut-elle enterrée, qu'il se hâta d'aller chercher la somme que lui devait la Loterie, craignant que la mort ne vînt aussi l'en priver. Pour épargner les frais du port, il se char-gea d'une partie de sa somme, se pro-posant de revenir chercher le reste. Cour-bé sous le faix, suant à grosses gouttes, il arrive au pied de l'escalier qui con-duisait à sa chambre. Ravi de se voir sur le point de mettre ses richesses en sûreté, il repasse en lui-même l'aisance dont il va jouir; il considere que les sacs remplis d'écus, dont il est chargé, lui appartiennent; transporté de joie, il sent renouveller ses forces; & sans se reposer, il monte précipitamment son escalier. Mais il marche avec si peu de précaution, il se dépêche tellement d'ar-river chez lui, en sautant d'aise à cha-que pas qu'il fait, que le pied lui man-que, & qu'il roule deux étages. Dans sa malheureuse chûte, il lâche son pré-cieux fardeau, les sacs dont il était chargé roulent sur lui, le meurtrissent, lui font à la tête plusieurs contusions,

Bref, il fe caffe une jambe, fe difloque
tout le corps. On accourt à fes cris,
on le ramaffe, ainfi que fon cher tréfor; on le porte dans fon lit, fans connaiffance. Les foins qu'on prend de lui
font inutiles; il meurt le lendemain de
fa chûte. Cette trifte aventure nous apprend qu'il faut fe modérer dans les
bonheurs imprévus qui nous arrivent.

---

# CONCLUSION

## *DU HASARD DES LOTERIES.*

### DCLXXXVIIIᵉ Folie.

L E malheureux Laquais & fa femme
furent regrettés de tous les gens
de Madame d'Illois, & de la Marquife
elle même. Leur fin tragique donna lieu
à bien des réflexions : l'on confidera que,
s'ils s'étaient contentés de leur fort, qui
était affez fortuné, ils auraient eu
des jours paifibles & tranquiles, &
qu'ils feraient peut-être parvenus à une
heureufe vieilleffe; l'on s'apperçut que
les Loteries caufent la ruine d'un nombre infini de perfonnes; & que la ma-

nie d'y mettre, eft tout-à-fait ridicule & dangereufe, lorfqu'elle eft pouffée trop loin. Elle eft fur-tout extrêmement fatale aux pauvres, qui, dévorés de l'envie de s'enrichir, fe plongent dans la derniere indigence. Que doit-on penfer de ceux qui chaque mois fe privent du néceffaire pour tâcher d'attrapper un Lot, qu'il y a cent contre un à parier qu'ils n'auront point ? Mais qui peut s'empêcher de rire en voyant tant de gens, qui jouiffent d'une fortune honnête, auffi ardens à tenter le fort des Loteries, que s'ils avaient à peine de quoi vivre ?

L'aventure du Laquais de Madame d'Illois, faifant conclure que le bonheur ne vient pas toujours lorfqu'on le cherche, rappelle la folie de cet homme qui mit dans un feul jour jufqu'à quarante mille francs à la Loterie, ne gagna qu'un feul Lot de trois cents livres, & fe pendit de défefpoir.

# SUITE DE L'HISTOIRE

## *de la Marquise d'Illois.*

### DCLXXXIXᵉ FOLIE.

JE ne fais qu'eft-ce qui fit les fages
réflexions que je viens de rapporter;
tout ce que je puis dire, c'eft que ce ne
fut point Madame d'Illois. Elle a bien
autre chofe à faire qu'à réfléchir; elle
fonge à varier fes amufemens, à faire
choix des foupers fins auxquels elle eft
priée, à faifir les modes nouvelles, à
goûter les plaifirs de l'Amour, fans en
éprouver les tendres fentimens qu'elle
traite de fadeurs; voilà quelles font les
occupations d'une jolie femme.

La Marquife eft auffi contente du
Seigneur Allemand qui a la gloire de
poffeder fes bonnes graces, qu'elle l'é-
tait du Gentilhomme Provincial. Les
momens qu'ils paffent enfemble font
fi délicieux, qu'elle voudrait qu'ils ne
s'écoulaffent jamais. Une politeffe extraordinaire l'engage fouvent à reconduire
e Duc de Wilcam, fon nouvel amant,

1

lorſqu'il veut ſe retirer, après avoir été
renfermé avec elle pluſieurs jours. Elle
a, ſans doute, ſes raiſons pour ſe permettre des attentions ſi obligeantes ; car
à chaque fois qu'elle veut abſolument
l'accompagner, on les voit revenir enſemble, & ſe renfermer encore ; ſoit
qu'elle ait trouvé le ſecret de l'engager
à ne point la quitter de ſitôt, ou ſoit
que le Duc de ſon côté ſe pique auſſi
d'être poli, & que ſa complaiſance ne
puiſſe rien refuſer aux Dames.

Perſuadé que ſa docilité à s'inſtruire
des manieres françaiſes, lui avait procuré la conquête de la Marquiſe, conquête qui flatte conſidérablement ſon
amour - propre ; & voulant achever
de ſe perfectionner dans nos uſages,
le Duc de Wilram s'aviſe auſſi d'avoir
une petite-maiſon. Peut-être que le lecteur ne ſait pas au juſte ce que c'eſt
que les *petites maiſons* des grands Seigneurs, dont je dirai, par parenthèſe,
que la mode commence à paſſer. Quoique les maîtres auxquels elles appartiennent ne ſoient guères ſages, elles ne
ſont point deſtinées à ne renfermer que
des fous, ainſi que leur nom pourrait
le faire croire. Ce ſont des aſyles ſe-

crets, confacrés aux plaifirs de l'Amour, affez loin de la Ville, pour qu'on n'y foit point embarraffé du tumulte & du fracas; & affez proche, pour qu'on puiffe bientôt s'y rendre: on ne les habite que quelques heures, une compagnie choifie s'y rend avec gaieté, fe livre aux plaifirs que lui fait rechercher le caprice plutôt que le goût; l'ennui la faifit infenfiblement, l'on part, l'on regagne la Ville avec autant d'impatience qu'on en avait de la quitter.

La petite maifon du Duc de Wilcam, fituée près du rempart, ne lui fert qu'à recevoir Madame d'Illois; chaque femaine ils y vont paffer plufieurs jours, fans s'ennuyer un feul inftant de la longueur du tête-à-tête; ce qui n'était pas encore arrivé depuis l'établiffement des petites maifons, & ce qui fûrement n'arrivera jamais.

Un foir que le Duc reconduifait Madame d'Illois chez elle dans un carroffe de remife, & que fes gens étaient couverts de redingottes fans livrée, il s'apperçut qu'il lui reftait encore quelque chofe à communiquer à fon illuftre maitreffe. Emporté par l'importance de ce qu'il avait à lui dire, & crai-

gnant fans doute de l'oublier, s'il dif-
férait davantage, il commença fon difcours, fe gênant auffi peu que fi l'Amour
feul avait pu les voir & les entendre.
Il aurait pourtant mieux fait d'attendre
une meilleure occafion ; car, outre qu'il
eft fort difficile de s'entretenir dans un
carroffe qui roule fur le pavé, il eft
toujours dangereux de fe compromet-
tre en public. Comme le Duc parlait
de près à la Marquife, des paffans l'en-
tre-virent à travers les glaces; ils crurent remarquer entr'eux trop de fami-
liarité; la mauvaife humeur naturelle
aux gens de pied contre ceux qui font
à leur aife dans une voiture brillante,
les fait éclater en murmures. Ils inful-
tent les Laquais du Duc, qui ne favaient
point ce qui fe paffait dans le carroffe
de leur maître, tandis qu'ils étaient
perchés derriere. La populace s'affem-
ble, le bruit augmente, on contraint
le Cocher d'arrêter; le Guet arrive.
C'en était fait de la réputation de Madame d'Illois, fi la préfence d'efprit
du Duc ne l'avait tirée de ce mauvais
pas. Il cache les marques qui auraient
pu le faire reconnaître; &, fous prétexte
de parler à l'oreille du Sergent du Guet,

il lui gliſſe dix louis dans la main, en lui diſant. ſa qualité & ſon nom, & promet de lui donner deux fois davantage, s'il veut venir le trouver le lendemain à ſon Hôtel. La Garde, adoucie par l'éclat de l'or, écarte la populace; & le Duc arrive ſans obſtacle chez ſon illuſtre maitreſſe. Le Sergent ne manque pas de ſe rendre à l'endroit qu'on lui a déſigné; mais il ne trouve nullement ce qu'il cherche. Le Duc s'était ſervi d'une fauſſe adreſſe & d'un nom ſuppoſé.

---

# L'AMOUREUSE EXTRAVAGANTE,

*ou la manie du Mariage.*

## DCXC<sup>e</sup> FOLIE.

MADAME d'Illois n'eſt qu'à peine remiſe de la frayeur que lui a cauſé cette aventure, qu'elle entend tout-à-coup un grand bruit, & qu'elle voit entrer dans ſa chambre une femme qu'on s'efforçait en vain d'arrêter, & qui s'avançant vers elle les bras tendus, s'écria : -- Je te retrouve donc enfin, idole de mon cœur! Viens me ſauter au cou; je suis toujours ta bien-aimée; & nous nous caresserons comme deux tendres Tourtereaux. -- A ces mots, elle s'arrête, apperçoit la Marquise, paraît déconcertée, & jette autour de la chambre des regards inquiets. -- Où donc s'est-il caché, ce bel-enfant? Poursuit-elle. O Ciel! l'aurai-je encore perdu? Me l'aurait on enlevé, quand ma constance était sur le point d'être couronnée? Ah! jamais il ne pourra vivre loin de mes charmes. --

La Marquise aurait éclaté de rire, si elle n'avait craint de fâcher la Dame qui lui parlait; notez que la figure du tendron qui vient de tenir des discours si passionnés semble avoir été faite exprès pour la démentir. Représentez-vous un visage maigre & livide, des yeux enfoncés au bas d'un front qui ne finit point, un nez de perroquet, qui, en couvrant à moitié une bouche énorme, paraît en défendre l'entrée à un menton extrêmement pointu. Tout cela n'est point trop propre à inspirer de l'amour, & l'on peut fort bien vivre éloigné de tant de charmes: c'est ce qu'il semble à Madame d'Illois; mais elle prend le parti de dissimuler, & de

tâcher

tâcher feulement de favoir quelle eft cette extravagante femme.

Cependant notre amoureufe cherche par toute la chambre, & continue fes tendres exclamations: un homme qui était entré avec elle, voulant finir cette comédie, s'approche de la fenêtre, & s'écrie, en regardant dans la rue. — Eh ! voilà Monfieur le Chevalier d'Ornon qui paffe ! — A ces mots la Dame ceffe de fureter dans l'appartement de la Marquife, & fort avec précipitation, en difant: — quoi ! l'on vient de voir mon cher Chevalier ! Je vais courir après lui. — Auffitôt qu'elle eft difparue, l'homme qui a eu le fecret de l'obliger à fe retirer, s'avance auprès de Madame d'Illois, lui fait des excufes de la hardieffe de cette femme, qui a ofé s'introduire jufques dans fon appartement. — C'eft une folle, ajoute-t-il, dont la manie eft affez finguliere; fi je n'étais fon proche parent, loin de m'affliger de fes extravagances, il y a long-tems que je ne ferais qu'en rire, à l'exemple de ceux qui la connaiffent. — Je lui pardonne volontiers, répond la Marquife; & je vous avoue que je fuis très-curieufe de favoir quelle eft fa folie. — Je vais vous satisfaire, réplique le galant Cavalier; les desirs d'une jolie femme doivent toujours être prévenus.

## DCXCI<sup>e</sup> FOLIE.

Ma pauvre cousine, continue-t-il, a vieilli dans l'attente d'un époux. Je ne sais pourquoi l'Hymen s'est toujours éloigné d'elle, tandis que l'Amour semblait la regarder d'un œil favorable. Ce qu'il y a de certain, c'est qu'elle a eu beaucoup d'amans, & qu'aucun d'eux n'a voulu rendre sa chaîne éternelle, puisqu'elle n'est point encore mariée, & que ce fut en tout tems sa plus forte envie. L'âge a fait disparaître ses charmes ; & ce qui ne l'a pas moins mortifiée, il a banni d'autour d'elle les soupirans. Mais elle n'a point perdu l'espérance d'unir son sort à celui de quelque homme aimable. En vain son miroir l'avertit de la décrépitude de ses attraits; en vain la froideur qu'on lui témoigne prouve que sa jeunesse est passée ; elle se flatte qu'elle est encore dans l'âge de plaire. Elle minaude lorsqu'on la regarde, se pince les levres avant de parler, & prend un petit air langoureux à chaque parole qu'on lui adresse. Rien

de si comique, ( soit dit en passant )
qu'une vieille femme coquette, qui
pour se donner des airs enfantins, s'é-
tudie à faire maintes grimaces plus
ridicules les unes que les autres. Ma
chere cousine ne s'est jamais doutée que
les manieres qu'elle affecte achevent de
l'enlaidir, en même tems qu'elles apprê-
tent à rire à ses dépens. Pour comble
de folie, elle s'est avisée de devenir
sérieusement amoureuse ; comme si l'extrême passion qu'elle a d'être mariée,
quoiqu'elle ait plus de cinquante ans,
ne la rendait point encore assez ridicule.

Il y a quelques années qu'elle eut
occasion de voir pour la premiere fois
à un grand souper un jeune Officier,
Lieutenant au Régiment de Picardie,
beau comme l'Amour, frais comme la
rose qui vient d'éclore, les yeux bleus,
l'humeur enjouée, & qui cédait souvent
à une tendre mélancolie. Ma trop sensible parente ne put regarder avec in-
difference un aussi beau jeune homme,
Elle se mit à l'agacer, à le combler de
politesses & d'attentions. Le militaire
y répondit par honnêteté. Elle le pria
de venir quelquefois chez elle ; il n'osa

N 2

la refuler; la feule complaifance l'engagea de lui rendre de fréquentes vifites.
Ma coufine prêta d'autres motifs à fes
affiduités; elle s'imagina qu'elle en était
adorée; enfin un jour elle lui demanda
s'il voulait accepter fa fortune & devenir fon époux. Toujours d'une politeffe
extrême, notre jeune militaire craignit
de faire un mauvais compliment à une
Dame, s'il fe piquait d'être fincere. Il
répondit qu'il acceptait la propofition
avec joie, & qu'il n'aurait jamais fongé au bonheur qu'on venait lui offrir.
Repréfentez-vous les tranfports de ma
vieille parente. Elle fe crut pour le coup
au printems de fon âge. Ses mines, fes
grimaces redoublerent, & la rendirent
encore plus ridicule. Elle courut apprendre à tout le monde fon mariage,
& qu'elle était aimée à la fureur; on
eut autant de peine à croire l'un que
l'autre. Quel dommage que la félicité
dont elle s'enivrait ne dura qu'un moment!

L'honnête Officier n'avait paru confentir à l'époufer que parce qu'il était
à la veille de fon départ. En effet, dès
le lendemain qu'il eut promis de prendre pour fa légitime époufe notre vieille

amoureufe, il monta dans fa chaife de
pofte , & fe hâta de s'éloigner de Paris.
On n'a plus entendu parler de lui depuis
ce tems-là. Il y a toute apparence qu'il
ne retournera jamais dans cette ville;
il craindrait trop, en y revenant, d'ê-
tre obligé de tenir fa parole.

Cependant ma pauvre coufine ne dé-
fefpere point de le revoir. Elle fe flatte
chaque jour qu'il va revenir fe jetter
à fes pieds, la preffer de hâter l'inftant
qui doit les réunir pour toujours. Elle
s'imagine même qu'il eft depuis long-
tems à Paris, & que la feule difficulté
de retrouver fa demeure qu'elle fe per-
fuade qu'il a oubliée, l'empêche de voler auprès d'elle. Dans cette bifarre
idée, il n'y a pas de mouvemens qu'elle
ne fe donne, pour tâcher de le rejoindre. Elle eft fans ceffe fur pieds, court
toutes les promenades dans un même
jour, fréquente affidument les fpectacles, & fe montre avec autant de foin
que les actrices. Elle vous regarde tous
les hommes fous le nez, pour peu qu'ils
ayent les traits de fon amant; & pouffe
de gros foupirs, qui doivent bien furprendre ceux qui en ignorent la caufe.

## DCXCIIe FOLIE.

Réfolue de le trouver à quelque prix que ce foit, elle ne fe contente pas de le chercher elle-même; plufieurs perfonnes la fecondent, & favent le fecret de fe bien faire payer de leurs peines. Les gens qu'elle a mis dans fa confidence font des fripons qui flattent fon faible par intérêt, & feignent de faire beaucoup de démarches; ma chere coufine poffede une fortune honnête, & la prodigue à tous ceux qui donnent dans fes idées, & promettent de s'employer pour elle. Il fuffit de la repaître d'efpérances, de lui dire qu'on eft fûr de déterrer fon homme, qu'on croit l'avoir apperçu, qu'il ne s'agit plus que de le fuivre & de favoir fa demeure; il fuffit, dis-je, de la bercer de pareilles chimeres, pour en obtenir chaque jour de nouveaux préfens. Si fa folie continue, comme il n'y a pas lieu d'en douter, elle achevera dans peu d'épuifer fon bien; ainfi ma parente fe ruinera pour un amant qui n'exifte que dans fon imagination, tandis que la plûpart des femmes du grand monde font affez raifonnables pour ne fe ruiner qu'en faveur d'amans préfens & palpables.

Un des zelés ferviteurs de ma bonne parente, voulant fans doute éprouver fa généroficé, vint lui dire un jour que fon amant était aux Tuileries, & qu'il n'y avait point de tems à perdre fi elle defirait lui apprendre elle-même fon adreffe, & favoir la fienne. -- Sitôt que je l'ai apperçu, ajoûta-t il, je me fuis hâté de vous avertir, afin que vous ayez la fatisfaction d'être témoin des tranfports qu'il fera éclater en apprenant que vous l'aimez encore. -- Jugez avec quel empreffement elle courut à la promenade où elle fe flattait de trouver fon cher Officier. L'homme adroit qui lui avait promis un bonheur imaginaire, riait en lui-même de la fimplicité qu'elle avait de le croire, & concluait avec raifon que fa tromperie réuffirait. Elle arrive au commencement de la grande allée, ou tout le beau monde fe raffemble les jours qu'il eft du bon ton d'y paraître. L'homme qu'elle croit dans fes intérêts a foin de la retenir par fa robe, dans la crainte que la vîteffe de fa courfe ne dérange fes mefures. Le voilà, lui dit-il,

N 4

en la forçant de s'arrêter tout court,
& lui montrant de loin un jeune militaire, à-peu-près de la taille de celui
qu'elle idolâtre. -- O Ciel c'eſt lui-même,
s'écrie ma vieille couſine ; & la joie la
trouble à tel point, qu'elle s'évanouit.
On la porte dans un carroſſe ; elle ne
reprend connaiſſance, qu'en arrivant
chez elle. A peine a-t-elle repris l'uſage de ſes ſens, qu'elle donne les marques de la plus vive douleur. -- Que
je ſuis malheureuſe ! dit-elle ; ſans l'é-
vanouiſſement que m'a cauſé l'émotion
qu'excite en nous la préſence de l'objet
qu'on aime, j'allais me faire connaître
à mon cher Officier ; j'allais le pénétrer de joie par les choſes tendres que
je me préparais à lui dire. -- L'ami prétendu de ma pauvre couſine s'efforça
de la conſoler, en lui promettant de
rejoindre bientôt ſon amant, puiſqu'il
était dans Paris. Les belles paroles de
cet homme lui rendirent ſa premiere
tranquilité. Afin de le remercier des
ſoins qu'il avait déjà pris, & pour l'engager à continuer ſes démarches, elle
lui fit un préſent conſidérable.

## DCXCIIIᶜ FOLIE.

C'eſt ainſi que ma bonne parente eſt le jouet de ceux qu'elle regarde comme ſes meilleurs amis. Une fois l'on vint lui cauſer la joie la plus vive ; elle parut pour le coup toucher à la fin de ſes peines. On lui annonça que ſon amant, conduit par l'amour, brûlant d'impatience de remplir ſes promeſſes, était arrivé à Paris, qu'il logeait à tel endroit & qu'elle allait inceſſamment le voir à ſes pieds. Quoiqu'il ne fallût attendre qu'un ſeul jour, elle ſentit que ſa patience ne pourrait jamais aller juſques-là : elle ſe fit indiquer ſa demeure, & courut tout de ſuite jouir de la préſence de ſon bien-aimé.

Elle arrive à l'Hôtel-garni où l'on lui avait dit que demeurait ſon cher militaire ; elle demande un Officier du Régiment de Picardie ; on lui indique ſon appartement ; elle monte avec la rapidité d'une tendre amante, qui va rejoindre le mortel qu'elle idolâtre, dont elle eſt depuis long-tems ſéparée. O cruel contre-tems ! Elle ne trouve qu'un Laquais, qui lui dit que ſon maître eſt ſorti, & qu'on ne pourra lui parler que

N 5.

le lendemain matin. Ma chere coufine aurait paffé la nuit à l'attendre, fi elle ne s'était heureufement imaginée qu'il fallait le préparer à recevoir fa vifite, de crainte que la furprife, jointe au plaifir qu'il allait éprouver, lui caufant une émotion trop vive, ne le fît mourir de joie. Afin de prévenir un pareil malheur, elle s'arrêta à un expédient qui lui parut merveilleux; c'eft bien ici que demeure le Chevalier? dit-elle au Domeftique. -- Oui, Madame. -- Officier au Régiment de Picardie? -- Oui, Madame. -- C'eft un grand garçon fait au tour, d'une figure tout-à-fait féduifante? Il chante à ravir? Sa gaieté fait les délices de ceux qui le connaiffent? A chaque queftion, on lui répond: *oui, Madame.* -- Eh bien! s'écrie-t-elle, en s'avançant vers la chambre où couchait l'Officier, je puis agir auffi librement que chez moi; votre maître ne le trouvera point mauvais. Je veux écrire, approchez une table; apprenez à m'obéir, puifque bientôt j'aurai droit de vous commander. -- Le domeftique fort étonné, la fert refpectueufement, & la laiffe faire tout ce qu'il lui plaît. Elle écrit

à son amant une lettre de quatre pages,
dont les expreſſions tendres, emportées,
témoignaient la liaiſon la plus intime,
& les égaremens d'un cœur livré ſans
réſerve à l'Amour. L'éloquence ne brillait point dans cette galante miſſive;
c'était un galimatias à perte de vue, un
vrai modele de ridicule. Après l'avoir
ſoigneuſement cachetée, elle recommanda au Laquais de la donner à ſon
maître ſitôt qu'il arriverait; & ſe retira
l'ame ſatisfaite & tranquile, perſuadée
que la précaution qu'elle venait de prendre garantirait ſon amant des dangers
d'une joie trop ſubite.

## DCXCIVᵉ FOLIE.

L'Officier rélut pluſieurs fois cette
épitre amoureuſe, ſans y rien comprendre; & ce que lui dit ſon Laquais aug-
menta ſa ſurpriſe. La ſingularité de l'a-
venture le plongea pendant quelques
inſtans dans une profonde rêverie; toutes réflexions faites, il s'imagina que
l'erreur de quelque belle Dame lui procurait une bonne-fortune. Mais ſans
trop s'inquiéter ſi c'était lui, ou bien
un autre, que l'on était venu chercher,
il réſolut d'avoir ſa part des faveurs de

N 6

l'inconnue : trop de délicatesse en amour
nous empêche souvent d'être heureux ;
& puis un militaire ne cherche pas tant
de façons. Il ordonne à son Domestique
de faire entrer la Dame dans sa chambre, à quelque heure qu'elle vienne le
lendemain matin, & lui enjoint de tenir les volets & les rideaux des fenêtres
exactement fermés, & de ne les ouvrir
qu'à un certain signal. S'il s'était fait
dépeindre la beauté en faveur de laquelle il prenait tant de précautions, je doute qu'il se fût occupé des moyens de
faire sa connaissance. Mais il l'oublia
tout net, & en fut puni ; peut-être se
figurait-il bonnement qu'il n'y a que
les jolies femmes qui soient susceptibles
des impressions amoureuses.

Ma tendre cousine se rendit dès six
heures du matin chez l'Officier. Le Domestique, selon les instructions qu'il
avait reçues, l'introduisit dans la chambre de son maître, où l'obscurité était
si grande, qu'elle se serait heurtée à chaque pas, s'il ne l'eût conduite par la
main, jusqu'à une chaise placée dans
la ruelle du lit. L'on s'excusa d'ouvrir
les fenêtres sur ce que le grand jour
blessait les yeux de l'Officier, auquel

il était furvenu, dit-on, une petite in-
commodité. — Eh! quoi, mon cher enfant, vous êtes malade! s'écria ma coufine, en le ferrant de toutes fes forces.
C'eft, fans doute, l'excès du plaifir qui
trouble vos fens. Pour moi, je vous avouerai que je fuis fi tranfportée, que je ne
me porte guères mieux que vous, & que
je fuis prête à m'évanouir. Allons, pre-
nons courage; nous voilà réunis; je fuis
votre tourterelle, vous êtes mon tour-
terau; nous pafferons notre vie à *rou-
couler* nos amours. — Elle débita mille
extravagances pareilles, dont je n'ai eu
garde de charger ma mémoire, & qu'elle
m'a fidélement rapportées; car j'ai l'honneur d'être fon confident.

Je ne fais fi l'Officier fe contenta de
former avec elle un tendre dialogue;
l'obfcurité qui regnait dans l'appartement, l'heure, l'occafion; tout aurait
pu le rendre téméraire. Quoiqu'il en
foit, ma parente a paffé légérement fur
cet endroit de fon aventure; je fuivrai
fon exemple. Notre militaire, impatient de voir le tendron que la fortune avait mis dans fes bras, & ne doutant point qu'il n'eût bien des charmes
à admirer, fit le fignal convenu; fon

Laquais ouvrit brufquement les rideaux
& les volets; de forte que les rayons
du Soleil vinrent éclairer le lieu de la
fcene. Comme éblouis de la vive lumiere
qui fe répandit tout-à-coup , nos amans
parurent douter du témoignage de leurs
yeux , & fe regarderent quelques inftans
fans ouvrir la bouche , laiffant lire feulement fur leurs vifages tout l'étonnement & le chagrin qu'ils éprouvaient
à leur afpect. Mais chacun d'eux était
agité de fentimens bien oppofés. Ma
pauvre coufine était défefpérée de fa
méprife, le Militaire reffentait la derniere confufion d'avoir prodigué tant
de careffes au fquelette, à la vieille décharnée qu'il voyait à côté de lui. Il revint le premier de fa confternation , &
fe mit à éclater de rire. -- En vérité,
Madame, dit-il enfin à ma parente,
qu'il achevait de déconcerter , il faut
avouer que fi nous nous fommes trompés tous les deux, mon erreur a été
plus grande que la vôtre. Je vous demande pardon de la peine que vous
avez prife ; vous ne trouverez point ici
ce que vous étiez venu chercher ; & vos
charmes font trop rares, trop refpectables, pour que j'ofe prétendre à les

posséder; ainsi bon jour, je vais dormir. -- Ma vieille cousine, avant de se retirer, lui représenta qu'elle serait exposée aux traits de la médisance, si l'on savait qu'elle se fût rendue toute seule dans la chambre d'un jeune homme, elle exigea qu'il lui remît sa lettre, la déchira en mille pièces; & le pria d'avoir de la discrétion. Le Militaire, en souriant de ses craintes, l'assura qu'une femme comme elle étaitau-dessus de la critique.

# CONCLUSION

*de l'Amoureuse extravagante, ou de la manie du Mariage.*

### DCXV<sup>e</sup> FOLIE.

L A honte que lui causa cette aventure ne l'a point guérie de son ridicule amour; elle ne cesse de parler de son cher Militaire, de soutenir qu'il l'adore, & qu'un jour il viendra dégager sa parole. Pour peu qu'elle vous connaisse, il faut essuyer le récit de sa ridicule passion, qu'elle recommence toujours, pour comble d'ennui. Etesvous quelques instans avec elle: vous

l'entendez gémir, soupirer tout bas.
En lui difant que l'on croit avoir vu
fon amant à tel endroit, vous la feriez
courir au bout de Paris; & il lui arrive affez fouvent de faire de pareilles
promenades. En honnête parent, j'ai
fait mon poffible pour la rendre plus
raifonnable ; & jufqu'à préfent mes remontrances ont été en pure perte. Comme je paffais avec elle devant votre
porte, elle a cru voir entrer chez vous,
Madame la Marquife, le Militaire
qu'elle chérit, & dont fon imagination lui repréfente toujours l'image ;
j'ai eu beau vouloir la retenir, elle a
couru plus vîte que moi ; j'ai pris le parti
de la fuivre, afin de vous prier d'excufer fa hardieffe, en faveur de fa folie.

Mais l'étrange amour que ma vieille
coufine conferve pour le Lieutenant de
Picardie, ne l'empêche point de fonger
au mariage. Si elle trouvait quelqu'un
qui voulût de fa perfonne décrépite,
elle ferait bientôt inconftante. Par une
bifarrerie tout-à-fait finguliere, elle fe
donne autant de peine pour trouver un
mari que pour déterrer fon cher Officier. Je fuis tenté d'en conclure, que
fon amant prétendu ne lui tient tant au

cœur, que parce qu'il lui avait promis
d'en faire fa légitime épouſe. Ce qu'il
y a de certain, c'eſt qu'elle tremble
de mourir avec le nom de fille. On eſt
ſûr d'en être bien reçu dès que l'on
parle de mariage ; & rien de ſi plaiſant
que l'impatience qu'elle témoigne de
terminer bien vîte, lorſqu'elle croit
avoir trouvé un futur époux. Ce Chevalier d'Ornon, que j'ai feint de voir paſſer
dans la rue, afin de l'éloigner d'ici, eſt
un de ceux qui ſe divertiſſent à la perſuader qu'ils ſont amoureux de ſes charmes, & ſoupirent après l'inſtant de s'u-
nir à elle par des liens éternels. --

## SUITE DE L'HISTOIRE

### du Marquis d'Illois.

### DCXCVI<sup>e</sup> FOLIE.

LE couſin de la vieille amoureuſe
ayant terminé ſa narration, prit
congé de Madame d'Illois. Nous allons
auſſi la quitter pour quelque tems, &
retourner au Marquis, dont les ridicules ne ſont pas moins dignes de curioſité que ceux que nous venons de

paſſer en revue: ils peuvent corriger les fous, & réjouir les ſages.

Nous avons laiſſé Monſieur d'Illois excédé d'ennui, dans le ſein des plaiſirs, écoutant l'hiſtoire des voyages & des aventures de Milord Warrong, ſon intime ami. Il éprouve ce dégoût, cette ſatiété, qui ſuivent ordinairement la paiſible jouiſſance de tout ce qui nous flatte le plus, & qu'on veut nous donner comme un correctif cruel de la félicité des Grands, ſans ſonger que ſi le bonheur ceſſe de leur paraître piquant, c'eſt à force de le goûter. Le récit de Milord diſſipe en effet la mélancolie du Marquis, & le rappelle aux plaiſirs. Son ennui ne provenait que de l'embarras où il était d'imaginer des amuſemens pour paſſer une partie de la journée; la voilà écoulée dans des occupations qu'il n'avait point prévues; & c'eſt une grande obligation qu'il a aux ſoins de Milord; car les gens déſœuvrés trouvent quelquefois les heures bien longues.

Des trois maitreſſes que Monſieur d'Illois ſe propoſait d'entretenir par air, par oſtentation, & qu'il a choiſies ſur les trois fameux Théâtres de Paris, afin de ſe conformer à l'uſage, qui veut

que nos jeunes Seigneurs à la mode ne
se ruinent qu'en faveur des Actrices ;
des trois Nymphes, dis-je, auxquelles
on l'a vu prodiguer tant de richesses,
il ne lui en reste plus que deux, depuis qu'il a abandonné sa Divinité d'O-
péra au Coeffeur qui partageait *gratis*
les bonnes-graces de la Belle, qu'on lui
faisait payer si cher. Le voilà donc res-
treint à sa fiere *Melpomene*, & à la mine
friponne de sa sémillante Cantatrice.
Il ne va pas tarder à s'appercevoir
qu'une Comédienne est aussi inconstante
que le sont les Demoiselles de l'Opéra.

Apres avoir remercié Milord Wartong du plaisir que lui a procuré l'histoire de ses voyages, le Marquis vole
aux Français : l'on représentait une Tra-
gédie célebre. Un Sultan, amoureux
d'une belle Esclave, jouit de la douceur
d'en être aimé ; la jalousie vient tout-
à-coup troubler son bonheur ; & dans
un transport furieux, dont il n'est pas
le maître, il tue le malheureux objet
de sa tendresse. Cette Piece excellente,
où l'Auteur a si bien dépeint les plaisirs
& les peines de l'Amour, & les agita-
tions d'une tendre amante, qui balance
entre sa Religion & celui qu'elle aime ;

ce Drame admirable attire tous les
jours un grand nombre de spectateurs,
qui ne peuvent s'empêcher de répandre
des larmes, comme s'ils le voyaient pour
la première fois. Mais ce n'est point la
réputation de cet ouvrage immortel
qui conduit Monsieur d'Illois aux Français; il ne vient que pour voir jouer
sa Melpomene. La maniere dont elle
s'acquitta de son rôle, fit soupçonner
qu'elle avait l'ame très-sensible, & lui
mérita de nouveaux applaudissemens.

La Pièce finie, le Marquis, selon l'u-
sage, se montre dans les foyers, agace
les Actrices, fait le bel-esprit avec les
Acteurs à la mode; critique le talent
des Comédiens avec quelques Poëtes
dramatiques. Las de la cohue, il cherche des yeux sa Melpomene; ne l'appercevant point, étonné qu'elle néglige
de venir recevoir l'encens flatteur que
les oisifs des foyers prodiguent ordinairement aux Divinités qui viennent de
briller sur la scène, il s'inquiéte de
cette nouveauté, jusqu'alors sans exemple, & monte dans sa loge. En arrivant
près de la porte, il entend parler à de-
mi-bas, & pousser des soupirs entrecoupés; il écoute, & parvient à saisir ces

paroles: -- Modérez votre amoureuſe ardeur.... Quoi! cruel, tu veux donc triompher de moi en tout lieu?.... Ah! la réalité dont nous jouiſſons eſt cent fois au - deſſus de l'illuſion & du preſtige du Théâtre. -- On répéte peut-être quelque rôle, dit le Marquis en lui-même; j'en juge au ton de dignité avec lequel on a prononcé les mots que je viens d'entendre -- Dans cette perſuaſion, il pouſſe la porte, qui n'était fermée qu'au loquet: elle s'ouvre; & quel ſpectacle vient s'offrir à ſes yeux! Il voit ſa Melpomene couchée ſur un lit de repos, ſe débarraſſer des bras d'un homme, que ſon habit de *coſthume* annonçait pour un Acteur. Il l'enviſage, & le reconnaît pour le Sultan qui vient de poignarder la Belle qu'il accablait de careſſes. -- Excuſez-moi, Princeſſe, dit Monſieur d'Illois, en contrefaiſant la maniere de parler de ſa Melpomene; pardonnez ſi je porte dans ces lieux des regards téméraires: c'en eſt fait, je ne troublerai plus vos occupations importantes; le Sultan vous rappelle à la vie, je vous félicite de votre réſurrection. Continuez de jouer la Pièce que j'ai malheureuſement interrompue; elle vaut

bien celle que vous reprélentiez en public. -- Sans attendre que les deux Acteurs foient revenus de leur trouble, il
fort en éclatant de rire, bien réfolu
de ne jamais revoir l'augufte Melpomene.

### DCXCVIIᵉ Folie.

Un fouper délicat, auquel il était
invité depuis long-tems, & qui le retient
à table une partie de la nuit, l'empêche
de rendre vifite le foir même à fa jolie Chanteufe, la feule de fes trois maitreffes qui lui refte. Il fe leve fur les
onze heures du matin, & forme le
deffein d'aller lui fouhaiter le bon jour.
Ce n'était qu'à la fortie du fpectacle,
& certains jours de la femaine, qu'il
avait coutume de fe rendre chez la Belle.
Mais il change l'ordre des chofes, perfuadé qu'il ne peut manquer d'être bien
reçu de la Cantatrice, quelle que foit
l'heure qu'il prenne pour lui faire fa
cour. D'ailleurs, il a befoin de fe confoler des deux infidélités qui l'ont accablé coup-fur-coup; car, fans aimer
abfolument une femme, l'on eft toujours fenfible à fon inconftance; elle
humilie notre amour-propre.

Monfieur d'Illois, fe repaiffant d'a-
vance des plaifirs qu'il va goûter dans
les bras de la Cantatrice; fe peignant
le fourire enchanteur qui embellit la
friponne à l'afpect de fon amant, fe
hâte d'arriver *incognitò*. -- Eft-elle à fa
toilette? dit-il en entrant chez l'aimable
Nymphe. -- Non; elle eft encore au lit,
répond un homme qui fe promenait à
grands pas dans l'anti-chambre. -- Oh!
oh! que faites-vous ici? demande encore Monfieur d'Illois, en fixant celui
qui vient de lui répondre, & le re-
connaiffant pour un Chanteur. Le Virtuofe fe trouble, & cherche à s'efquiver. - Vous ne m'échapperez pas, s'écrie
Monfieur d'Illois, en le faififfant au
collet. Je veux favoir ce qui vous amene
dans cette maifon, ou je vous jette par
la fenêtre. -- Hélas! Monfieur le Marquis, chaque matin je viens chez Mademoifelle *Afora*; l'on me fait attendre
fouvent plus d'une heure avant de m'introduire près d'elle: je la trouve au lit;
& cette Beauté complaifante daigne me
permettre d'y prendre place. Mais je
ne fais pour qui l'on réferve ce confom-
mé, dont l'odeur frappe fi délicieufe-
ment l'odorat, & que vous voyez dans

cette écuelle d'argent. Ce qu'il y a de
certain, c'est qu'il n'est point destiné
pour moi, & que l'écuelle est toujours
vuide lorsque je sors d'auprès de ma
maitresse. --

Ce discours inspire à Monsieur d'Illois une terrible jalousie. Il court précipitamment au lit de la Cantatrice,
tire les rideaux, apperçoit quelqu'un
qui s'efforce de se cacher sous les cou-
vertures. Saisi de fureur à cette vue,
il arrache les voiles dont l'on veut en
vain s'envelopper; il distingue clairement les traits du premier Chanteur de
ce Théâtre où brille l'infidelle. -- Quoi -
s'écrie-t-il, trois amans à la fois! Mademoiselle a de la prudence, & se précautionne en cas de veuvage.! Je vois
bien que je suis de trop aujourd'hui.
Je vais céder la place à mon second,
qui attend patiemment son tour dans
l'anti - chambre. Pour vous, Monsieur, ajoûte-t-il avec un souris amer,
vous pouvez vous lever; l'excellent con-
sommé qui doit réparer vos forces est
prêt depuis long-tems; vous en avez,
sans doute, besoin. -- A ces mots, il
se retire, non en riant, mais de très-
mauvaise humeur. Cette derniere infidélité,

fidélité , achevant de mortifier fon amour-propre , le pénetre de douleur , que fes efforts & fes réflexions ne fervent qu'à rendre plus cruelles ... O fexe trop charmant , qui régne impérieufement fur l'ame fenfible d'un jeune-homme que fon penchant à t'adorer rend crédule & facile , combien tes perfidies lui font-elles paffer de jours douloureux! C'eft une folie de s'affliger des maux que tu caufes; on le dit au moins, lorfqu'on eft indifférent. Pour moi , que le feu de la jeuneffe , & peut-être les plaifirs de l'Amour contraignent d'adorer les femmes, je vous connais, fexe aimable & dangereux : déjà victime de vos caprices & de votre légéreté , quel trifte avenir dois-je prévoir ? N'ai-je pas raifon de m'écrier : malheur à celui qui eft né avec un cœur trop tendre !

## DCXCVIII⁰ Folie.

Que la félicité des riches & des Grands eft digne d'envie! ils peuvent fe procurer les faveurs d'un jeune objet, au minois féduifant , à l'œil tendre & fripon ; ils goûtent la douceur de faire du bien à la Beauté qu'ils aiment, & d'être fûrs qu'elle s'attachera par reconnaif-

fance, fi fon cœur eft honnête ; tandis
que l'indigent fe confume en foupirs
aux pieds de fa maitreffe, & ne parvient à être écouté qu'à force de foins
pénibles & de perféverances fatigantes:
le riche triomphe dès les premiers jours
qu'il fait entendre fes vœux ; il n'éprouve que cette douce réfiftance qui rend
le bonheur plus piquant. Ce n'eft pas
là que fe borne fa félicité, confidérée
du côté des plaifirs de l'Amour, les feuls
vrais biens de la vie, felon tant de Phi-
lofophes. S'il eft abandonné, trahi,
trompé par la Beauté qu'il chérit, il en
trouve tout de fuite une autre qui le
confole de la perte de l'infidelle ; au lieu
que celui dont la fortune eft bornée,
ne peut de fitôt calmer fon cœur déchiré, lorfqu'il eft certain de l'inconftance
de l'objet qu'il adore, & dont il avait
eu tant de peine à triompher.

Monfieur d'Illois eft trop ennemi du
chagrin, pour ne pas chercher à diffiper la mélancolie à laquelle il fe livre
malgré lui. Il voit bien qu'il lui faut
une maitreffe ; car n'avoir que fa femme,
rien n'eft fi pitoyable, fi bourgeois; &
le bon ton veut qu'on ait à fes gages
quelque Beauté complaifante. Mais il

aimerait mieux fe couvrir du ridicule
inoui de s'élever au-deffus de la mode
& du bel ufage, quelque foin qu'il ait
toujours pris de s'y conformer, plutôt
que d'entretenir encore des Demoifelles
de Théâtre, dont l'expérience ne lui a
que trop découvert l'humeur volage. Il
fe décide à choifir parmi les *femmes du
monde;* c'eft-à-dire, parmi ces Divinités toujours propices aux Grands & aux
Créfus, à qui elles doivent l'or & les
pierreries qui les couvrent. Ne fe piquant plus d'une fingularité fans exemple, il ne veut s'attacher qu'une feule
de ces brillantes Idoles parées des dépouilles de leurs adorateurs. Mais il veut
au moins que celle qu'il préférera jouiffe
d'une célébrité qui la mette de beaucoup
au-deffus de fes rivales ; il fait que, pour
juger des biens & de la dignité de quelques-uns de nos jolis Seigneurs, on fe contente fouvent de demander quelle eft
la femme qui lui appartient.

En conféquence de fes lumieres, après
avoir mûrement réfléchi, autant que l'e-
xige l'importance du fujet, il forme le
deffein de donner le mouchoir à la féduifante Lifis, qui mérite d'autant mieux
la préférence qu'il lui accorde, que fa

réputation eſt faite depuis long-tems , &
qu'elle coûtera beaucoup plus cher
qu'aucune des Demoiſelles de ſon état.

### DCXCIXᵉ FOLIE.

Tout autre que Monſieur d'Illois trouverait qu'il n'eſt point facile de ſe procurer la petite Liſis. Dans l'inſtant qu'il
ſe propoſe de l'avoir, elle eſt entretenue
par un riche Financier, qui lui prodigue
les diamans, les voitures du dernier
goût, les Laquais, les fêtes, les bals.
Or jugez de la difficulté de l'entrepriſe!
Il ſemble que Meſſieurs les Créſus aient
découvert le ſecret de rendre moins légeres les Belles qu'ils honorent de leurs
faveurs. Pour qu'on puiſſe les réſoudre
à changer, il faut qu'on leur allégue
des raiſons bien ſolides.

Sans s'effrayer des obſtacles à ſur-
monter, le Marquis épie l'inſtant d'informer de ſes deſſeins Mademoiſelle Liſis. C'eſt à la Comédie qu'il lui fait ſes
propoſitions, & que le marché ſe conclut. Nos Spectacles ſont plus utiles qu'on
ne le croit communément ; pour ne parler ici que d'un de leurs avantages,
ils ſervent à produire dans le monde les
filles charmantes qui viennent ſe mon-

trer dans les loges, où elles font plus
occupées à minauder, à prêter l'oreille
aux offres qu'on leur fait, qu'à faire
attention à ce qui fe paffe fur le Théâtre.
Le Marquis ayant apperçu Mademoifelle Lifis toute feule dans une loge,
s'y préfente refpectucufement : la Belle
fourit, fe pince les levres, s'enfle dans
fon corps, afin de faire monter fa gorge,
fe penche nonchalamment fur Monfieur
d'Illois, en jouant de l'éventail. Pendant leur converfation, elle éclate fouvent de rire : malheur à ceux qui font
auprès d'elle, & qui veulent entendre ce
que difent les Acteurs!

Je ne fais de quel talifman fe fert
Monfieur d'Illois pour adoucir en fa faveur cette Belle qui voit à fes pieds tous
les tréfors de la Finance : il ne la quitte
qu'après qu'elle lui a promis de congédier fon vieux Créfus ; & l'on prétend,
( mais je ne puis l'affirmer, ) que dès le
foir même il jouit des droits & priviléges du riche Midas. Peut-être que Mademoifelle Lifis eft plus flattée d'appar-
tenir à un grand Seigneur qu'à un homme d'une naiffance obfcure : ajoûtons
encore qu'elle va fatisfaire tout à la fois
& fon intérêt & fon ambition.

O 3

Auſſi-tôt que ſes arrangemens ſont
faits avec Monſieur d'Illois, elle écrit
au Financier, que des raiſons de la derniere importance l'obligent de le prier
de ne plus ſonger à elle. Le Midas ſe
doute bien qu'il eſt ſupplanté. Dans le
dépit qu'il en conçoit, il allait voler
chez l'infidelle, briſer ſes glaces & ſes
porcelaines, ainſi que cela ſe pratique
dans la plûpart des ruptures; le Laquais
qui lui a remis le billet fatal, l'arrête en
lui confiant le nom du Seigneur qui le
remplace. Inſtruit du rang de ſon ſuc-
ceſſeur, notre Créſus n'oſe ſe venger de
la perfide; il prend le parti de lui témoigner plus de mépris que de colere,
& de lui laiſſer même tous les meubles
& les bijoux dont il lui a fait préſent.

Si Mademoiſelle Liſis a lieu d'être
contente d'un procédé auſſi honnête,
Monſieur d'Illois n'en eſt nullement ſa-
tisfait. Il s'attendait que le Financier
reprendrait tous ſes dons; & c'eſt avec
chagrin qu'il ſe voit trompé dans ſes
eſpérances. L'avouerai-je? Il s'eſt épris
d'une forte paſſion pour ſa nouvelle
maitreſſe. Par une biſarrerie dont le

cœur humain eſt ſeul capable, il voudrait ſe perſuader qu'il eſt le premier
qui ait fait naître en elle les feux de
l'Amour; qu'il eſt le premier qu'elle ait
enivré de plaiſirs. A force de chercher
à croire une choſe auſſi éloignée de la
vraiſemblance, peu s'en faut qu'il ne
parvienne à la regarder comme réelle :
ainſi que les menteurs de profeſſion,
à force de débiter les mêmes menſon-
ges, s'imaginent enfin que ce ſont des
vérités. Monſieur d'Illois, au milieu des
efforts qu'il fait pour ſe flatter de ſa
chimere, voit avec peine les richeſſes
que Mademoiſelle Liſis doit aux ſoins
généreux de ſes adorateurs, & particulierement à la prodigalité du Financier ; ces richeſſes lui rappellent malgré
lui des idées qu'il s'efforce de chaſſer de
ſa mémoire.

Afin que rien ne trouble l'illuſion dont
il ſe berce, il exige que Mademoiſelle
Liſis vende ſes meubles, ſes diamans,
ſes robes, ſon linge, ſes équipages, &
généralement tout ce qu'elle poſſéde,
ſans réſerver la moindre bagatelle. Il
conſent ſeulement, non ſans beaucoup
de répugnance, qu'elle ſe faſſe des rentes des ſommes qui lui reviendront de

la vente de fes effets; encore eft-ce à
condition qu'on ne lui en parlera jamais. Ai-je befoin de dire que, pour
obtenir ce facrifice, il commence par
loger la Belle auffi fuperbement
qu'elle l'étair; par la couvrir de pierreries encore plus riches que celles
dont il l'oblige de fe défaire; & par
lui prodiguer, en un mot, tout
ce qui flatte le luxe & la vanité des
femmes? Il eft au comble de fa joie;
l'objet qu'il idolâtre ne poffède rien qui
ne vienne de lui. Il s'imagine actuellement qu'il eft véritablement le premier auquel Lifis ait accordé fes bonnes
graces; & cette certitude, toute chi-
mérique qu'elle eft, met le comble à
fon bonheur.

# AVENTURES

## *de la Femme au palais d'argent.*

### DCCIᵉ FOLIE.

A LA vue des extravagances que
cette nouvelle maitreffe fait faire
au Marquis d'Illois, on la croit peut-
être digne d'enflâmer tous les cœurs. Je

préfume qu'on fe la repréfente au printems de fon âge, & qu'on lui prête
tous les charmes dont l'imagination eft
fi libérale. Que va-t-on penfer du goût
de Monfieur d'Illois, quand j'affurerai
que Mademoifelle Lifis n'eft ni jeune ni
abfolument jolie, & qu'elle fut autrefois
les rebuts de la canaille ? Le Marquis
eft pourtant excufable ; car l'Amour eft
aveugle ainfi que la fortune ; & lorfque
nos Seigneurs portent leurs hommages
aux *Filles du monde*, à ces Demoifelles
qui femblent être les égales des femmes
de condition, ce n'eft ni le mérite ni
la beauté qu'ils préferent ; ils ne cher-
chent ordinairement que la célébrité. Je
crois l'avoir déjà dit ; mais une vérité
vaut bien la peine qu'on la répéte.

Si Lifis ne peut être mife au rang
des jolies femmes, on ne faurait la placer non-plus dans la claffe des laides. Sa
phyfionomie bouchonnée, & mutine lui
donne un air tout-à-fait piquant ; fes
grands yeux noirs brillent d'un feu dont
on a peine à foutenir l'éclat. Quel malheur qu'ils foient cernés ; & que fes
joues, un peu tirées, atteftent que les
plaifirs terniffent autant les charmes
d'une belle perfonne que les ravages du

tems! Sa taille eſt haute, fine & dégagée; elle a plus de trente-cinq ans, & paraît n'en avoir que vingt, grace aux ſecours de la toilette & de l'art, qui démentent la Nature autant qu'ils l'embelliſſent.

Je penſe que le Lecteur ne ſera pas fâché de connaître plus particulierement Mademoiſelle Liſis; je vais raconter les aventures ſingulieres & peu vraiſemblables qui lui ſont arrivées. L'épiſode que j'introduis ici pourra peut-être amuſer, & n'eſt point auſſi déplacé que la plûpart de ceux de nos Tragédies.

Cette Beauté ſi fiere, ſi délicate, qui copie ſi bien les airs d'une Ducheſſe, n'eſt pourtant que la fille d'un de ces artiſans, dont l'art utile ſait rendre neuves de vieilles chauſſures. Afin de m'exprimer d'une maniere plus ſimple, je dirai ſans détour, que le pere de Mademoiſelle Liſis eſt un honnête ſavetier, *bourgeois de Paris*, très-connu dans ſon quartier ſous le nom de pere Lucas. Le bon-homme perdit ſa femme lorſque la petite Liſis commençait à devenir grande, & que ſes charmes naiſſans attiraient déjà l'attention des jeunes gens du voiſinage; ce qui ne lui cauſa pas peu d'embarras. Que faire? Comment garder une fille qui a tant de peine à se garder elle-même? Quoique pauvre, il aimait l'honneur, il se résolut à quitter sa boutique du coin, & à venir battre ses semelles dans son grenier, obligeant la petite Lisis à ravauder de vieux bas auprès de lui. C'était-là le noble métier qu'on avait fait apprendre à celle qui devait un jour rouler carrosse ; tant il est vrai qu'on ne saurait lire dans l'avenir.

Or Mademoiselle Lisis était fort paresseuse dans sa jeunesse, ce qui semblait annoncer qu'elle ne s'occuperait par la suite qu'à faire des nœuds. Le pere Lucas, qui ne se piquait point de deviner, voulait qu'elle eût toujours l'aiguille à la main, & jurait comme un dragon lorsqu'il la surprenait à ne rien faire. Pour lui persuader qu'une fille doit aimer le travail, & que l'honneur d'être née à Paris ne saurait la dispenser de s'occuper à quelque chose (1), il vous lui débitait nombre de harangues

---

(1) L'Auteur veut apparemment donner à entendre que la plûpart des Parisiennes ont un grand penchant à l'oisiveté.

pathétiques, compofées à l'in-promptu; dans lefquelles dominait au moins le bon fens; qualité qui ne fe trouve pas toujours dans celles qui font le plus étudiées. Il n'était jamais fi éloquent que lorfqu'il revenait du cabaret; & ce bonheur lui arrivait cinq fois la femaine. Mais il avait beau jurer, s'époumoner, s'épuifer en longs difcours, la petite opiniâtre n'en travaillait pas davantage. Las de voir fes remontrances inutiles, il fe mit à la battre d'importance. Ce moyen lui parut, fans doute, plus commode pour faire entendre raifon; car dès qu'il l'eut mis en pratique, il ne ceffa, du matin au foir, de rouer de coups la pauvre créature. Il faut avouer que Lifis était alors digne de pitié; le pere Lucas eft un tant-foit-peu brutal; & fi le vin le rend éloquent, il lui échauffe auffi trop la cervelle.

Qu'arriva-t-il? La pauvre enfant s'impatienta d'être fans ceffe battue; elle confidéra que les procédés des jeunes gens qui lui contaient fleurettes étaient bien différens. La comparaifon qu'elle fit de leurs manieres tendres & polies avec les mauvais traitemens de fon pere, ne fut nullement à l'avantage de ce dernier. Elle en devint plus difposée à écouter les jolies chofes qu'on lui difait ; outre le trouble de fon cœur, certains defirs dont elle était agitée, l'engageaient affez à ne rebuter perfonne. Un jeune grivois, fort libertin par parenthèfe, chez qui elle allait quelquefois, fous prétexte de lui porter de l'ouvrage, s'apperçut de fes difpofitions favorables, & fut en profiter. Il déroba les premieres faveurs de l'innocente ; & la brutalité du pere de Lifis fut la caufe du déshonneur de fa fille.

## DCCIIᵉ FOLIE.

La pauvre enfant perdit dans le même jour le tréfor le plus précieux des jeunes perfonnes, & gagna une maladie cruelle, dont le nom feul fait frénir. Le venin qui lui fut communiqué s'infinua lentement dans fon fang, & n'en corrompit la maffe que par des progrès infenfibles. Elle conferva long-tems fa premiere fraîcheur, & les lys & les rofes de fon teint. Elle était loin de prévoir les maux qui la menaçaient ; & ceux qui la voyaient fi gentille, fi vermeille, n'avaient garde de s'imaginer que le ferpent était caché fous les fleurs.

La mine friponne & trompeuse de la
petite Lisis enchanta un grave Notaire, qui la lorgnait du coin de l'œil,
chaque fois qu'il la voyait passer. A son
maintien modeste, il ne douta point
que ce ne fût une agnès; & Monsieur le
Garde-notes, accoutumé à convoiter le
bien du prochain, desira dans son cœur
de passer quelque acte entre la petite
& lui. Il l'appellait souvent; & prenant
un air patelin, il lui faisait doucement
ses propositions. — Si vous vouliez, bel
enfant, disait-il, je vous mettrais dans
une grande chambre, où rien ne vous
manquerait; j'en jure par mon étude. --
Ces magnifiques promesses ne causaient
aucune tentation à la jeune Lisis; il lui
restait encore des sentimens d'honneur,
dont l'Amour seul avait pu triompher.
Elle se défendait des caresses du Notaire
en vrai lutin, & s'esquivait aussitôt
qu'elle en trouvait l'occasion: une jeune
Beauté est ordinairement plus rétive,
plus farouche, quand elle n'est en proie
qu'à des desirs naissans, que lorsque les
passions se sont tout-à-fait emparées de
son tendre cœur.

Lisis aurait longtems résisté aux vives instances du Notaire; mais le pere

Lucas, rentrant un foir, plus ivre que de coutume, s'emporta de nouveau contre fa fainéantife; & lui donna un fi furieux coup de pied dans le ventre, qu'il la jetta par terre fans connaiffance. Dès le lendemain, la pauvre créature fit fon paquet, fans mot dire, & courut implorer la protection du Notaire, qui fe vit au comble de fes vœux, lorfqu'il s'y attendait le moins.

## DCCIII<sup>e</sup> FOLIE.

Monfieur le Garde-notes crut poffédcr une Veftale, & s'imagina que l'Amour lui avait réfervé un tréfor bien rare dans nos Villes, & après lequel l'Hymen court prefque toujours en vain. Il logea la petite Lifis dans un bel appartement, pourvut abondamment à fes befoins, lui fit quitter fes habits trop fimples, trop unis, lui en donna d'autres plus magnifiques; tellement qu'elle était méconnaiffable. Combien voyons-nous tous les jours de pareilles métamorpho-fes! L'amoureux Notaire rendait *inco-gnitò* de fréquentes vifites à fa bien-aimée, auprès de laquelle il avait placé une vieille cuifiniere, qui veillait aux actions de la petite perfonne. S'il écar-

tait foigneufement tous les hommes de
fa protégée , dans la crainte que l'on
ne corrompît fon innocence , il n'avait
pas le même fcrupule à fon égard ; fans
éprouver aucun remords , il fe permettait de jouir d'un bien qu'il avait en fa
difpofition : Monfieur le Notaire re-
gardaït peut-être la gentille Lifis comme un dépôt remis entre fes mains.

Si telle était fon idée , il ne tarda
pas d'être puni de manquer à la foi
publique : plût-au-Ciel que Meffieurs fes
confreres fuffent expofés aux mêmes
châtimens, lorfqu'ils étouffent la voix
de leur confcience! Ils feraient peut-
être moins déloyals. Le Garde − notes
s'apperçut avec la derniere furprife que
Mademoifelle Lifis lui avait fait plus
d'un préfent , ou pour mieux dire , il
eut lieu de connaître qu'il n'avait reçu
d'elle qu'un don très-peu gracieux ,
duquel il fe ferait bien paffé. Cependant , l'Amour ayant fait dans fon
cœur autant de progrès que la maladie
dans fon fang , il n'eut point la force
d'abandonner l'objet de fa tendreffe,
qui , d'ailleurs , paraiffait avoir befoin
des fecours les plus prompts. Le favant
Efculape auquel il eut recours pour lui-

même , employa auſſi les ſecrets de ſon art en faveur de Mademoiſelle Liſis.

Le Notaire fut plutôt guéri que ſa jeune maitreſſe. La cure de cette belle fut très-longue & très-pénible. Le mal avait jetté de trop profondes racines , faute d'être détruit de bonne-heure , pour qu'il fût poſſible de l'extirper en peu de tems. L'expérience du Docteur la tira enfin d'affaire. Mais dans le cours de ſa cruelle maladie , la voûte de ſon palais ſe détacha ( 1 ); de maniere que la pauvre Liſis, en recouvrant ſa pre-miere ſanté , parut avoir perdu l'uſage de la parole ; malheur dont on prétend qu'une femme ne ſaurait ſe conſoler. Le Docteur , touché du déſeſpoir de la convaleſcente , entreprit de mettre la derniere main à ſa guériſon. Il fit faire un palais d'argent ( 2 ), & l'appliqua ſi habilement dans la bouche de Liſis, que l'uſage de la parole lui revint , à ſon grand contentement. Ce qui met le comble à la joie de la jeune perſonne ,

---

( 1 ) C'eſt-à-dire , que les deux os pala-tins tomberent entiérement.

( 2 ) En terme de Chirurgie , Obturateur.

c'eſt que ſes charmes reprennent tout
leur éclat, & qu'elle eſt certaine qu'on
ne pourra jamais s'appercevoir de ce
qu'elle a dans la bouche, hormis d'y regarder de bien près. Outre ces avantages, elle a la commodité de pouvoir
retirer ſon palais, afin de le nétoier. Ce
palais poſtiche, malgré tous les ſoins
qu'elle a eu de le cacher, l'a rendue très-
célebre dans le monde ; nous allons voir
les aventures biſarres auxquelles il a
donné lieu.

## DCCIVᵉ FOLIE.

Il faut avouer que notre Notaire eſt
malheureux en amour. A peine ſa maitreſſe eſt-elle comblée de ſes bienfaits,
qu'elle ſonge à lui être infidelle. Qui
le croirait ? Le Laquais du Garde-notes
a trouvé le chemin de ſon cœur. Le
drôle était beau garçon, bien découplé,
hardi comme un Page, ſur-tout auprès
des femmes, ce qui montre qu'il avait
l'uſage du monde. Il s'apperçut bientôt
des tendres regards de Mademoiſelle
Liſis ; & les choſes flatteuſes qu'on lui
adreſſait, les petites attentions qu'on
avait pour lui, à l'inſçu de ſon maître,
le confirmerent dans ſes idées. Lorſqu'il

fut bien fûr que la belle n'avait plus
befoin des ordonnances d'Efculape, il
lui fit effrontément une déclaration
d'amour. Sa hardieffe ne révolta point ;
auffi eût-il affez d'efprit pour fe rendre
encore plus téméraire.

Monfieur le Garde-notes était loin
de foupçonner qu'une jeune perfonne
qui lui avait tant d'obligations, qu'il
tirait de la mifere, que fes foins généreux arrachaient d'une mort cruelle,
où la conduifait infenfiblement la maladie qu'elle portait dans fon fein, &
que la découverte & les fuites fatales de
fa premiere faibleffe devaient rendre
plus circonfpecte ; il était, dis-je, loin
de foupçonner que, pour prix de fes
bienfaits, & de l'extrême indulgence
qu'il avait témoignée, Mademoifelle
Lifis eût en fecret un nouvel amant ;
& qu'elle fe fût abaiffée à jetter les yeux
fur fon Laquais. Profitant de fa fécurité,
le rufé Champagne lui vola une fomme
confidérable ; l'honnête Lifis vendit fes
meubles, tandis que la vieille cuifiniere
était allée faire des emplettes ; & nos
deux fripons partirent enfemble dans
une bonne chaife-de-pofte. Ils arriverent
fans accident à Calais. Dans la crainte

d'être poursuivis, ils s'embarquerent
au plus vîte, & passerent à Londres;
laissant le Garde-notes désespéré de
perdre tout à la fois & son argent & sa
maitresse.

## DCCVe FOLIE.

Monsieur Champagne se donna pour
un Français que le dérangement de ses
affaires avait contraint de chercher
avec sa femme un asyle dans les pays
étrangers. Comme il paraissait avoir
dessein de s'établir à Londres, on lui
enseigna une honnête veuve, qui louait
des appartemens garnis, chez laquelle
il alla loger. L'épouse prétendue de
Monsieur Champagne se comporta avec
tant de douceur & de modestie, qu'elle
gagna bientôt l'amitié de son hotesse,
qui, dans un âge à ne point renoncer
aux plaisirs, s'efforça de lui procurer
tous les amusemens qu'on peut goûter
à Londres. Tantôt elle la menait aux
Waux-Halls, dont les nôtres, aussi en
vogue parmi nous que l'opéra-bouffon,
ne sont que des imitations en petit, &
peuvent plutôt se comparer à des boëtes
ornées de colifichets, destinées à
contenir quelques marionettes, qu'à

des lieux où doit s'assembler un grand peuple : ce qui prouve que dans la construction de nos édifices publics nous n'avons point la grandeur des nations anciennes , ni même celle de nos voisins. Tantôt l'aimable hôtesse de Mademoiselle Lisis la conduisait au Parc Saint-James , où l'on voit autant de coquettes , de petits-maîtres, de fats ridicules, que dans notre belle allée des Tuileries , le Vendredi. Une autrefois elle l'engageait à la suivre au théâtre où les Muses Anglaises s'immortalisent , en s'écartant des regles les plus indispensables du poëme dramatique ( 1 ); ou bien elle l'entraînait à l'Opéra Italien, très-goûté à Londres , tandis qu'on a toujours chassé honteusement les Acteurs Français qui ont essayé d'y représenter les chef-d'œuvres de nos Corneille & de nos Moliere.

Mademoiselle Lisis menait donc une

---

( 1 ) Ce reproche n'est pas tout-à-fait juste de nos jours. Les Poètes Anglais sont actuellement plus sages dans la composition de leurs Drames ; mais par un goût de terroir , sans doute , ils se permettent encore d'étranges libertés , tout en nous assûrant qu'ils suivent les regles à la rigueur.

vie fort agréable, d'autant plus heureufe que Monfieur Champagne la laiffait maitreffe de fes actions, & l'accompagnait rarement dans fes parties de
plaifir. Pour comble de bonheur, elle
fit connaiffance avec une jeune Anglaife, amie intime de la veuve chez
qui elle logeait, qui tâcha auffi de lui
procurer toutes fortes d'amufemens, &
de faire les honneurs de fon pays. Elle
lui propofa un jour une promenade aux
environs de Londres; Lifis y confentit
avec joie: fachant que fon hôteffe était
retenue pour des affaires importantes,
elle ne lui parla de rien, & fe rendit de
grand matin chez la jeune Anglaife,
où tout le monde l'attendait, après
avoir feulement prévenu Monfieur
Champagne, qui l'affura que de fon
côté il allait fe divertir avec fes amis.
Elle fe livra fans inquiétude à la joie qui
régnait autour d'elle. La journée fe
paffa dans les plaifirs; on fit un dîner
champêtre, affaifonné de toute la gaieté
villageoife. On fe promena dans des
campagnes charmantes, dans des parcs
délicieux, où l'art ne faifait qu'aider
la Nature; & fur les minuits l'on re-
gagna la Ville en chantant.

Il faut avouer que, si l'ame a des preſſentimens des malheurs qui nous menacent, elle ſe trompe quelquefois ; en ſorte qu'elle s'afflige lorſqu'elle devrait s'égayer, & ſe réjouit au lieu de ſe livrer à la triſteſſe. Mademoiſelle Liſis arriva chez elle contente, ſatisfaite ; elle était loin de s'attendre qu'elle allait éprouver le plus cruel chagrin. En la voyant entrer, ſon hôteſſe lui-dit : — Je vous croyais déjà bien loin ; il faut que vous ayez oublié quelque choſe de grande conſéquence, puiſque vous voilà encore ici, après l'empreſſement qu'a marqué votre mari de retourner en France. — O Ciel ! que ſignifie un tel diſcours ? s'écria Liſis en courant dans l'appartement qu'elle occupait. Mais quelle fut ſa conſternation de n'y plus trouver ſes malles ni ſes effets ! Afin que les choſes ſe paſſaſſent en regle, elle commença par s'évanouir, enſuite elle ſe déſeſpéra, s'arracha les cheveux, & finit par s'informer des cauſes de ſa douleur.

— A peine étiez-vous partie ce matin, lui dit ſon hôteſſe, que votre mari eſt venu m'apprendre qu'il était obligé de retourner à l'inſtant en France ; que

vous aviez pris les devants, & que vous
l'attendiez fur la route de Douvres. Il
ajoûta, qu'il vous avait défendu de me
parler d'un départ fi prochain, parce
que des raifons importantes l'obligeaient
de le tenir fecret. J'ajoûtai foi à fes paroles; il me paya, fit emporter vos effets & les fiens, m'embraffa de bon
cœur, & courut, dit-il, vous rejoindre.
Le perfide ne vous a rien laiffé, pas feulement une robe; tout votre bien con-
fifte en ce que vous avez fur vous. -- Ici
la pauvre Lifis redoubla fes larmes & fes
lamentations.

## DCCVI<sup>e</sup> Folie.

Ce qui acheva de la défefpérer, c'eft
qu'elle fut contrainte de quitter fa bonne
hôteffe, qui l'engageait faiblement à
demeurer chez elle, tandis que fes froi-
deurs l'avertiffaient de prendre fon
congé; le changement de notre fortune
en occafionne d'étranges dans la façon
d'agir de nos amis; comme fi l'argent
feul les attirait auprès de nous. Mademoifelle Lifis fut trop heureufe de pouvoir fe loger dans une petite chambre
obfcure, où elle s'appliquait à vivre
d'économie. L'efpoir la foutint pendant

pendant plusieurs jours. Elle se flatta que le volage Champagne s'était caché dans Londres, & qu'il lui serait possible de le retrouver. Cette idée adoucissait sa douleur : mais elle eut beau courir toutes les rues, faire d'exactes perquisitions, & s'informer de Monsieur Champagne dans toutes les tavernes ; elle ne put en apprendre aucune nouvelle.

La certitude d'avoir perdu pour toujours ce qu'elle possédait, lui causa plus de chagrin que la fuite de son amant ; & n'étant plus soutenue par l'espoir de le ratrapper, elle sentit vivement tout ce que son état avait d'affreux : se voyant plongée dans la derniere misere, loin de sa patrie, de ses connaissances, elle en conclut qu'il ne lui restait que la triste ressource de tirer parti de ses charmes. Aussitôt elle se montre dans les promenades, dans les quartiers les plus fréquentés de Londres, aussi-bien mise que lui permet sa mauvaise fortune. Ce qu'elle a souvent entendu dire de la générosité des Seigneurs Anglais, du penchant qu'ils ont à se ruiner en faveur des beautés complaisantes, lui fait espérer de trouver bientôt un Milord, qui la console de tous ses mal-

heurs. Mais elle étale en vain ses graces;
elle a beau sourire finement à tous ceux
qu'elle voit décorés de la Jarretiere;
elle leur jette en vain, pour ainsi dire,
sa jolie personne à la tête; ils daignent
à peine abaisser les yeux sur elle; aucun
d'eux ne se présente pour être son protecteur. La pauvre Lisis connaît par
expérience que ce n'est qu'à Paris que
les Milords prodiguent leurs richesses
aux femmes du monde; & qu'à l'ex-
ception de deux ou trois Actrices célé-
bres de leurs théâtres, pour lesquelles
ils ont la complaisance de faire des dépenses prodigieuses, toutes les jolies
Prêtresses de Vénus qui fourmillent dans
Londres, leur sont fort indifférentes :
ils les laissent au peuple. Mademoiselle
Lisis ne pouvait concevoir que les Seigneurs Anglais eussent à Londres des
mœurs si opposées à celles qu'ils adop-
tent à Paris. Si les besoins qu'elle éprouvait lui eussent permis de songer à toute
autre chose qu'à sa misere, elle aurait
longtems philosophé sur une pareille
inconséquence, qui lui paraissait le
comble de la déraison. Ses embarras
augmentaient chaque jour; elle commençait à sentir les approches de la

faim, lorſqu'un malotru l'aborda, lui
fit ſes propoſitions, & la logea avec lui
dans un grenier.

## DCCVIIᶜ FOLIE.

Quel triſte ſort pour celle qui ſe flattait d'être la maitreſſe des premiers
Lords d'Angleterre! Mademoiſelle Liſis
n'eſt pas encore au bout des mortifica-
tions qu'elle doit eſſuyer. Un jour que
l'homme du peuple, qui eſt devenu ſon
amant lui donnait le bras, & qu'elle
traverſait avec lui une des rues de Londres, un porte-faix vint effrontément la regarder ſous le nez. -- Morbleu, s'écria-t-il, que celle-ci eſt jolie!
-- A ces mots, prononcés avec tranſport, il releve ſes cheveux ſous ſon
bonnet, retrouſſe les manches de ſa
veſte juſqu'au coude; & regardant fie-
rement le Cavalier de la belle: -Ecoute,
lui dit-il, je vois bien que ce charmant
tendron ne t'appartient que par haſard.
Je veux ſavoir ſi tu es digne de le poſſéder. Je te propoſe un combat à coups
de poing; ſi je ſuis battu, je renonce à
mes prétentions ſur ce friand minois;
ſi, au contraire, je ſuis ton vainqueur,
je m'empare de cette belle Dame, &

la mene où bon me femblera. — L'Anglais qui accompagne Mademoifelle Lifis accepte ces conditions, & fe prépare à vaincre ou à périr. Les deux champions s'attaquent avec fureur; les coups de poing font rendus, parés, ripoftés d'un bras nerveux. Le prix qu'ils fe propofent de remporter augmente, fans doute, leur valeur & leur force. La populace accourt en foule contempler ce nouveau combat; & faire des paris fur les deux champions. Les uns gagent un fcheling que le poffeffeur de Lifis fera victorieux; les autres mettent le double en faveur du porte-faix. Quelques Milords viennent augmenter le nombre des fpectateurs; & chacun d'eux, s'intéreffant diverfement à la fcène dont il eft témoin, parie jufqu'à mille Guinées, pour le héros qui l'affecte le plus. Mademoifelle Lifis, effrayée de la brutalité de fes amans, aurait pris la fuite, fi on ne l'avait retenue, pendant qu'ils fe difputaient fa conquête. La force des deux athlètes paraiffait redoubler, au lieu de s'affaiblir; l'on ne favait de quel côté fe fixerait la victoire, lorfque le porte-faix creva d'un coup de tête le ventre de fon malheureux adverfaire. Le vainqueur faifit la main de Lifis, fans faire attention à fes larmes, & l'entraîne, malgré fa réfif-tance, au bruit des applaudiffemens des fpectateurs.

### DCCVIII<sup>e</sup> FOLIE.

Le porte-faix conduifit la pauvre Lifis au bout des fauxbourgs de Londres, dans une efpece de cave, où il faifait fa demeure. La lumiere n'y pénétrait qu'à peine au travers d'une petite lu-carne, qui fervait en même tems de fe-nêtre & de tuyau de cheminée. Les meubles de cet affreux afyle n'en fai-faient point difparaître l'horreur. Quel-ques groffes pierres fervaient de fiéges; les toiles d'araignée tenaient lieu de tapifferie ; un monceau de paille com-pofait le lit. C'eft ce beau lieu de délices que le porte-faix partagea généreufe-ment avec Lifis. Elle ne lui aurait fait éprouver que fes rigueurs & fa haîne, fans la maniere galante avec laquelle il s'infinua dans fon cœur. Voyant qu'elle pleurait toujours, & s'obftinait à re-pouffer fes careffes, il mit fon bonnet de travers, fronça fes fourcils, & s'écria d'un ton capable de faire trembler la

femme la plus réfolue : -- Par la mort!
fi vous ne répondez à l'amour que je
veux bien avoir pour vous, Mademoifelle la mijaurée, je jure que je vous en-
verrai tenir compagnie à votre galant.
-- Il fallut obéir ; Lifis devint auffi
douce qu'un mouton ; elle s'accoutuma
même à la demeure mal-propre & dé-
goûtante, à l'humeur farouche & groffiere du porte-faix.

### DCCIXᵉ FOLIE.

Cette beauté délicate parvint à trouver des charmes dans la vie crapuleufe
qu'elle menait. Elle fe ferait échappée
vingt fois, fi elle en avait cherché l'occafion. -- Eh ! pourquoi prendrai-je la
fuite ? fe difait-elle fouvent ; je fuis
nourrie, logée, vêtue, tant bien que
mal, fans avoir rien à faire; & j'ai pour
amant un homme vigoureux, qui me
bat quelquefois, il eft vrai; mais qu'il
fait bien me récompenfer des coups que
je reçois! -- Mademoifelle Lifis mettait
fans doute au rang des avantages dont
elle jouiffait le plaifir de s'enivrer chaque jour; car elle fuivait fans fcrupule
fon cher porte-faix à la taverne, où
elle lui tenait bravement tête, & vui-

dait maintes rafades d'eau de-vie, jufqu'à ce que les fumées de la liqueur la
forçaffent de tomber fous la table.

Un foir qu'elle était dans une des plus
obfcures tabagies, avec l'objet de fa
tendreffe, & que, dans les tranfports
d'une fête bachique, elle chantait à
gorge déployée, le porte-faix apperçut
quelque chofe de brillant dans fa bouche; (c'était le palais d'argent, dont il
n'avait aucun foupçon). S'imaginant
que c'était tout autre chofe, il y jette
brufquement la main, & l'arrache avec
force, en s'écriant : -- Ah! ah! coquine,
tu caches donc ton argent! Ignores-tu
que tout doit être commun entre
nous? --

Lifis veut en vain lui apprendre quelle
eft fon erreur. Elle ne forme plus que
des fons inarticulés. Pénétrée de la perte
qu'elle vient de faire, elle crie, s'agite,
fe roule par terre de défefpoir, en pouf-
fant des gémiffemens fourds. Le porte-
faix, effrayé, croit lui avoir fait quelque bleffure mortelle. Dans la crainte
d'être puni, il fe fauve, & la laiffe là,
emportant le palais d'argent, qu'il vendit au premier Orfévre.

## DCCXe FOLIE.

Peignez - vous l'état de la malheureufe Lifis. Elle perd tout-à-coup l'ufage
de la parole; &, faute de pouvoir s'exprimer, elle fe voit dans l'impoffibilité
de trouver un remede à fon infortune
cruelle. Les gens de la tabagie furent
touchés des marques de fa douleur, &
la menerent chez un fameux Médecin,
perfuadés qu'elle était atteinte d'une
maladie imprévue. Le grave Docteur
auquel on la préfenta, avait un grand
faible pour les femmes; il était jovial
& galant; moyen fûr de fe mettre en
réputation, à l'exemple de fes confreres
de tous les pays. Il trouva la malade fi
jolie, qu'il la fit refter chez lui, en affurant ceux qui l'avaient conduite, qu'il
était certain de la guérir; mais que,
pour mieux travailler à la guérifon
dudit fujet, il était néceffaire qu'il l'eût
toujours fous les yeux. Perfonne ne pénétra le motif qui faifait agir le Docteur;
on éleva jufqu'aux nues fa charité qui
l'engageait à combler les pauvres de
bienfaits, & particuliérement les jeunes
filles.

Avant de fonger aux remedes qu'il
fallait appliquer à la maladie de Lifis;
avant de fe donner la peine de chercher
les caufes de fon mal, il engagea la
belle à partager fon lit; complaifance
qu'elle eut volontiers pour un homme
qui s'y prenait plus poliment que le
porte-faix auquel elle avait appartenu.
Notre Médecin Anglais paffa plufieurs
jours à fe féliciter de fa bonne-fortune.
Mais il ne tarda guères à s'appercevoir
que les plus grands Docteurs *en Hypo-
crate* auraient fouvent befoin de lunet-
tes plus claires que celles dont ils fe
fervent. Des fymptômes fâcheux vinrent lui annoncer que fans avoir été auffi
loin qu'en Amérique, il avait gagné un
mal, qu'on dit en être originaire, &
qu'on aurait bien pu fe paffer d'aller
chercher dans le Nouveau-Monde. Sans
doute que c'était un des préfens dont
Mademoifelle Lifis était redevable au
porte-faix.

## D C C X I<sup>e</sup> F o l i e.

Afin d'aller au plus preffé, le Docteur
travaille à purifier fon fang, ainfi que
celui de la belle muette. Il s'eft rendu
célebre par les cures merveilleufes qu'il

a opérées en ce genre. Mais il faut favoir qu'il employe une méthode tout-à-fait bifarre, qui n'eft connue que de lui feul. Afin de fe mettre à la mode, & de gagner des fommes confidérables, il n'a garde de pratiquer les remedes qui operent la guérifon par les moyens les plus fimples. Il fait trop qu'il faut fe fingularifer dans la Médecine, fi l'on veut avoir la vogue, pour ne point chercher à fe rendre original. D'ailleurs, la plûpart de fes confreres imaginent des fyftêmes particuliers pour le traitement de la même maladie, fans confidérer qu'ils s'éloignent alors de la fimplicité des Loix de la Nature, & qu'une feule caufe dérangeant la bonne conftitution de notre corps, il n'y a non plus qu'un feul moyen de la rétablir. Ofons démafquer ces refpectables Charlatans. Qui le croirait? Les fecrets de la plûpart d'entr'eux font autant de feintes, d'impoftures; ils ne font que déguifer le remede dont l'efficacité eft avérée.

Voici quelle eft la méthode adoptée par notre Docteur Anglais, qui l'a rendu fi célebre dans la guérifon des maux produits par l'amour, ou plutôt par l'abus des plaisirs. Elle consiste à faire danser, courir, sauter ses malades, jusqu'à ce qu'ils soient tout en eau, & à les faire prodigieusement éternuer, au moyen d'une poudre qu'il les oblige de respirer. Mais sous prétexte de leur donner des tablettes rafraîchissantes, de sa composition, il leur fait prendre plusieurs doses de mercure. Tout extravagante qu'est la méthode du Docteur, on ne saurait croire quelle brillante réputation elle lui a faite dans le monde ; & l'on avouera que, s'il n'avait jetté de la poussiere aux yeux, il serait moins riche & moins célebre : honneur, cent fois honneur aux Docteurs-Charlatans !

Celui dont je parle se ressouvint du proverbe : *Médecin, guéris toi toi-même ;* il eut l'art de rétablir sa santé ; &, grace à ses soins, Mademoiselle Lisis eut aussi la satisfaction de se porter à merveille ; on ne peut plus la comparer à une rose, qui cache sous ses feuilles une épine cruelle.

## DCCXIIᵉ FOLIE.

Notre Médecin Anglais ne goûte point encore une joie parfaite ; ses inquiétudes se renouvellent, & prennent

P 6

seulement une forme différente. Il a promis de rendre la parole à sa charmante muette ; & il ne sait comment remplir ses engagemens. C'est en vain qu'il feuillette tous ses Livres; Esculape, Hippocrate & Galien lui refusent leur secours; ces oracles de la Médecine sont sourds à sa voix. Quel parti lui reste-t-il à prendre? On va donc penser que sa science est en défaut ? Quel échec à sa réputation! Pourra-t-il soutenir les mépris du public, & les mauvaises plaisanteries de ses confreres? Il a beau rêver, se creuser la tête, il n'imagine aucun expédient pour se tirer d'embarras. Mademoiselle Lisis, de son côté, n'est guères plus tranquile ; elle se confirme chaque jour dans l'idée qu'elle sera muette toute sa vie ; & quel malheur affreux pour une femme de son âge! Il est vrai que toute espece de bonheur ne lui est pas interdit ; si elle ne peut exprimer tout haut ses pensées; elle goûte au moins la douceur de se parler intérieurement. Elle s'applique même à apprendre quelques mots d'Anglais, & s'amuse à les repasser dans sa mémoire, à mesure qu'elle les conçoit.

Un jour qu'assis à côté de Lisis, le

Docteur se livrait à de tristes réflexions,
il fut bien surpris de lui voir prendre
la plume, & tracer sur un papier ces
mots en Anglais : -- « Je portais autre-
» fois un palais d'argent dans la bouche.
» La perte que j'en ai faite cause l'état
» où je suis ; faites m'en faire un autre ;
» l'usage de la parole me sera rendu ».
-- A peine le Médecin eut-il lu ces mots,
qu'il parut au comble de la joie. --
Quelle obligation ne vous ai-je pas, ma
chere Lisis, s'écria-t-il, de dissiper la
peine cruelle où j'étais ! Je vais promptement faire cesser la vôtre ; & me couvrir de gloire. --

Avant d'opérer cette cure si facile,
le Docteur fit publier par toute l'Angleterre, que ses travaux, ses études continuelles lui avaient procuré la connaissance d'un secret infaillible pour
rendre la parole aux muets. Afin de
prouver qu'il n'avançait rien que de
véritable, il conduisit la belle muette
dans les principales maisons de Londres, en assurant qu'elle parlerait avant
qu'il soit peu. Lorsqu'il vit que les trois
Royaumes attendaient avec impatience
l'effet de ses promesses, & qu'il était
tems de mettre le dernier sceau à sa

réputation, il plaça un nouveau palais d'argent dans la bouche de Lisis. Alors mille voix crierent à la merveille, alors la science du rusé Docteur fut admirée de tout le monde.

### DCCXIII<sup>e</sup> FOLIE.

Mademoiselle Lisis aurait pu mener une vie fort tranquile à Londres; elle était adorée du Médecin Anglais, qui prévenait ses moindres desirs; elle trouvait auprès de lui une honnête abondance. On la considérait dans le quartier; elle jouissait des mêmes prérogatives que les gouvernantes de nos Curés, si habituées à confondre les actions de leur maître avec les leurs, qu'elles vous disent fort tranquilement : nous n'avons point encore dit notre Messe. Lorsqu'on venait chercher le Docteur, & qu'il n'y était pas, Mademoiselle Lisis répondait : nous irons visiter ce malade, nous tâcherons de le guérir. Elle pouvait donc être très-heureuse en Angleterre. Mais tout-à-coup l'envie lui prit de repasser en France. Elle se lassa de demeurer dans un pays où les jolies femmes font rarement fortune ; elle se flatta qu'elle aurait à Paris une destinée plus brillante, & qu'elle n'y serait plus

dédaignée des Milords, comme elle
l'était à Londres.

L'amour qu'elle conçut pour un jeune
Marchand Anglais, qui venait souvent
chez le Docteur, & qu'elle savait sur
le point d'aller voyager en France,
contribua beaucoup aussi à lui inspirer
le dessein de retourner dans sa patrie.
Elle prêta l'oreille aux fleurettes qu'il
lui débitait, l'encourageait par de gracieux sourires, par de tendres regards.
Enfin, un soir qu'il la pressait de lui
accorder ce que tout amant desire,
quel que soit le respect qu'il affecte,
elle lui déclara sans façon, que, s'il voulait l'emmener avec lui en France, il n'aurait qu'à se louer de sa douceur. Le
jeune Marchand se trouva fort embarrassé ; il était, pour ses péchés, le mari
d'une méchante femme, qui l'aurait
étranglé, si elle l'eût su infidèle. Après
avoir rêvé quelques instans, il répondit
à la belle, qu'il se chargeait volontiers
de la conduire jusqu'à Paris, pourvu
qu'elle consentît à s'habiller en garçon,
afin qu'il pût l'accompagner avec décence. Lisis ne fut point rebutée d'avoir
un amant si scrupuleux ; elle admira sa
délicatesse, & se soumit à la condition

qu'il lui imposait. Son petit équipage fut bientôt préparé; & sans dire adieu au Docteur, elle partit un beau matin avec le Marchand Anglais.

## DCCXIV<sup>e</sup> FOLIE.

Si Mademoiselle Lisis est une beauté assez piquante dans les habits de son sexe, il faut avouer qu'elle est en homme un cavalier charmant. Le chapeau lui donne un air résolu & tant soit peu effronté, qui la fait paraître un dangereux petit-coquin auprès des Dames. Voyez pourtant comme les physionomies sont trompeuses! Après être débarqué à Calais, le jeune Marchand loua des chevaux pour lui & pour son Infante travestie. Elle se tenait si bien sur sa monture, avec tant de grace, qu'on ne l'aura t jamais soupçonnée de n'être qu'un Cavalier *en peinture*. Sa bonne-mine lui attira en route certaine aventure que je n'ai garde d'oublier.

Le jeune Marchand s'arrêta pendant quelques jours dans une petite Ville des environs de Paris. L'auberge où il se logea était une des plus fameuses de l'endroit. L'Hôtesse eut le tems de faire attention aux graces du *prétendu Mon-*

*fieur*, qui, pour mieux cacher fon déguifement, vous la lutinait fans ceffe ;
maniere d'agir qui faifait préfumer à
la bonne-femme qu'on n'était point indifférent à fes charmes : or , l'époux de
cette galante hôteffe était tourmenté
d'une extrême jaloufie ; & partant infpirait chaque jour à fa tendre moitié
le deffein de lui être infidelle ; car qui
dit mari jaloux, dit mari trompé, ou
méritant de l'être : il en eft de même
des amans. J'ignore fi notre aubergifte
a eu le fort auquel l'expofaient fes
foupçons ; tout ce que je fais, c'eft qu'il
l'échappa belle au moins une bonne
fois, ainfi qu'on va le voir.

La galante hôteffe defirait que l'aimable voyageur trouvât l'occafion d'ê-
tre plus téméraire ; elle voyait qu'il
n'y avait point de tems à perdre, que
les inftans étaient précieux. Son mari
l'obfédait toute la journée ; le Marchand
Anglais & fon gentil compagnon allaient
bientôt continuer leur route. Ces réflexions lui roulaient dans la tête, un matin qu'elle était encore au lit, lorfque
l'aubergifte fe leva d'auprès d'elle, en
lui difant qu'il était contraint de fortir pour quelques affaires. A peine était-

il éloigné, qu'elle entendit le jeune Marchand fortir auffi de fa chambre, &
prier fon compagnon de fe repofer jufqu'à fon retour. Auffi-tôt les fens de la
belle acheverent de fe troubler; de nouvelles idées vinrent occuper fon imagination. Il faut remarquer que fon lit
n'était féparé que par une fimple cloi-
fon, de célui de l'aimable voyageur,
& qu'une porte fecrette pouvait l'introduire auprès de l'objet de fa tendreffe.
Belle qui fonge à fon amant entre deux
draps eft à demi vaincue. L'hôteffe ré-
folut de faifir le moment propice, qui
peut-être ne fe retrouverait jamais. Elle
fe leve tout en chemife, ouvre doucement la porte fecrette, & fe gliffe dans
le lit du *prétendu Monfieur*, en feignant
d'être fort épouvantée par l'approche
d'un orage.

## DCCXV<sup>e</sup> FOLIE.

Ce n'étaient pas là les bonnes-fortunes
qui convenaient à Mademoifelle Lifis;
affez embarraffée de fa perfonne, elle
fe retire au bord du lit, tient le moins
de place qu'il lui eft poffible, & n'ofe
même refpirer. L'hôteffe, qui s'attendait
à une autre réception, prie le Cavalier

de la laiffer tranquile, quoiqu'il foit fort fage, & pefte tout bas contre fa retenue. Impatientée fans doute de fa froideur, elle étend la main pour lutiner le beau dormeur; mais elle en fait plus qu'elle ne fe l'était propofé; elle connaît avec la derniere furprife que l'objet de fa tendreffe n'eft qu'une femme. Toute autre à fa place aurait peut-être été déconcertée; elle s'arme d'effronterie, & fe met à éclater de rire. -- Je me doutais bien, dit-elle, en embraffant Mademoifelle Lifis, je me doutais bien que vous n'étiez qu'une jolie fille déguifée. Afin de m'éclaicir, je me fuis introduite dans votre lit. Vraiment, que j'étais bonne de craindre un téméraire tel que vous.! --

Alors un grand bruit fe fait entendre, la porte fe brife, le mari jaloux paraît au milieu de la chambre, armé de deux piftolets.

--Ah! Coquine, s'écrie-t-il, c'eft avec raifon que je me fuis toujours défié de ta conduite. Je ne m'étonne plus que ceux qui logent chez moi foient fi contens de mon auberge. Mais tu ne m'attireras plus de pratiques; ma maifon eft affez achalandée, je vais te tuer,

toi & ton galant. Allons, préparez-vous
à mourir.- Mademoiselle Lifis, épouvantée d'une pareille harangue, fe leve
fur fon féant, & conjure le terrible aubergifte de lui laiffer la vie. En s'agitant, elle découvre fon fein ; à cet afpect l'hôte femble être pétrifié par la
tête de Médufe ; les piftolets lui tombent des mains. -- Tu vois, s'écrie fa
femme en cet inftant, tu vois combien
tes indignes foupçons ont toujours été
mal-fondés. Si je fuis venu trouver cette
belle Dame, dont j'avais aifément dé-
mêlé le fexe, malgré fon déguifement,
c'eft afin de te guérir de ta jaloufie.
Après l'injuftice affreufe qu'elle a penfé
te faire commettre, oferas-tu encore
te livrer à cette funefte paffion ? Va,
tu ne mérites point une femme auffi fage, auffi vertueufe que moi. -- Le mari
honteux convint de fes torts, promit de
vivre tranquile à l'avenir, & de ne plus
foupçonner la vertu de fa femme, puifque les apparences étaient fi trompeu-
fes. A peine fe-fut il éloigné, que l'hôteffe combla de careffes Mademoifelle
Lifis, en l'affurant qu'elle lui aurait une
éternelle obligation, & qu'elle était
beaucoup plus heureufe de n'avoir trou-

vé en elle qu'une fille, que si elle avait été réellement ce qu'annonçaient les apparences.

## DCCXVI<sup>e</sup> FOLIE.

Cette aventure égaya pendant plusieurs jours Mademoiselle Lisis & le jeune Marchand Anglais; ils s'en amuserent jusqu'à leur arrivée dans la Capitale de la France, ou des idées plus sérieuses vinrent les occuper. Notre belle voyageuse y reprit les habits de son sexe, & le Marchand chercha à se défaire avec avantage des effets qu'il avait apportés d'Angleterre. Mademoiselle Lisis s'était flattée de rencontrer le Notaire qui lui a fait autrefois du bien; elle espérait qu'il aurait encore du goût pour elle, & se promettait de recevoir ses bienfaits, jusqu'à ce qu'il se présentât une fortune plus digne de ses charmes. Les peines qu'elle prit pour retrouver le généreux Garde-notes furent inutiles. Elle n'osa pas directement s'en informer, dans la maison qu'il occupait lorsqu'elle le quitta, ni dans l'appartement qu'il lui avait donné; mais elle en demanda des nouvelles dans les environs; & personne ne put lui dire ce qu'il était devenu.

Tandis que ces vaines recherches l'occupaient vivement, le jeune Anglais vendit ses marchandises; & n'ayant plus rien qui le retînt à Paris, il témoigna à la belle qu'il était contraint de lui dire peut-être un éternel adieu. Afin de la consoler de sa perte, il lui laissa une petite somme d'argent. Mademoiselle Lisis répandit quelques larmes à l'instant de son départ, & l'oublia dès qu'elle l'eut perdu de vue.

Tant que ses fonds durerent, elle ne s'inquiéta nullement de l'avenir; elle les dépensa même avec autant de profusion, que si elle avait eu des rentes assurées. Son unique occupation était de se parer avec soin, & d'aller promener ses graces étudiées, son air enfantin & coquet, aux Tuileries, au Palais-Royal, & sur les Boulevards. Elle ne s'avisa de songer qu'il fallait ménager son argent que lorsque sa bourse fut tout-à-fait vuide. Alors la misere & toute sa suite se présenterent à son imagination. Que faire pour sortir d'embarras? Elle n'imagina rien de mieux que de grossir le nombre de ces beautés malheureuses que l'indigence, & trop souvent le libertinage, réduisent à of-

frir aux paſſans des plaiſirs faciles, qui
n'ont rien que de rebutant, puiſqu'ils
ne ſont point aſſaiſonnés de la délicateſſe du ſentiment, de cette ivreſſe délicieuſe qu'éprouvent deux cœurs qui
s'aiment, & d'où naît la vraie volupté.

## SUITE DES AVENTURES

*de la Femme au palais d'argent; & hiſ-*
*toire du Laquais parvenu.*

### DCCXVIIᵉ FOLIE.

MAIS, comme il eſt des gens que
les langueurs de l'amour rebu-
tent, & qui vont au plutôt fait; de
même que, ſans attendre la délicateſſe
d'un repas apprêté, on mange quelquefois les premiers mets qui ſe préſentent;
Mademoiſelle Liſis ne manqua point de
pratiques. Il y avait plus d'un mois
qu'elle faiſait ce triſte métier, ſans en
être plus riche, lorſqu'elle conduiſit
un ſoir un petit homme dans ſon miſérable réduit. Ce nouveau perſonnage,
après l'avoir conſidérée quelque tems,
lui dit gravement : — je te trouve gen-

tille, tu as le bonheur de me plaire. Je
ne venais point ici pour acheter un repentir. Je cherche à remplacer une
maitresse infidelle, que certain jeune
fat m'a enlevée. J'ai vu, examiné, parcouru sept mille quatre cents dix-neuf
Demoiselles de ton état, renfermées
dans la bonne ville de Paris, sans pouvoir me fixer. C'est à toi qu'était réfer-
vée la gloire de mériter la pomme. En
un mot, tu me parais mon fait. Si tu
veux être sage, j'aurai soin de toi. --

Mademoiselle Lisis n'eut garde de
refuser une proposition aussi flatteuse;
car elle commençait à se dégoûter des
désagrémens attachés à la vie des filles
du monde *de son espece*. Elle exprima
sa reconnaissance au petit homme, qui
tout de suite l'amena chez lui, & l'ins-
tala dans sa maison sous le titre de
gouvernante. On sent bien que Madame la gouvernante avait encore un
autre emploi; mais elle n'entra pas dès
les premiers jours en exercice de toutes
ses charges; j'en dirai plus bas la raison.
Je prie le Lecteur de me permettre de
lui faire connaître le nouveau possesseur
des charmes de Mademoiselle Lisis. Je
vais encore faire une digression, mais la
moins

moins longue qu'il me fera poffible ; fi on
juge déplacée, je ne faurais qu'y faire.

Repréfentez-vous un perfonnage gros
& court, les épaules accablées du poids
d'une tête énorme, & d'une perruque
*in-folio* ; toujours vêtu de noir, la mine commune & boursoufflée, les manieres groffieres & ruftiques, le ton
brufque, l'abord infolent ; & l'on fe for-
mera une idée du petit homme. Au refte, quoique avare, il eft obligeant, par
boutade, par caprice, à la vérité; mais
lorfqu'on rencontre un de fes bons momens, il n'y a point de fervices qu'il
ne vous rende. On achete un peu cher
fes bienfaits, il eft vrai; ce n'eft qu'en
grondant, qu'en vous querellant qu'il
s'intéreffe à vous ; mais chacun eft humain à fa maniere. Dès le lendemain
que Lifis fut dans la maifon, il lui raconta fon hiftoire, afin qu'elle en con-
clût qu'on ne doit jamais défefpérer de
faire fortune, quel que foit l'aviliffement
où le fort nous ait placé.

## DCCXVIII<sup>e</sup> FOLIE.

— Rebuté de la vie rude & pénible
qu'on mene à la campagne, lui dit-il ;
& débauché par l'exemple de quelques-

*Tome III.* Q

uns de mes camarades, je dédaignai
l'ancien métier de mes peres, & je vins
à Paris dans le deſſein de me faire Laquais. Je ne vous détaillerai point mes
différentes conditions ; il ne m'y arriva
rien d'extraordinaire, & qu'on ne voye
communément tous les jours. J'ai ſervi des femmes veſtales en public, & qui
s'humaniſaient en ſecret avec leurs gens,
lorſqu'ils étaient beaux garçons ; j'ai
ſervi de grands Seigneurs, dont l'on
ne pouvait obtenir audience qu'en graiſ-
ſant la patte du Suiſſe, des Valets-de-
Chambre, & même du reſte de la valetaille. Tout cela n'a rien d'étonnant,
je me hâte de paſſer à l'événement qui
changea ma fortune, quoiqu'il ſoit encore bien ſimple, bien commun, pour
ceux qui connaiſſent nos mœurs & nos
ridicules.

J'entrai chez une vieille femme, dont
je compoſai tout le Domeſtique. Quoique ma maitreſſe eût plus de ſoixante
ans, je m'apperçus que ſon cœur en
avait la moitié moins. Dès les premiers
jours que je fus à ſon ſervice, elle cli-
gnotait ſes petits yeux afin de mieux
me regarder, ou bien, ſitôt que j'en-
trais dans ſa chambre, elle ne manquait

pas de mettre ſes lunettres, & de me parcourir de la tête aux pieds. Je ſus profiter habilement de mes découvertes ; je redoublai de zèle & d'attention ; je parus plus attaché par reſpect que par devoir auprès de la bonne vieille, qui remarqua mes ſoins, & me fit des mines plus tendres ; c'eſt-à-dire, capables de me faire mourir de rire, ſi j'euſſe été moins ſur mes gardes. Des raiſons eſſentielles me donnaient la force de diſſimuler & d'affecter beaucoup de tendreſſe ; ma précieuſe conquête jouiſſait de douze mille livres de rente, en mettait chaque année les trois quarts de côté ; & poſſédait par conſéquent un ample coffre-fort. Que vous dirai-je ? La tête acheva de tourner à ma vieille amoureuſe ; elle me propoſa de l'épouſer. Je ne réſiſtai qu'autant qu'il fallait pour la perſuader de mon déſintéreſſement. Je conſentis enfin à combler ſes vœux. Dans les tranſports de ſa joie, elle me reconnut riche de ſoixante mille francs par notre contrat de mariage, & voulut abſolument y ſpécifier qu'après ſa mort j'hériterais de tous ſes biens.

## DCCXIXᵉ FOLIE.

Mon air de douceur, mes manieres tendres & refpectueufes, avaient fait efpérer à la bonne vieille que je ferais le meilleur des époux. Mais à peine me vis-je en poffeffion de fes richeffes, que je ceffai de me contre-faire. Je la relé- guai dans fon appartement, où je ne lui rendais vifite que le plus rarement qu'il m'était poffible, encore n'était-ce que pour lui témoigner le dégoût qu'elle m'infpirait. Tandis que je la traitais fi rudement, j'employais la fortune que je lui devais à mener une vie délicieufe ; j'achetais les faveurs des plus jolies filles, je les recevais chez moi, je paffais les nuits avec elles. Mes galanteries ne fu- rent point ignorées de ma vieille moi- tié ; elle en fut fouvent témoin. La pauvre femme ne put tenir à mes mau- vais traitemens & à mes infidélités ; elle en tomba malade, & fuccomba bien- tôt à fa douleur. Par une bifarrerie que je ne puis concevoir, elle fit fon tefta- ment avant de mourir, & me déclara de nouveau fon unique héritier. Peut- être voulut-elle me forcer d'avoir pour elle de tendres fentimens après fa mort ;

& j'avoue qu'elle s'avifa d'un excellent moyen. Au refte, je n'excufe point mes mauvais procédés, je ne vous les rapporte avec tant de franchife qu'afin de vous faire voir quel eft le tendre retour qu'on a pour la paffion des femmes d'un certain âge.

## DCCXX<sup>e</sup> FOLIE.

Je fuis naturellement avare, c'eft une juftice que j'aime à me rendre, parce que je crois faire par-là l'éloge de mes bonnes qualités ; mais dans les premiers tems de ma fortune, je me livrai au doux plaifir de me voir riche, & je voulus goûter toutes les félicités qu'on peut fe procurer avec de l'argent. Que de fommes immenfes j'aurais confervées fi j'avais été plus raifonnable ! Heureufement que mes goûts & mes caprices furent bientôt fatisfaits, & que la fageffe diffipa l'illufion qui me faifait acheter fi cher des amufemens paffagers. Je frémis des dépenfes prodigieufes que m'avaient occafionné mes folies ; & je fuis revenu, grace au Ciel, à mon humeur économe. Je fuis vêtu très-fimplement, ma table eft toujours frugale, comme vous en pouvez juger ;

Q 3

je ne me permets que le simple nécessaire. Il n'y a que pour les femmes que
j'ai conservé un tendre penchant , &
que je me laisse aller quelquefois à de
légeres dépenses. Par le moyen de la
sage méthode que j'ai adoptée , je jouis
de la douceur de conserver la meilleure
partie de mes revenus , & d'être par-
conséquent doublement riche. Si j'avais
eu toujours autant de prudence , je ne
me serais point attiré les cruelles tra-
verses dont il me reste à vous parler.

Les parens de ma défunte femme
m'avaient vu de bien mauvais œil en-
vahir une succession sur laquelle ils
comptaient depuis long-tems; le luxe
que je me plus d'étaler à leurs yeux,
dans le dessein de les narguer , acheva
de les irriter contre moi. Ils cherche-
rent les moyens de m'enlever ma fortune , ou de me causer toutes les peines dont ils seraient capables. Peignez-
vous mon étonnement & ma douleur,
lorsque je me vis un matin arraché de
mon lit , traité comme un criminel ,
& traîné dans une obscure prison. L'on
ne tarda point à m'apprendre que j'é-
tais accusé d'avoir avancé la fin des
jours de ma vieille épouse , & d'avoir

fabriqué le teftament qui me déclarait fon héritier. L'on rappelait mon premier état de Laquais, la mifere où j'avais langui, & la maniere indigne avec laquelle j'avais traité une femme qui me tira de la poufîere, & me combla de bienfaits. Tout autre que moi fe ferait peut-être cru perdu, perfuadé intimement qu'il était peu digne de la fortune qu'on lui difputait. Je parai avec courage les coups qu'on cherchait à me porter. Je ne prêtai point l'oreille aux propofitions de mes ennemis, qui m'offraient de m'affurer un fort honnête, fi je confentais à leur abandonner la fucceffion conteftée, je voulus tout ou rien. Je m'armai d'effronterie, & j'ai eu lieu de connaître combien elle eft utile dans le monde: c'eft un avis que je vous donne en paffant.

# CONCLUSION

*de l'histoire du Laquais parvenu ; & suite des aventures de la Femme au palais d'argent.*

## DCCXXI<sup>e</sup> FOLIE.

JE m'enfonçai dans le labyrinte de la chicanne ; & je défendis si bien ma cause, qu'après six mois de dits & de redits, le testament fut confirmé, les parens de ma femme condamnés aux dépens & à des dommages considérables ; l'on me remit en liberté, & la justice me déclara un très-honnête homme. De sorte que j'accrochai encore une partie des biens de ceux qui se flattaient de me dépouiller de ma fortune. --

Mademoiselle Lisis tira un grand profit de cette histoire ; elle espéra qu'un jour elle aurait aussi le bonheur de devenir très-riche. Pour commencer à lui témoigner l'intérêt qu'il prenait en elle, Monsieur Brusquot, son nouveau protecteur, exigea qu'elle passât les

remedes. Lifis aurait bien défiré qu'il
eût une autre maniere de témoigner
fon amour; mais comme le grave perfonnage n'en connaiffait point d'autres,
& qu'on ne devenait fa maitreffe qu'en
fe foumettant à cette bifarre cérémonie, l'objet de fa tendreffe poffedât-t-il
encore la premiere fleur de l'innocence,
il fallût qu'elle imitât la docilité de
celles qui l'avaient précédée. Auffi-tôt
que l'habile Efculape qui la traita, lui
eut expédié une atteftation en forme
qu'elle jouiffait d'une fanté parfaite,
les craintes de Brufquot cefferent; il la
reçut dans fon lit fans inquiétude. Voilà
un homme qui rend quelquefois ridicules des précautions ordinairement
fort fages; ajoûtons encore qu'il n'a
jamais bonne opinion de fes maitreffes,
tandis que la plûparr des amans s'ex-
tafient toujours fur le mérite, les graces & les vertus de la beauté qu'ils
adorent.

## DCCXXIIᵉ Folie.

Il y avait plufieurs mois que Mademoifelle Lifis était pendant le jour gouvernante du fieur Brufquot, & fa femme toutes les nuits; elle s'acquittait à

Q 5

merveille de ſes deux fonctions; lorſqu'un matin qu'elle était ſeule dans la
petite chambre qu'elle paraiſſait occuper pour la décence, elle entendit un
carroſſe s'arrêter à la porte de la rue,
& quelqu'un monter peſamment, & venir frapper à la porte : elle ſe diſpo-
ſait à ouvrir; mais le ſieur Bruſquot la
prévint, & fit paſſer dans ſon cabinet
l'homme qui venait d'arriver. Liſis prêta
alors l'oreille avec plus d'attention. Elle
entendit compter beaucoup d'argent,
& ſon cœur ſe troubla, aux ſons de la
voix de l'inconnu. -- Oui, diſait-il, nos
fonds ont augmenté du triple ; continuez à les faire valoir, en prêtant toujours ſecrettement ; ſur-tout ne dimi-
nuez jamais rien des intérêts. --

Liſis, étonnée de ce qu'elle éprouvait,
& d'apprendre que Monſieur Bruſquot
ſe permettait plus d'un métier pour
continuer de s'enrichir, voulut ſavoir
quel était ſon digne aſſocié d'uſure. La
curioſité l'engaga à le conſidérer dans
l'inſtant qu'il ſe retirait. Mais à peine
l'eut-elle enviſagé, qu'elle pouſſa un
grand cri, & lui ſauta au cou, ſans être
retenue par la préſence de Monſieur
Bruſquot, qui fronça auſſi-tôt les ſour-
cils.

## D C C X X I I I<sup>e</sup> F O L I E.

Le lecteur est peut-être impatient de
savoir quel est ce grave personnage,
dont l'aspect imprévu causait tant de
plaisir à Mademoiselle Lisis. Eh! bien,
je vais satisfaire sa curiosité. C'était le
galant Notaire qui avait mis en chambre la belle au palais-d'argent, & qu'elle
quitta pour suivre son Laquais à Londres. Mais ce n'est plus ce Garde-notes
couvert d'un habit lugubre, & devant
sa gravité à une perruque *in-folio*. C'est
un personnage tout brillant d'or, chargé d'embonpoint, paraissant ne porter
qu'à peine un ventre énorme, faisant
craquer le parquet sous le poids de sa
lourde masse, & soufflant avec bruit à
chaque pas qu'il fait. En un mot, Monsieur le Garde-notes est métamorphosé
en Financier.

Notre nouveau Crésus, enflé de ses
richesses, marchait la tête haute ; il n'a-
vait jetté qu'un regard dédaigneux sur
Mademoiselle Lisis, arrêtée humble-
ment sur son passage. Mais les vives caresses de cette belle l'obligeant de la
fixer avec surprise, il se rappella bientôt des traits gravés encore dans son

cœur, & lui fit l'accueil le plus gracieux. -- Ah! ma chere enfant, s'écria-
t-il, quel bonheur de te trouver! Le
croirais-tu? Je t'aime toujours, malgré
la maniere indigne dont tu me quittas.
Tu vois bien du changement en ma personne, n'est-ce pas? Va, cesse d'être
étonnée. Il n'y a point tant de différence qu'on se l'imagine d'abord entre
un Notaire & un homme de finance :
ils s'acoutument souvent tous les deux
à s'emparer des fonds qu'on leur confie. Pour moi, me sentant toutes les
qualités nécessaires, j'ai acheté un *bon*, &
je me tire d'affaire tout aussi-bien qu'un
autre. Tu es devenue, parbleu, tout-à-
fait gentille. Viens, je suis prêt d'oublier le passé, & de partager ma fortune avec toi: tu avoueras que le dernier
période de la félicité humaine pour ton
sexe est de se voir la maitresse d'un Financier. -- A la fin de cette espece de
harangue, Mademoiselle Lisis donna
sans façon la main au Crésus, qui la
conduisit gravement à son carrosse, s'y
plaça à côté d'elle, & fit fouetter à
un Hôtel qu'il venait de meubler, qu'il
destinait sans doute à quelque beauté
complaisante.

Monſieur Bruſquot n'eut pas la force d'arrêter ſa volage maitreſſe, l'étonnement, ou la douleur, lui ôta l'uſage de la parole. Il ſuivit le Financier juſqu'à ſon carroſſe, ſans prononcer un ſeul mot; on prétend même qu'il était ſi troublé, ſi hors de lui, qu'il aida Mademoiſelle Liſis à monter dans la voiture.

## DCCXXIV<sup>e</sup> FOLIE.

Jamais cette belle ne s'était vue dans un état auſſi brillant, & jamais on ne ſoutint mieux les faveurs ſubites de la fortune. Les gens inſtruits de ſon origine & du rôle ſubalterne qu'elle avait joué ſur le théâtre du monde, avaient de la peine à reconnaître en elle la fille du bon-homme Lucas, le Savetier du coin; à la voir ſi hautaine, ſi impertinente, ſi ſenſible aux moindres incommodités, il ſemblait qu'elle eût eu de tout tems des Laquais, des Femmes-de-Chambre, un bel Hôtel, des meubles ſompueux, & le reſte. Il eſt certain que le Financier n'avait rien épargné pour lui faire un *ſort honnête*. Son cuiſinier était un des meilleurs de Paris, ce qui la faiſait beaucoup conſidérer;

ſa table était ſervie avec profuſion &
avec délicateſſe, ce qui ne ſe voit pas
toujours. Quand Mademoiſelle Liſis ſe
montrait en public, elle ſortait avec
toute la pompe, toute la gravité d'une
Ducheſſe ; les rivieres, les girandoles
de diamans, & les autres ornemens
en pierreries, relevaient, ſelon l'u-
ſage, la magnificence de ſa parure. Il
était juſte qu'une Demoiſelle de ſon
importance eût une loge à chacun
des trois ſpectacles, afin qu'elle y pa-
rût les jours qu'on peut y venir décem-
ment. Notre Créſus, en ſurpaſſant les
ſouhaits de ſa maitreſſe, s'imaginait
que la reconnaiſſance la rendrait d'une
fidélité à toute épreuve.

Ceſſons de nous étonner de la fierté,
des airs vains & mépriſables des gens
du peuple parvenus tout-à-coup à une
prodigieuſe fortune ; ils peuvent allé-
guer que la tête leur tourne dans l'o-
pulence ; au lieu que les grands Seigneurs,
que nous voyons quelquefois ſuſcepti-
bles des mêmes hauteurs, ne ſauraient
aucunement les excuſer, puiſqu'ils de-
vraient être acoutumés au luxe & aux
richeſſes, & moins s'enorgueillir, par
conſéquent, d'un avantage que l'habi-

rude de le poſſéder devrait diminuer
à leurs yeux. Cette longue période, cette
morale qui déplaira peut-être à quelques-uns de mes lecteurs, a pour but
de pallier, s'il eſt poſſible, les travers
de Mademoiſelle Liſis. Sans doute qu'elle
ſe méconnut au ſein de l'abondance &
des plaiſirs, & qu'elle ſe crut transfor-
mée en femme de condition. Elle ſe
donna tous les airs d'une Ducheſſe, qui
dégrade ſon rang par des manieres im-
périeuſes & *d'étiquette*. Dès qu'elle fut
comblée des dons du Financier; elle ſe
trouva ſujette aux migraines, aux vapeurs, ne marcha plus qu'en regardant
tout le monde par-deſſus l'épaule, ſe
fit un plaiſir d'afficher l'impertinence
& les caprices les plus extravagans.
Elle ſemblait vous dire: je ſuis une
femme de quelque choſe, voyez ma
perſonne avec tranſport, avec enthou-
ſiaſme; ayez pour moi du reſpect, de
la conſidération; je le mérite. Les pro-
digalités du Marquis d'Illois redoublent
encore ſa vanité, ſes prétentions. Il eſt
vrai que les flatteries qu'on lui adreſſe, les fades madrigaux, compoſés à
ſa louange par de petits rimeurs, con-
tribuent à nourrir ſon orgueil & ſon
amour-propre.

## SUITE DES AVENTURES

*de la Femme au palais d'argent, & continuation de l'histoire du Marquis d'illois.*

### DCCXXV<sup>e</sup> FOLIE.

ON a vu de quelle constance elle se piquait pour le généreux Financier & la bisarre délicatesse de Monsieur d'Illois, qui l'obligea de vendre tout ce qu'elle tenait de son Crésus, afin qu'elle n'eût rien qui lui rappelât son premier amant. Reprenons le fil de notre discours interrompu trop long-tems par l'histoire de cette fille célebre.

En s'attachant la petite Lisis, il semble que Monsieur d'Illois vienne de faire une précieuse conquête. Il cesse d'être inconstant; il déclare même qu'il est fixé pour toujours. La docilité avec laquelle on s'est soumis à tous ses caprices, a sans doute vivement touché son cœur, en le persuadant qu'il est sincérement aimé. Chaque jour augmente ses transports, & ce qu'il y a de plus

singulier, c'est qu'il a autant d'égards,
autant d'estime pour la petite Lisis,
qu'il en aurait pour une femme honnête, qui ne se serait rendue qu'après
une longue résistance, & qu'en cédant
à l'ivresse de l'amour & des sens, dans
un de ces momens délicieux où la sagesse s'égare : il est encore aux petits
soins, aux tendres attentions, vis-à-vis
de la Nymphe dont il porte les chaînes. Il l'aborde timidement, semble
craindre d'effaroucher la vertu de quelqu'innocente beauté. Ses manieres sont
tout à la fois caressantes & respectueu-
ses. Devenu docile à son tour, il exécute
promptement les ordres de sa divinité,
tâche de prévenir ses vœux, & tremble
toujours de lui déplaire. O Amour !
Amour, que tu te joues des hommes au
gré de tes caprices ! Par toi les vieillards
ne sont plus que des enfans ; tu transfor-
mes le sage en étourdi, & tu plonges
le fou dans un nouveau délire.

La passion qui s'est emparée de Monsieur d'Illois, le rend peut-être excusable ; mais que penserons-nous des
grands Seigneurs que les richesses de
Mademoiselle Lisis attirent autour d'elle ? Oubliant leurs titres, l'orgueil de

leur naiffance, ils rampent, pour ainfi
dire, aux pieds d'une fille entretenue,
ils la traitent avec autant de refpect
qu'une Dame du premier rang. Le moyen
qu'une jolie fille du monde, *de la premiere claffe*, n'ait point de vanité,
quand elle fe voit l'idole des principaux Seigneurs de la cour? Il eft-tout
fimple que la tête lui tourne.

### DCCXXVIe FOLIE.

Au milieu de fes plaifirs & de fa
gloire, Mademoifelle Lifis éprouve une
grande mortification. Le Chevalier de
Mornique, vieux libertin, dont la fortune eft auffi délabrée que la fanté, &
qui acheve de ruiner l'une & l'autre
avec la blonde Rofette, engage le Marquis & fa maitreffe à groffir le nombre
des aimables convives d'un fouper fin,
qu'il doit donner chez fon infante.
Cette partie ne plaît pas trop à Mademoifelle Lifis, mais elle craint de cha-
griner par un refus le Marquis d'Illois,
qui ne ceffe de décrire les plaifirs qu'il
fe promet de goûter. L'heure du rendez-vous eft fixée à onze heures; mais
comme il eft du bon-ton de fe faire
attendre, & de n'arriver que long-tems

après les autres, il était plus de minuit, lorfque la fiere Lifis & Monfieur
d'Illois fe rendent à l'endroit indiqué.
Plus d'un convive avait pefté tout bas
contr'eux. Les femmes fentent redoubler leur humeur, en fe voyant effacées par la maitreffe du Marquis. Sa
robe eft d'une étoffe plus précieufe que
les leurs; fa coëffure eft du meilleur
goût; elle eft toute couverte de diamans. La blonde Rofette fur-tout en
conçoit un fecret dépit. Mais chacun
diffimule fes fentimens, & compofe
l'air de fon vifage. On fe met à table;
la joie & l'amitié paraiffent régner au
milieu des convives, tandis qu'ils fe
méprifent & s'ennuient mutuellement:
image de ce qui fe paffe à la plûpart
des foupers. Cependant les chofes allaient affez bien, lorfqu'au deffert la
blonde Rofette ne put fe contenir davantage. Mademoifelle Lifis ne lui parlait qu'avec dédain, & ne daignait même
qu'à peine lui répondre. Impatientée de
fes hauteurs, elle lui dit tout-à-coup
d'un ton aigre:-- En vérité, Mademoifelle, vous êtes bien fiere! voilà ce que
c'eft que d'avoir pour amant des Marquis d'Illois. Mais plutôt que de faire

ainſi la grande Dame, vous feriez mieux de retirer votre pere de la *ſaveterie*.— A cette terrible apoſtrophe, Liſis, déconcertée & couverte de confuſion, ſe met à pleurer, en s'écriant, qu'il eſt affreux qu'on oſe inſulter une femme comme elle! Le Marquis tâche en vain de la conſoler, & l'engage enfin à ſortir ſur le champ d'une maiſon où elle ne s'attendait guères que ſon origine était connue.

## DCCXXVII<sup>e</sup> Folie.

Cette mortification la fait reſſouvenir de ſon pere qu'elle avait oublié depuis long-tems; la premiere choſe qu'elle fait le lendemain, c'eſt d'ordonner qu'on mette les chevaux à ſon carroſſe le plus ſuperbe, & de ſe faire conduire dans la rue où demeurait le bon-homme Lucas, quand il lui appliqua un ſi terrible coup de pied. Elle arrive à la porte de la maiſon où elle avait demeuré autrefois avec ſon pere; elle la reconnait encore: les premieres impreſſions de la jeuneſſe ne s'effacent jamais. Un de ſes gens demande le bon Savetier; il accourt auſſi-tôt, après avoir fait à la hâte une petite toilette, fort surpris qu'une grande Dame daignât lui rendre visite. Il s'approche du carrosse tout essoufflé, son chapeau à la main; car il avait voulu mettre sa perruque, & se présenter en habit décent; il s'approche donc, n'osant lever les yeux, & faisant à chaque pas de profondes révérences. -- Avancez-vous, lui dit la fiere Lisis, d'un ton ferme & regardez-moi. -- Le bon-homme l'envisage alors, & demeure stupéfait, en reconnaissant sa fille, toute couverte de diamans. -- Ah! ma chere fille, s'écrie-t-il en pleurant de joie, que j'ai de plaisir!... --Arrêtez, interrompt Mademoiselle Lisis; j'ai desiré cette entrevue pour vous apprendre qu'on ne doit pas trop maltraiter ses enfans. Reprochez-vous les coups que vous m'avez donnés; songez sur-tout au coup de pied dans le ventre que vous m'appliquâtes si brutalement. Adieu, vous ne me reverrez jamais. -- A ces mots, elle ordonne au cocher de fouetter, & s'éloigne rapidement du bon-homme Lucas, qu'une des roues du brillant équipage de sa fille couvre d'un déluge de boue.

## DCCXXVIII<sup>e</sup> FOLIE.

Satisfaite de la leçon qu'elle vient
de faire à l'auteur de ses jours, elle
cesse de s'en occuper, & parvient dans
peu à l'oublier parfaitement, ainsi que
l'affront que lui a fait la maitresse du
Chevalier de Mornique, en découvrant la bassesse de sa naissance, qui
la forcerait souvent de rougir, si elle
avait la faiblesse d'y songer. Elle continue de copier les grands airs de quelques femmes titrées, elle saisit fort
bien les ridicules de ses modeles, &
sait même les surpasser. Elle est d'autant plus contente que les suites de la
terrible maladie qu'elle éprouva dans
sa jeunesse sont ignorées de tout le monde: les femmes qui la servent n'en sont
pas même instruites. A quelles plaisanteries ne serait-elle pas exposée, si l'on
venait à savoir qu'elle ne peut parler
qu'au moyen d'un palais d'argent! O
cruel revers! ce malheur qu'elle a tant
redouté, lui arrive par sa faute; elle
a la douleur de le voir divulguer, &
d'être surnommée *la belle au palais
d'argent*. Voici comment elle s'attira une
célébrité qui la désespere.

Elle est souvent obligée de sortir son palais de sa bouche, afin de le nétoyer. Lorsqu'elle va s'acquitter de ce soin indispensable, elle se retire dans la pièce la plus reculée de son appartement, & ferme exactement la porte, de crainte d'être surprise dans une pareille occupation.

Elle a toujours pris ces sages précautions depuis qu'elle a quitté l'Angleterre. Mais un matin, qu'avec des amis choisis & Monsieur d'Illois, elle doit aller à la campagne, elle se hâte de nétoyer son palais, & néglige d'empêcher qu'on ne puisse la surprendre. Dans l'instant qu'elle le tient à la main, une de ses femmes vient l'avertir que toute la compagnie est rassemblée, & qu'on la demande. La pauvre Lisis est si troublée, qu'elle n'a point la présence d'esprit de remettre promptement son palais dans sa bouche. Elle veut dire qu'on s'éloigne, & ne pousse que des sons confus. La femme-de-chambre, effrayée, s'empresse de la secourir, & s'écrie de toutes ses forces: -- Ah! mon Dieu! ma maitresse est muette. --

## DCCXXIX<sup>e</sup> FOLIE.

Cette exclamation acheve encore de troubler la pauvre Lifis ; elle croit déjà voir accourir toute la maifon ; & peut-elle douter que fon malheur ne devienne public ? Elle n'imagine pas d'autres moyens de prévenir la honte qui la menace, que de fe réfugier dans quelque endroit écarté, où elle pourra, fans être apperçue, remettre à fa place le palais d'argent. Elle court donc à travers les appartemens, toute en défordre, l'air égaré, femblable à une biche pourfuivie par les chaffeurs. Elle était prête à fe jetter dans un petit cabinet, lorf-qu'elle fe trouve face à face d'un jeune Marquis, homme d'une indifcrétion inouie, que fa malice naturelle rend très-fertile en bons-mots. C'eft un des agréables Seigneurs qui doivent l'ac-compagner à la campagne. -- Qu'avez-vous, mon ange, s'écrie-t-il ? Vous voilà dans un état horrible. Les graces de votre vifage font terriblement en défordre. -- Mademoifelle Lifis, tout-à-fait hors d'elle-même, fe ferait évanouie, fi elle en avait eu la force. Elle joint les mains, & fait figne au petit-maître de fe retirer.

tirer. Voyant qu'il reste impitoyable-
ment, elle prononce quelques mots
entrecoupés, afin de joindre les prieres
aux signes. -- Bonté du Ciel ! s'écrie le
jeune fat, en reculant deux pas, vous
êtes muette ; mais voilà qui est unique !
Quel étrange malheur vous a privée de
cette jolie langue, dont vous vous ser-
viez si bien ? Cette partie-là, toujours
agitée, toujours en mouvement chez
les femmes, serait-elle sujette à la pa-
ralysie ? Ce serait une chose criante,
épouvantable. -- Pendant ce discours,
Mademoiselle Lisis revient un peu de son
trouble ; elle fait un effort sur elle même, se tourne brusquement de côté,
& veut replacer dans sa bouche ce qui
peut seul lui rendre la parole. Mais sa
trop grande précipitation est cause que
le fatalpalais lui échappe des mains ;
il tombe à terre, le jeune fat s'en saisit, & court en riant rejoindre la compagnie, vivement poursuivi par notre
belle infortunée, qui pousse des cris affreux.

## DCCXXX<sup>e</sup> FOLIE.

Tenez, s'écrie-t-il en entrant, voilà
l'ame de Mademoiselle Lisis ; c'est-

*Tome III.* R

à-dire, ce qui lui donne l'usage de sa parole; je me doute.......-- Il n'eut point le tems d'en dire davantage; Lisis fond sur lui, arrache de ses mains un tréfor qui lui est si précieux; & sans perdre de tems, le place dans sa bouche. -- Elle vient d'avaler ce morceau de métal! s'écrient ceux qui furent témoins de son action. - Non, répliqua tranquilement la maitresse de M. d'Illois; je me précautionne feulement contre les entreprises de cet étourdi. - Miracle! dit en riant le petit-maître qu'elle apostrophe. La parole vous revient? Parbleu! la découverte est singuliere. L'argent opere de grands prodiges, sans doute; mais l'on ne s'était point encore avisé de lui attribuer la vertu de faire parler les femmes. Il faut avouer que ce métal est merveilleux pour agir de toutes les manieres sur le beau-sexe. -- Lisis tâche de faire passer pour des plaifanteries les difcours du malin petit-maître. Cet incident redouble la joie de la compagnie; l'on vole à la campagne, achever de se livrer à la plus folle gaieté.

Cependant le bruit se répand que Mademoiselle Lisis a un palais d'argent

dans la bouche. Une telle singularité
donne lieu à mille discours plus impertinens les uns que les autres. Chacun se
pique de savoir la vérité du fait ; &
il n'y a point de sottises qu'on ne se
permette de débiter. Monsieur d'Illois
est le seul qui garde un respectueux silence. Loin de prêter l'oreille aux propos de la malice & de la calomnie, il
ne peut souffrir qu'on ose plaisanter au
sujet de sa maitresse ; il est prêt à soutenir envers & contre tous, que la vertu
de la Belle s'est rarement démentie : ainsi
Dom-Quichotte voulait toujours se battre pour les charmes de sa Dulcinée chi-
mérique.

# CONTINUATION

## de l'histoire de la Marquise d'Illois.

### .DCCXXXIᵉ FOLIE.

L A Marquise d'Illois, de laquelle
il est bien tems que nous parlions,
continue d'aimer à la fureur le Duc de
Wilcam. Le Lecteur se rappellera, s'il
lui plaît, que c'est un grand Seigneur
Allemand, venu à Paris pour prendre

les manieres Françaises, & que la Marquife daigne inftruire. Elle trouve fon
éleve docile à fes leçons; s'il ne s'applique point à faire une étude particu-
liere de nos mœurs, de la grandeur de
notre Monarchie, il cherche au moins
à favoir comment on fait l'amour à une
jolie Françaife; & c'eft tout ce que Madame d'Illois defire qu'il apprenne. Elle
ferait tout-à-fait heureufe, fi la fatisfaction que lui caufe la conduite de fon
amant n'était troublée par fa groffeffe,
dont j'ai eu foin d'avertir le Lecteur,
& qui eft la fuite des careffes de fon
mari; je le répéte, dans la crainte qu'on
ne s'imagine que l'Amour feul a fait
l'ouvrage de l'Hymen, ainfi que nous
le voyons tous les jours. La groffeffe de
la Marquife rend donc fes plaifirs moins
vifs. Elle a la douleur de s'appercevoir
que fon petit ventre s'arrondit de plus
en plus, qu'il acquiert un embonpoint
qu'il eft impoffible de cacher: ce qui
redouble fon chagrin, c'eft peut-être
parce qu'il lui paraît ignoble, & du
dernier bourgeois, d'être groffe de fon
mari. Préférant la fineffe de fa taille à
la douceur de devenir mere, elle n'a
garde de prendre les précautions qu'exi-

gè son état, & que certaines femmes
poussent si loin. Au lieu de n'oser faire
un pas, d'être couchée toute la journée
dans sa chaise-longue, d'avoir des dé-
goûts, des fantaisies bizarres, elle mange
de tout ce qu'on lui sert; elle est toujours sur pied, & passe la plûpart des
nuits à table. Il est vrai qu'à force de
se régaler de mets succulens, de vins
étrangers, son palais s'est émoussé, l'ha-
bitude l'empêche de sentir tout ce qu'ils
ont d'agréable. Les liqueurs les plus fortes lui font à peine impression. Pour
qu'ils aient des sels assez piquans, il
faut que ses meilleurs ragoûts soient à
l'eau-de-vie, au vin de Champagne.

## DCCXXXIIᵉ FOLIE.

Il semble que Madame d'Illois veuille
toujours avoir la gloire de se singula-
riser; si l'étourderie & les travers de-
venaient généralement à la mode, je
crois qu'elle se piquerait alors d'être
raisonnable. Il suffit qu'il faille se ménager dans la grossesse, pour qu'elle se
plaise à sauter du soir au matin. Lorsqu'elle est toute rondelette, elle s'avise
de s'appercevoir qu'elle a un grand penchant pour la danse. Charmée de dé-

couvrir en elle une qualité auffi précieufe, elle devient une des principales dan-
feufes des bals de fociété. Quel crève-
cœur de ne pouvoir fatisfaire fon goût
dans ceux de Saint-Cloud, d'Auteuil &
du bois de Boulogne ! qu'il lui eft trifte
fur tout de n'être que fpectatrice aux
Wauxhalls ! Une femme de fon rang
n'oferait danfer dans de pareils endroits ;
l'on n'y admire guères que la légéreté
des filles de l'Opéra, & des autres Demoifelles d'une vertu mourante. Mais
elle goûte au moins la fatisfaction de
s'y montrer, & de contempler avec des
yeux d'envie les Beautés qui ne font
point gênées fur la bienféance. D'ailleurs, elle fe dédommage amplement
de la contrainte où elle fe trouve dans
ces lieux qui n'offrent à la plûpart des
femmes que l'apparence des bals, fans
en avoir la réalité. Quand quelque grand
Seigneur donne un bal chez lui, ( ce qui
arrive affez fouvent depuis que la manie
de la danfe s'eft emparée de nous, ainfi
que le démon de la mufique, ) elle ne
manque pas de tout mettre en ufage
pour s'en faire prier, fi l'on n'a point
fongé d'abord à elle ; & pendant toute
la nuit elle s'acquitte de plufieurs con-

tredanſes de ſuite, avec une ardeur
étonnante. Il eſt aſſez ſingulier de voir
ſauter, s'agiter, une eſpèce de poupée,
dont l'embonpoint énorme fait craindre
à tout moment qu'elle n'ait plutôt beſoin
d'un Accoucheur que du menuet de
Cupis.

## DCCXXXIII<sup>e</sup> FOLIE.

Le bal chéri de la Marquiſe, c'eſt
celui de l'Opéra; la liberté qu'on y trouve produit les vrais plaiſirs. Il rapproche
& confond tous les états, afin qu'ils con-
courent tous enſemble à rendre la joie
univerſelle. L'aimable déſordre qu'il oc-
caſionne eſt la ſource des amuſemens les
plus vifs; la gaieté n'eſt jamais ſi charmante que lorſqu'elle eſt la plus folle;
& le maſque contribue à la faire naître
en même tems qu'il excuſe les tranſports
de ſon joyeux délire. Là, le grand Seigneur oublie ſes titres & ſes richeſſes,
& rit avec l'honnête Bourgeois; là, l'or-
gueilleuſe Ducheſſe folâtre ainſi que la
ſimple Griſette, tandis que celle-ci eſt
reſpectée comme la Dame du premier
rang. A voir le mélange & la variété de
tant de perſonnages biſarres, couverts
d'habits groteſques, & la joie qu'ex-

R 4

priment leurs geftes & leurs actions, l'on
dirait que la Folie a raffemblé tous fes
fujets, & qu'ils fe livrent fans contrainte
aux tranfports qu'elle infpire

Madame d'Illois va donc affiduement
au bal, depuis que fa groffeffe eft avan-
cée, comme fi elle voulait braver la
Nature, avant même qu'elle l'ait rendu mere. Elle fait une nuit la partie
d'y aller avec le Duc de Wilcam, tous
les deux habillés en *chauve-fouris.* Après
avoir danfé jufqu'à n'en pouvoir plus,
toujours fous les yeux du Duc, qui n'a
garde de s'en éloigner, de crainte dela
perdre dans la foule, elle juge à propos
de fe repofer, & va s'affeoir, avec fon
compagnon, dans une loge écartée.
Le Seigneur Helvétique, enflâmé par
la vue des jolis objets dont la falle du
bal eft ordinairement remplie, tient à
la Marquife les difcours les plus tendres, & croit n'être entendu que de l'A-
mour feulement.

## DCCXXXIVe Folie.

Il fe trompe; en voici la preuve. Certain Seigneur a reconnu Madame d'Illois, quoiqu'elle n'ait point ôté fon
mafque. Il fe doute bien qu'elle eft dans

la compagnie d'un amant chéri ; & se
faisant un plaisir d'entendre quelque
chose de leur amoureux entretien, il
la suit par derriere, & se place à la
porte de la loge où elle s'est retirée.
Notre écouteur, appliqué à saisir les
mots qui parviennent jusqu'à son oreille,
se dégoûte bientôt de faire le personnage d'espion. Il réfléchit que Madame d'Illois est une très-jolie femme, & qu'il serait peut être possible, à la faveur du désordre du bal, de la séparer de son amant,
& de profiter de l'erreur où elle serait.
Aussi-tôt notre homme, fort malin
de son naturel, & qui se plaît à tourmenter son prochain, sur-tout le beau-
sexe, se met l'esprit à la torture, afin
d'imaginer quelque ruse qui puisse le
conduire au but qu'il se propose. Il est
trop fécond en malices, pour être long-
tems embarrassé. Il court s'affubler d'un
équipage pareil à celui du masque qui
accompagne Madame d'Illois, & revient
se mettre en sentinelle, écouter les discours du rival qu'il veut supplanter,
afin de mieux savoir ce qu'il doit dire,
s'il se procure à son tour un doux tête-
à-tête. Notez que notre espiégle se per-

fuade qu'il fait la meilleure action du monde.

### DCCXXXVe Folie.

— En vérité, s'écrie tout-à-coup la Marquife, en parlant au Duc de Wilcam, je fuis trop échauffée, je n'y faurais tenir. Allez me faire apporter des rafraîchiffemens. — Le Duc obéit, & à peine s'eft-il éloigné de quelques pas, que le mafque qui eft aux aguets vient prendre fa place. — Vous voilà déjà de retour, lui dit Madame d'Illois, trompée par la reffemblance des habits? — J'ai rencontré un des garçons Limonadiers, répond le mafque, en contrefaifant fa voix; il m'a dit que nous ferions mieux d'aller au Caffé même. — Le rufé matois ne cherche qu'à féparer la Marquife de fon tendre Cavalier, de maniere qu'il lui foit impoffible de la rejoindre. Il la conduit infenfiblement au milieu de la falle, & s'enfonce avec elle dans la foule des mafques. — Je n'ai plus foif, lui dit Madame d'Illois, appuyée nonchalamment fur fon bras. J'ai voulu rompre une converfation qui commençait à devenir trop tendre. Ne vous fouvient-il plus de l'aventure du carroffe?

-- Lorfqu'on eft auprès de ce qu'on aime,. le cœur ne faurait être tranquile, répond le feint Duc de Wilcam, qui entend à demi-mot. -- Il eft quelquefois de la prudence de modérer fes tranfports, réplique la Marquife en fe laiffant prefque aller fur fon amant prétendu. Quand on eft certain de trouver l'occafion de s'expliquer fans témoin, l'on doit différer un entretien que des importuns peuvent troubler. -- Ah! Madame, s'écrie le mafque, (en parlant pourtant très-bas, ) croyez-vous que vos charmes permettent de fuivre de pareilles maximes? Détrompez-vous; l'impatience que l'Amour fait naître eft bien excufable. -- La Marquife ne fait que répliquer à des raifons qui lui paraiffent auffi fortes. Elle garde un inftant le filence, comme pour réfléchir à ce qu'elle doit répondre. -- Que vous êtes fou, mon cher Duc, dit-elle enfin! Je vois bien que vous ferez toujours un étourdi.... Mais l'on étouffe ici; il n'y a pas moyen d'y tenir. Retirons-nous; je vous rendrai peut-être plus raifonnable.-- C'eft ce que demandait le prétendu de Wilcam; il la conduit à fon car-

R 6

reffe, y monte avec elle, en remerciant le Ciel de fa bonne-fortune.

## DCCXXXVI<sup>e</sup> Folie.

Le rufé compagnon fe doute bien que celui qu'il repréfente eft du dernier mieux avec Madame d'Illois; il agit en conféquence de fes conjectures. La Marquife, qui croit être avec le Duc de Wilcam, ne s'oppofe point abfolument aux libértés qu'on ofe prendre; elle réfifte d'une maniere qui annonce qu'elle fe défend contre quelqu'un à qui elle eft accoutumée de céder. Enfin, quand le carroffe s'arrête, le mafque eft certain d'avoir joué à merveille le rôle de celui qu'il a fupplanté. Il donne la main à Madame d'Illois, & l'accompagne jufqu'à fon appartement. Il croit alors qu'il eft de la prudence de fe retirer. Mais la Marquife le retient par le bras, & l'oblige de s'affeoir. -- Eh quoi! lui dit-elle en folâtrant, toujours avec ce mafque? c'eft trop voiler des traits que je chéris. Je n'aime ni les amans ni les vifages en peinture. -- Le Seigneur déguifé fe trouve dans un grand embarras; il veut en vain s'efquiver, fous prétexte qu'il eft tard, & que le fom-

meil l'accable. Les careffes de la Marquife le troublent; il foupire, s'atten-
drit, & fon mafque fe détache . . . . .
O Ciel! que vois-je, s'écrie-t-elle! . . . .
& la chambre retentit de fes éclats de
rire. Le jeune Seigneur s'attendait qu'on
allait lui arracher les yeux, il fe raf-
fure; & fe jettant aux pieds de la Dame
qu'il craignait d'avoir offenfée, il s'excufe fur la vivacité de fon amour. L'a-
venture paraît trop comique à Madame
d'Illois, pour qu'elle ait la force d'être
en colere; elle fait grace à la témérité
de ce nouvel amant, en faveur du ftratagême qu'il a mis en ufage; elle permet même qu'il lui tienne compagnie
le refte de la nuit.

## DCCXXXVIIᵉ FOLIE.

C'eft ainfi que le hafard procure fouvent des adorateurs aux jolies femmes,
& que leur vertu fait naufrage de nouveau, lorfqu'elles s'y attendent le moins.
Madame d'Illois ne fe reproche aucunement cette infidélité; elle ne s'en regarde pas même comme coupable; elle
ne l'attribue qu'à la fatalité du fort. En
effet, voulait-elle manquer à fon premier amant? Pouvait-elle fe garantir
d'une rufe tout-à-fait ingénieufe? Ce rai-

sonnement la tranquilise, & sa cons-
cience est fort en repos.

La manie de courir les bals qui s'est
emparée de la Marquise, la rend témoin de plusieurs aventures bisarres. En
voici une, entr'autres, beaucoup plus
singuliere que la sienne, qui va se passer
sous ses yeux ; & dont le Lecteur voudra bien permettre que je lui fasse part.

Certain grand Seigneur, voulant se couvrir de gloire, forme le dessein de donner dans son Hôtel un bal superbe. Aussi-
tôt un nombre infini d'ouvriers tra-
vaillent à décorer ses salles; l'on s'agite,
l'on s'empresse ; le Monseigneur donne
par-tout ses ordres, & réfléchit en grave
politique, comme s'il s'agissait d'accom-
plir le projet de la paix perpétuelle. La
Renommée répand dans Paris la magnifique fête qui se prépare; les femmes
*d'un certain monde* s'intriguent pour en
être priées, & mettent toutes les ou-
vrieres en campagne, afin de se faire
faire des dominos du dernier goût. La
Marquise d'Illois obtient un billet, qu'elle ne rougit point d'aller demander elle-
même, tant elle craignait d'être oubliée; & quel affront, si elle eût éprouvé ce cruel malheur ! La nuit du bal ar-

rive enfin, au grand contentement de ceux qui se flattent d'y briller. Jamais l'on ne vit une telle confusion. Les masques remplissent jusqu'aux escaliers. La Marquise est vingt fois sur le point d'être étouffée dans la foule, & se trouve trop heureuse de sauver la moitié de son domino. La chaleur excessive des appartemens est encore augmentée par la prodigieuse quantité de bougies; & les rafraîchissemens viennent à manquer au beau milieu du bal. Cette fête si magnifique & si mal ordonnée, coûte au moins cent mille francs; & le Monseigneur croit avoir par-là bien prouvé sa grandeur, & l'excellence de son goût.

---

## AVENTURES ET QUI-PRO-QUO

### DE BAL.

### DCCXXXVIII.ᵉ FOLIE.

On commence à danser vers les cinq heures du matin; c'est-à-dire lorsque les Musiciens ivres s'endorment en faisant jurer leurs violons sous l'archet qu'ils tiennent d'une main mal assurée.

Tout-à-coup de grands cris se font entendre, quatre masques se jettent au milieu des danses, & sortent en se menaçant ; chacun les suit, afin d'apprendre
le sujet de leur trouble & de leur colere.
Voici quelle est la cause de tout ce désordre.

La jeune Baronne d'Insac, que la jalousie de son mari a presque séquestrée
du commerce des vivans, importuna
tant le vieux jaloux afin qu'il lui permît
d'aller à un bal dont les apprêts faisaient
tant de bruit, qu'il fut forcé d'y consentir.
Mais il exigea deux conditions ; la premiere, qu'il serait lui-même le Cavalier
de sa gentille moitié ; la seconde, qu'il
la tiendrait toute la nuit sous le bras,
sans qu'elle pût le quitter un seul instant.

### DCCXXXIXᵉ FOLIE.

Notre Baron tout essoufflé, tenant fortement la main de sa jeune épouse, bien
sûr qu'elle ne saurait lui échapper, &
que son honneur ne court aucun risque,
parvient à pénétrer dans une des salles
du bal. Mais il y avait à peine mis le
pied, qu'une foule de masques, poussés
par d'autres, comme des flots tumul-
tueux, se jettent sur lui, le font pi-

rouetter, le portent fucceffivement d'un
bout de la falle à l'autre. Ne pouvant
plus réfifter au torrent qui l'entraîne,
le Baron lâche le bras de fa femme,
& la perd tout de fuite de vue. C'eft en
vain qu'il s'efforce de la rejoindre, en
gagnant le côté par où elle eft difparue; de nouvelles troupes de mafques
l'entraînent, le repouffent, lui font
prendre un chemin tout oppofé. Qu'on
fe repréfente les inquiétudes, les allarmes de notre jaloux! Il ferait mort, je
crois, de douleur, fi quelques inftans après
avoir été féparé de fa jolie moitié, il
n'avait eu le bonheur de la reconnaître
à la couleur & à la garniture de fon
domino. Sitôt qu'il l'apperçut, il lui faifit vivement le bras, & fe promet bien
que toutes les forces humaines réunies ne
feront plus capables de lui faire lâcher
prife. -- J'étais au défefpoir de notre
féparation, lui dit la Belle. -- Et moi,
répond le mari, croyez-vous que j'en
étais content? -- Vous déguifez les fentimens de votre cœur, réplique la jeune
moitié; ma préfence met obftacle à vos
plaifirs. -- Sans fe donner la peine de
répliquer à un difcours dont il ne conçoit pas trop la juftelle, notre jaloux

voulait fe retirer ; mais fa compagne
l'engage à refter jufqu'au jour. Ses allarmes fe diffipent, il traverfe les falles
en s'applaudiffant de fa vigilance, & fe
moque tout bas de la fottife des maris
qu'on trouve le moyen de tromper dans
la plûpart des bals.

## DCCXL<sup>e</sup> FOLIE.

Le couple conjugal, ne voulant point
être reconnu, déguifait fa voix en
s'entretenant. Le jaloux Baron n'a-
vait garde de permettre que fa femme
ôtât fon mafque ; il craignait trop que
la vue du tréfor qu'il poffédait ne fît
naître l'envie de le lui enlever. Pour lui,
perfuadé qu'il ne courait aucun rifque,
il fe difpofa plufieurs fois à détacher
fon mafque, afin de prendre l'air ; fa
compagne l'empêcha de fe fatisfaire, en
lui difant qu'elle ne voulait point que
fes maitreffes euffent le plaifir de le voir.
Notre vieux jaloux crut que ce compliment n'était qu'une plaifanterie, &
ne fit qu'en rire.

Cependant à force de fe promener,
les deux époux commencent à fe fentir
fatigués. La foule s'étant un peu éclair-
cie, & le jour étant fur le point de pa-

raître, ils préfument qu'il leur fera plus
facile de trouver à s'affeoir. Les recherches qu'ils font pour découvrir une place
fur quelque banquette, les conduifent
dans une pièce écartée, dont les bougies, tirant fur la fin, ne jettaient plus
qu'une faible lueur. Ils apperçoivent
dans un coin deux perfonnes couvertes
de dominos pareils aux leurs, qui paraif-
faient s'entretenir avec beaucoup d'attention, & qui tenaient leurs mafques
à la main, prêts à les remettre lorfqu'on
s'approcherait d'eux. Ils entendirent en
arrivant que l'une de ces deux perfonnes
difait d'un ton fort enjoué : --Ah! que
ma femme eft attrapée !--Et que l'autre s'écriait : -- Ah ! que mon mari eft
dupe ! --

## DCCXLI.e FOLIE.

Auffitôt que les deux mafques, dont
la converfation était fi gaie & fi ani-
mée, apperçurent ceux qui venaient
d'entrer, ils gardèrent un profond filence, & parurent inquiets. Sans y faire
trop d'attention, le couple conjugal va
s'affeoir à quelque diftance d'eux. Le
mafque féminin auquel le Baron donne
le bras, fe plaint alors que la chaleur

l'étouffe, & détache son masque; le
vieil époux en fait de même; & ils s'en-
visagent tous les deux à la fois. .... O
Dieu! quelle surprise inattendue! Le jaloux voit que ce n'est point sa femme
qu'il conduit depuis si longtems; & celle
qu'il prenait pour sa moitié connaît
qu'elle n'est point avec son mari. L'objet le plus effrayant leur aurait causé
moins d'effroi. Ils sentent glacer leurs
sens à l'aspect l'un de l'autre, & ne
peuvent retenir un grand cri. Ce cri
porte l'allarme dans l'ame des deux dominos qui s'entretenaient dans un coin;
ils se hâtent de rattacher leurs masques.
Mais souvent plus l'on se presse, moins
l'on avance ; les visages de carton s'é-
chappent de leurs mains ; le jaloux
Baron reconnaît sa femme, & qu'elle se
moquait de lui; & sa compagne reconnaît son mari, & qu'elle était l'objet de
ses railleries. Chacun des époux trompés, trahis, veut s'emparer de son bien;
mais l'on cherche encore à leur échapper.

C'est alors que le bal du grand
Seigneur fut interrompu, & que les
quatre masques troublerent les danses, traverserent rapidement les salles,

les uns en fuyant, les autres en pourſui-
vant.

---

# CONCLUSION

*de l'aventure & des qui-pro-quo de bal.*

## DCCXLIIᵉ Folie.

IL me reſte à rendre raiſon de tous
les *qui-pro-quo* dont je viens de parler. Il faut ſavoir que la gentille moitié
du jaloux Baron aimait depuis long-
tems un de ſes voiſins, qu'elle entre-
tenait ſouvent de ſes fenêtres, ſoit par
ſignes, ſoit à l'aide du langage des yeux.
Ils étaient enſemble de la derniere intelligence; & leurs tendres converſa-
tions ne pouvaient faire grand bruit,
ni frapper les oreilles des ſurveillans. Il
eſt encore néceſſaire que j'apprenne au
Lecteur que l'amoureux de la charmante
Baronne a le malheur d'être uni à une
femme dont la jalouſie ne le cede en
rien à celle du mari le plus défiant, le
plus ſoupçonneux. Son ombre même lui
cauſe des allarmes; ſi elle dort, c'eſt
pour rêver que ſon cher époux lui eſt
infidèle; quand elle veille, ce qui lui

arrive ordinairement, elle n'eſt occupée
qu'à epier ſes actions, qu'à le quereller
ſur des démarches tout-à-fait innocentes, qu'à ſe tourmenter afin de lui prouver qu'il eſt bien avec toutes les femmes de ſa connaiſſance. Une telle con-
formité dans la deſtinée des deux amans
acheve, ſans doute, de reſſerrer les
nœuds commencés par la ſympathie. Ils
étaient heureux du plaiſir de ſe voir.
Mais n'en déplaiſe au docte Platon,
ainſi qu'aux prudes répandues par le
monde, l'Amour veut une nourriture
ſolide ; il maigrit & court riſque de
périr d'inanition, lorſqu'on prétend le
faire ſubſiſter par l'union des ames ;
belle chimere qui n'eſt en vogue que
dans les romans, & dont la Nature a
rendu fort ſagement les cœurs ſenſés
ennemis invincibles.

Mais le moyen que nos amans puiſſent
tromper les Argus attachés ſur leurs pas.
Le bal qu'ils entendent dire qu'on prépare leur offre l'occaſion tant deſirée. Voici
le ſtratagême qu'ils imaginerent pour ſe
procurer un ſecret entretien, & dont
ils ſe firent part par un billet qu'ils eurent
l'adreſſe de ſe faire tenir.

Le mari de la femme jalouſe l'engage

à l'accompagner au bal tant defiré ;
& l'aimable Baronne obtient , à force
de prieres , la même grace de fon
vieux jaloux. Les amans ont foin que
la couleur & la garniture des dominos
qu'ils doivent porter , ainfi que leurs
Argus , foient tout-à-fait femblables ; &
cette uniformité n'eft pas fans deffein.
Ils préfument que la foule des mafques
peut les féparer de leurs furveillans ,
qui , dans l'empreffement qu'ils auront
de les rejoindre , venant à fe rencontrer ,
fe prendront eux-mêmes pour les triftes
victimes de leur jaloufie. L'ingénieux
ftratagême réuffit à merveille. Nos
deux jaloux s'accrochent fortement enfemble , tandis que ceux qu'ils s'imaginent garder goûtent en liberté les
douceurs de l'amour , & le plaifir piquant d'être heureux à la dérobée. Ils fe
flattaient que la foule féparerait encore
les deux jaloux , & qu'ils pourraient les
rejoindre de la même maniere qu'ils
les avaient quittés. Mais les heures font
des minutes auprès de ce qu'on aime.
Ils tarderent trop à venir retrouver
leurs tyrans ; & toute l'intrigue fut découverte : peut-être qu'une autrefois ils
auront mieux pris leurs mefures.

# CONTINUATION

*de l'histoire du Marquis d'Illois, & de
celle de Madame d'Illois.*

### DCCXLIIIᵉ FOLIE.

NOUS allons voir encore une aventure de bal, de laquelle la Marquise d'Illois sera l'héroïne. Je crois
avoir dit ailleurs que ses galanteries font
grand bruit dans le monde ; & que Monsieur d'Illois se contente d'en rire, ou
qu'il y fait aussi peu d'attention que s'il
n'avait jamais connu celle dont il entend conter tous les jours mille histoires
plaisantes, & sur-tout bien malignes.
Je n'ai rien avancé qui ne soit très-vé-
ritable & dans le caractere de mon héros.
Mais comme l'inconstance des petits-
maîtres, & la variété de leurs idées, les
entraînent souvent dans d'étranges con-
tradictions, il est tout simple de voir le
Marquis s'écarter de ses principes, &
démentir tout-à-coup la conduite qu'il
a tenue jusqu'à présent.

C'est

Ce long préambule, que j'aurais peut-
être dû supprimer, puisqu'il est inutile
aux Lecteurs éclairés, & encore plus
inutile à ceux qui n'entendent pas tant
de finesse; ce long préambule, dis-je,
est pour avertir que Monsieur d'Illois va
regarder son honneur comme dépen-
dant de celui de sa femme. Une telle
nouveauté surprendra certainément mes
Lecteurs; mais ce qui leur paraîtra plus
digne du Marquis, c'est qu'il s'avise fort
ridiculement d'être jaloux de sa tendre
moitié, puisqu'elle n'était point connue
dans l'endroit où il la rencontre, &
qu'il était lui-même avec sa maitresse.

## DCCXLIV° FOLIE.

C'est au bal de l'Opéra que se passa
la scène bisarre que je vais décrire. Je ne
sais si la Marquise perdit dans la foule le
Cavalier qui l'accompagnait; tout ce
que je puis assurer, c'est qu'elle se promenait toute seule dans la salle, après
avoir dansé plusieurs contredanses de
suite, lorsque Monsieur d'Illois la reconnut, quoiqu'elle fût masquée. Mais
la rondeur de sa taille la rendait assez

*Tome III.* S

remarquable, pour qu'il lui fût très-difficile de se déguiser de maniere à pouvoir garder l'*incognito*. Monsieur d'Illois n'avait point voulu se masquer ; il était alors d'une humeur charmante ; il venait de souper tête-à-tête avec sa douce amie, & la tenait sous le bras : les diamans dont la belle était couverte l'empêchaient d'avoir besoin de masque ; il était impossible à ceux qui l'a-vaient vue chez son pere de reconnaître la petite Lisis sous le brillant équipage d'une grande Dame.

Il parut plaisant au Marquis de lu-tiner sa femme, en feignant de la pren-dre pour une autre. Il l'aborde donc, & lui débite de ces lieux communs qu'on prodigue à tous les masques. La Marquise, enchantée d'être méconnue même de son mari, le lutine à son tour, en l'assurant qu'il se trompe, qu'il ne l'a jamais vue ; mais qu'elle sait les anec-dotes secrettes de sa vie.

Dans l'instant que Monsieur d'Illois se réjouit le plus des propos qu'il tient à sa moitié, il est interrompu par un masque en domino noir, qui venant, tête baissée troubler leur conversation,

saisit familiérement la Marquise au travers du corps, & s'écrie affez haut : —
Je te devine, beau masque ; tu es la Marquise d'Illois. —

## DCCXLV<sup>e</sup> FOLIE.

L'infolence du masque déplut au Marquis, & mit Madame d'Illois de mauvaise humeur. Elle voulut le prendre fur un certain ton, & lui dit avec ai-greur, qu'il fe méprenait, & qu'elle le priait de fe retirer. Le masque ne s'effraya point de l'air avec lequel on lui parlait. — Je fuis fûr, répliqua t-il en riant de toutes fes forces, que, fi vous faviez qui je fuis, vous me rece-vriez avec plus d'égards ; je parie même que, fans garder aucun ménagement, vous me donneriez les noms les plus tendres, & que vous me fauteriez au cou. Vous paraiffez étonnée du difcours que je vous tiens, divine Marquise ; je veux bien vous dire que je vous aime de tout mon cœur. Je vous ai fouvent déclaré les fentimens que votre aimable perfonne m'infpire. Cet aveu vous a pénétré de joie ; & je puis me flatter

que vous m'avez payé d'un tendre retour. Là, là, ne vous fâchez point. Je
fuis votre plus ancienne connaiffance.
Je vous avouerai même, continue le
mafque, en s'approchant de l'oreille de
la Marquife, comme pour parler plus
bas, mais en criant encore plus haut ;
je vous avouerai même que j'ai fouvent
eu le bonheur de vous tenir entre mes
bras. --

## DCCXLVI<sup>e</sup> FOLIE.

La Marquife ne doute pas à ces paroles qu'elle n'ait affaire à un de fes
amans, piqué d'avoir reçu trop brufquement fon congé. Elle frémit de colere de la pièce fanglante qu'on lui
joue ; elle ferait moins piquée, fi le
Marquis n'était témoin de l'effronterie
de cet inconnu, qui ne peut être qu'un
des amans auxquels elle s'eft avifée d'ê-
tre cruelle, après leur avoir donné lieu
de fe louer de fa complaifance. Elle
confidere qu'elle va être perdue de réputation, & qu'elle doit craindre la
fureur du Marquis, qui peut trouver
mauvais que l'on ait l'audace d'afficher
les intrigues de fa femme. Son courage

l'abandonne; d'une voix baffe & émue, qui décele fon trouble, elle conjure le mafque indifcret de fe taire. — Eh! mon dieu, lui dit-elle à l'oreille, en lui ferrant myftérieufement la main, voulez-vous donc me perdre? Ne voyez-vous pas mon mari? —

Au lieu de fe corriger, le mafque ne devient que plus infolent. Il la prend fous le bras, ofe lever le taffetas de fon mafque, & la promene par toute la falle d'un air folâtre, en lui faifant des careffes très-familieres.

## DCCXLVIIᵉ FOLIE.

Madame d'Illois refpirait un peu; elle fe flattait qu'elle était débarraffée du Marquis; & les difcours du domino noir lui caufaient moins d'allarmes. Mais Monfieur d'Illois qui n'avait paru nullement en rire, quitte brufquement le bras de Lifis, & marche fur les pas de fa femme, afin d'entendre le refte de la converfation. Voyant que le mafque ne ceffe point de tenir à la Marquife les propos les plus impertinens, & de l'accabler de cruelles plaifanteries, cet époux, jufqu'alors fi raifonnable, ou plutôt fi exact à fuivre les ufages du

grand monde, s'avife tout-à-coup de
s'imaginer qu'il eft de fon devoir d'empêcher qu'on ne déshonore fa tendre
épouse. -- Que penfera-t-on de moi, fe
dit-il à lui-même, fi je fouffre qu'en
ma préfence on tienne des difcours qui
terniffent mon honneur, ou celui de
ma femme, car c'eft la même chofe ?
Il faut que je puniffe cet inconnu, ou
qu'au moins je l'oblige à fe taire. -- Après
avoir pris cette belle réfolution, il
frappe fur l'épaule du domino-noir : --
Ignorez-vous qui je fuis ? lui demande-
t-il d'un ton furieux. -- Parbleu, mon
cher Marquis, répond le mafque fans
fe déconcerter, je fais que vous êtes
l'époux de cette belle Dame, & que
vous auriez mieux fait de n'en rien
dire. --

### DCCXLVIII<sup>e</sup> Folie.

Mademoifelle Lifis remontre en vain
au Marquis qu'il va fe couvrir de ridicule, & qu'il fait une action du dernier Bourgeois. Il refufe de la fuivre,
& perfifte dans le deffein de rétablir fon
honneur, attaqué dans celui de fa
femme. En vérité, je n'aurais jamais cru
Monfieur d'Illois capable d'une pareille

faiblesse, à peine excusable chez les gens du peuple. J'en rougis pour lui; & je prie le Lecteur de lui pardonner : peut-être que par la suite il rétablira sa réputation, par des folies plus dignes d'un homme de son rang.

L'impitoyable domino noir continue de poursuivre Madame d'Illois. Le Marquis, outré de plus en plus, le regarde fixement, & lui demande pourquoi il est si familier avec une Dame qu'il devrait traiter avec respect. — Il m'est très-permis d'agir de la sorte, répond le masque; & vous êtes le seul dont l'humeur soit assez bisarre pour y trouver à redire. —

## DCCXLIX° FOLIE.

L'audace du domino noir confondait Monsieur d'Illois, & jettait la Marquise dans de grandes perplexités. Elle ne savait si elle devait se fâcher, ou paraître entendre raillerie. Dans l'incertitude du parti qu'elle doit prendre, elle garde le silence, & tâche de se débarrasser du maudit importun, qui semble se plaire à la désespérer. Mais elle a beau se glisser dans la foule; elle voit toujours à ses côtés le cruel domino noir, & le Mar-

quis d'Illois, qui tantôt fourit amere-
ment , & tantôt lui jette des regards
furieux. Quoique cette fuite femble
annoncer qu'elle ait peine à foutenir les
mauvaifes plaifanteries du mafque, elle
n'a pourtant pas perdu tout-à-fait la
préfence d'efprit qu'il faut avoir dans
les revers de la vie. Elle imite ces fameux
Généraux dont la retraite leur fait fouvent autant d'honneur que la victoire
même. Elle feint toujours de ne point
connaître Monfieur d'Illois ; ce n'eft
qu'en parlant à l'oreille du domino
noir, qu'elle eft convenue qu'il était
fon mari : encore peut-elle prétendre
ne l'avoir dit qu'en plaifantant, fi le
terrible mafque avait la noirceur de
trahir fon fecret. Il réfulte de la politique de Madame d'Illois qu'elle peut fe
flatter que le Marquis eft incertain fi
c'eft à elle ou à une autre femme qu'on
ofe tenir d'auffi finguliers propos que
ceux qu'il vient d'entendre. Elle s'imagine encore que , dans le doute où elle
croit jetter fon mari , il penfera que , fi
c'était la Marquife elle - même qu'on
infultât de la forte , elle faurait bien
mieux que la perfonne mafquée impofer filence à quiconque chercherait à

noircir sa vertu. Elle conclut de sa maniere de s'être comportée dans une occasion aussi délicate, qu'il ne lui restait plus qu'à se retirer prudemment. Mais le masque qui prend plaisir à la tourmenter, s'appercevant qu'elle se bat en retraite, redouble de malice, & lui dit en l'arrêtant par le bras: -- Eh! quoi, Madame, vous voulez déjà vous éloigner de moi! Ah! petite ingrate! Vous n'avez pas toujours été si empressée à me quitter. --

### DCCL^e FOLIE.

Ce tendre reproche acheve de troubler la Marquise, & de lui prouver que le masque n'est qu'un amant déguisé, dont elle a tout lieu de craindre la noirceur. Au lieu de chercher à le rendre plus raisonnable par des manieres douces & polies, elle cesse de se contraindre, & lui dit avec hauteur : - Qui que je sois, apprenez, que je saurai vous faire repentir de votre audace. Je ne suis point la Dame à qui vous croyez parler; mais vos poursuites, vos insolens discours, m'ont remplie d'une juste indignation. Je me mets à la place de celle que vous insultez. Il vous sied bien

S 5

de vouloir ternir une vertu, fans doute, fans reproche. Je le vois, les devoirs de l'honnête-homme ne vous furent jamais connus. Retirez-vous, & craignez tout d'une femme outragée. --

## DCCLI<sup>e</sup> FOLIE.

La voix de la Marquife n'éclate point dans la falle du bal ; elle n'eft entendue que de ceux qui fe trouvent auprès d'elle. Le mafque ne fait que rire de fa colere ; & loin de fe corriger, il tient encore des propos plus hardis. -- Je puis faire le détail de vos beautés les plus fecrettes, lui dit-il froidement. N'eft-il pas vrai, par exemple, que vous avez un figne au bas de l'épaule droite, qui, par fa noirceur, releve la blancheur de votre peau ? -- A ces mots, la Marquife eft frappée comme d'un coup de foudre ; & Monfieur d'Illois demeure anéanti. Le mafque, craignant que l'un ou l'autre ne lui fautât aux yeux, s'éloigne en éclatant de rire. Le Marquis, revenant à lui-même, ordonne à un Garde de fuivre le domino noir, & de le faire arrêter lorfqu'il fera prêt à fortir. -- Je fuis curieux, aoûte-t-il, de favoir quel eft l'infolent qui eft fi indifcret en public. --

Madame d'Illois faifit le premier
inftant pour s'évader ; elle rentre chez
elle toute confolée de cette défagréable
aventure , parce qu'elle fe flatte que
Monfieur d'Illois ne l'a point reconnue ;
auffi fe promet-elle bien de ne jamais
raconter fon hiftoire du bal, quelque
envie qu'elle ait d'en rire avec fes bonnes amies.

---

## CONTINUATION

*de l'hiftoire du Marquis d'Illois , & de*
*celle du Baron d'Urbin.*

### DCCLII.e FOLIE.

L E Marquis d'Illois fe reprochait
d'avoir perdu fa femme de vue ,
lorfqu'on vint lui dire que le domino
noir était arrêté. Il court au Corps-de-
garde , fe faifant d'avance un plaifir de
jouir de la confternation de celui dont
il avait admiré l'infolence. Mais quel eft
fon étonnement d'entendre en approchant de grands éclats de rire , & de
voir qu'ils viennent du domino noir ,
qui ofe encore plaifanter au milieu des
S 6

ſoldats qui l'entourent. Furieux de cet excès de bonne humeur, le Marquis arrache le maſque de l'inconnu qui le brave, & reſte immobile de ſurpriſe & de honte. L'audacieux domino noir, celui qu'il croyait un ancien amant de ſa femme, n'eſt autre choſe que le vieux Baron d'Urbin, ſon beau-pere.

— Parbleu, Monſieur le Baron, s'écrie le Marquis, vous me jouez une piéce bien ſanglante! Je ne me ſerais jamais aviſé de ſonger à vous; je vous croyais enterré pour tout l'hyver au moins, dans votre antique château. Vous auriez mieux fait de reſter encore dans le fond de la Province où vous vous étiez confiné, plutôt que de venir ici déshonorer votre fille, & me rendre la fable de la Ville. — Eh! de quoi diable vous aviſez-vous, mon très-cher Marquis, répond le vieux d'Urbin, de devenir jaloux de votre femme? Deviez-vous vous allarmer pour *les miſeres* que j'ai dites? Quoi! vous adoptez les préjugés du peuple! Fi donc! une telle faibleſſe eſt indigne de mon gendre. Mais n'en parlons plus; que Madame d'Illois ignore toujours quel eſt celui qui l'a tant lutinée; elle ſe défiera des indiſcrets; c'eſt un ſervice que je vous rends. —

## DCCLIII<sup>e</sup> FOLIE.

Le Lecteur est peut-être aussi surpris
que Monsieur d'Illois, de rencontrer
Monsieur d'Urbin au bal de l'Opéra,
lorsqu'il le croyait éloigné de plus de
trente lieues de Paris. Notre vieux Baron, aussi étourdi, aussi capricieux
qu'un jeune homme de vingt ans, a
formé, & si brusquement exécuté le
dessein de quitter la campagne, que je
n'ai point eu le tems d'en avertir mes
Lecteurs ; de sorte qu'il m'a fallu le faire
tomber comme des nues ; ce qui a produit un très-beau coup de théâtre, qui
figurerait à merveille sur la scène, si
la mode des situations interressantes,
des catastrophes imprévues, n'était entiérement bannie des drames modernes.

Voici les raisons qui ont occasionné
le départ précipité de Monsieur d'Urbin. Il s'était imaginé que les jolies Vil-
lageoises avaient plus de complaisance
pour les adorateurs de leurs charmes, que
les beautés qui peuplent la Capitale. Il
n'avait pas tardé à connaître son erreur.
Piqué de voir que les Nymphes cham-
pêtres sont encore moins traitables que
les Dames de la Ville, il se jette un beau

jour dans sa chaise, & fait fouetter vers
Paris. Il se flatte, en retournant à la Ville,
que les belles qu'il y va courtiser le dé-
dommageront des cruautés des berge-
res, qu'il accuse de n'être farouches
que parce qu'elles ignorent le monde
& ses usages. C'est ainsi que l'esprit humain se contredit toujours, & que nos
idées ne sont bien souvent que l'ouvrage de nos passions Monsieur d'Urbin
se persuadait, en allant à la campagne,
qu'il n'aurait qu'à se louer de la douceur des jeunes paysannes, parce qu'elles
sont, disait-il, trop naïves & trop innocentes pour être sévères ; & maintenant il croit n'avoir éprouvé leurs rigueurs que parce qu'elles ne sont point
assez instruites. Il quitte sans regret la
cruelle Rosette, devenue la femme de
Monsieur Colin ; & s'éloigne de son
château, qui n'est encore qu'à moitié
bâti.

En arrivant à Paris, son premier soin
fut de voler chez sa fille, la Marquise
d'Illois, de la grossesse de laquelle il était
informé. On lui dit qu'elle était au bal
de l'Opéra, & l'on ne crut pas devoir
lui faire mystere de son déguisement.
Le vieux Baron venait de voyager trop

commodément , pour reſſentir beaucoup de fatigues. Bien ſûr qu'on ne ſe
doutait nullement de ſon retour , & ſe
trouvant auſſi diſpos que s'il ſortait de
ſa chambre , il forma le deſſein de ſe
maſquer & de ſe rendre au bal , afin
d'intriguer la Marquiſe , s'il avait le
bonheur de la rencontrer. Tout lui
réuſſit au-delà de ſes eſpérances , comme on vient de le voir. Au plaiſir de
tourmenter la Marquiſe , qui était loin
de le ſoupçonner d'être l'impitoyable
domino noir , il joignit encore la douceur de faire enrager Monſieur d'Illois ; ce qui ne fut pas une médiocre
ſatisfaction pour le malin vieillard.

## LE CHEVALIER D'INDUSTRIE.

### DCCLIVᵉ FOLIE.

NOTRE vieux Baron avait fait un
voyage fort agréable , en retournant de ſa terre à Paris. Le haſard
lui procura la rencontre d'une ancienne
connaiſſance , qui l'empêcha de s'ennuyer dans la route.

Il commençait à peine à s'éloigner de

fon château, moitié neuf & moitié
vieux; fa chaife volait prefque auffi vîte
que le vent, lorfqu'un poftillon mal-
adroit, qui conduifait une efpece de
cabriolet, voulant fans doute avoir
l'honneur du pas, heurta fi rudement
la voiture de Monfieur d'Urbin, qu'il
brifa, renverfa le petit équipage dont il
était le phaéton. Les cris qui s'en éle-
verent auffitôt, obligerent le Baron de
faire arrêter, & d'ordonner à fes gens
de fecourir les perfonnes qui pouvaient
être dans la voiture culbutée. On en
tira un homme & une femme plus
effrayés que bleffés de leur chûte. Mais
quelle fut la furprife de Monfieur d'Urbin, en confidérant le Cavalier, dont
l'habit de campagne était un frac très-
élégant, de le reconnaître pour un Abbé
qu'il avait vu quelquefois à la Cour! --
Eh! quoi, mon cher Abbé, s'écria-t-il;
quelle finguliere métamorphofe! Eft-ce
bien vous que j'ai vu en manteau court,
& le chef couvert d'une calotte? --
Vraiment, répondit le Cavalier en
riant de l'air étonné du Baron, j'ai bien
joué d'autres rôles. -- Quelle eft cette
Dame qui vous accompagne? reprit
Monfieur d'Urbin. Serait-ce quelque

Nymphe déguifée, & ferait-il queftion
d'un tendre enlevement ? -- C'eft ma
femme, répliqua le Cavalier d'un air
myftérieux. Il faut faire une fin; & mon
roman fe dénoue comme toutes vos co-
médies. -- En ce cas, reprend le vieux
Baron, il ferait inhumain de vous laiffer
pourfuivre votre route à pied; je vous
prie d'accepter une place dans ma chaife, à condition que vous me raconterez
vos aventures.

On remercia Monfieur d'Urbin en
acceptant fes offres. Les deux époux
s'arrangerent dans la nouvelle voiture,
laiffant la leur en fort mauvais état; &
fitôt qu'elle commença de rouler, le
Cavalier prit la parole, & conta l'hiftoire
de fa vie; récit qu'il interrompit fouvent, & qui fut amufer agréablement
Monfieur le Baron jufqu'à Paris. -- Les
Provinces, & fur-tout la Capitale, dit-
il, fourmillent de Chevaliers d'induftrie;
j'ai eu longtems l'honneur d'en groffir
le nombre. Sans avoir un fou de revenu,
j'ai eu le fecret de vivre dans l'aifance.
Les différens moyens qu'il m'a fallu
employer pour me tirer d'affaire prouvent que je fuis un homme d'efprit. J'ai
fait, il eft vrai, des dupes. Mais pour-

quoi avaient ils la simplicité d'ajoûter
foi à mes discours? Tant-pis pour ceux
qui s'avisent d'oublier que la défiance
est une vertu nécessaire dans ce monde
pervers. D'ailleurs, si je suis coupable
de quelques fredaines, j'espere qu'un
bon repentir effacera toutes mes fautes.
Je veux que la fin de ma vie fasse excuser les tours de passe-passe de ma jeunesse. Je me suis fourvoyé du droit
chemin ; j'y rentre actuellement, il n'y
a rien à dire. Mon histoire est celle d'un
grand nombre de Cavaliers de tout état,
tant convertis que livrés encore au démon de la ruse.

J'avouerai que je ne puis guères me
glorifier de ma naissance. La cuisiniere
d'un riche bénéficier me donna le jour ;
elle était la femme d'un pauvre manœu-
vre, qui daigna me reconnaître pour
son fils, quoiqu'il fût séparé d'avec elle
depuis plusieurs années. Dieu sait les
présens que lui valut sa complaisance.

### DCCLV<sup>e</sup> FOLIE.

Je suis bien fâché de n'avoir jamais
vu ce pere si obligeant ; je lui aurais fait
un sort digne de sa façon de penser ;
je l'aurais proposé pour exemple à tant

d'honnêtes maris, qui marchent sur ses traces sans oser se flatter qu'ils ont des modeles. Je fus élevé jusqu'à l'âge de huit ans dans la maison du Bénéficier; ne recevant des soins que de lui seul, je m'accoutumai à l'appeller mon *papa*; ce qui prouve que l'instinct de la premiere jeunesse nous fait souvent deviner ce qui serait un mystere impénétrable dans un âge plus avancé.

Lorsque je commençais à grandir, ma mere ne se souciant point d'avoir auprès d'elle une preuve parlante de sa mauvaise conduite, & le Bénéficier ayant aussi ses raisons pour m'éloigner, ils me mirent en apprentissage chez un Graveur. Mais cachant l'intérêt qu'ils prenaient en moi, ils me présenterent comme un pauvre orphelin, auquel ils s'intéressaient par charité. Ils surent si bien émouvoir l'ame sensible de l'honnête Graveur, qu'il s'obligea de m'enseigner *gratis* sa profession. Il est vrai que cet homme si généreux trouvait le moyen de se payer de ses bienfaits par les différens services qu'il tirait de ma personne. J'étais le galopin, je faisais toutes les commissions. Je trottais tellement tant que le jour durait, qu'au lieu de devenir expert dans l'art de la gravure, je n'appris qu'à avoir le pied léger.

On a bien raison de dire qu'on s'inftruit à force de voir le monde ; mes courfes continuelles m'ouvrirent, fans doute, l'efprit. Quelque tems apres que j'eus été reçu chez le Graveur, je fis admirer mes difpofitions naturelles. Au refte, je dois vous avertir que tous mes talens fe porterent à la malice. J'étais un petit compere plus rufé qu'un renard ; je ne me plaifais qu'à jouer des tours d'adreffe, quand toutefois j'y trouvais mon profit. Malheur à ceux que féduifait mon air hypocrite. Voici une des efpiégleries de mon jeune tems.

J'avais remarqué qu'une fruitiere du voifinage comptait tous les foirs fon argent, qu'elle étalait fa monnoie, & qu'elle était fort occupée à faire fes calculs. Cette obfervation, répétée plufieurs fois, non fans deffein, me fit imaginer un fingulier ftratagême, afin de m'approprier quelques-unes des piéces de monnoie que je dévorais des yeux. Je m'avifai de frotter de glu le deffous d'une affiette, & je la pofai brufquement au beau milieu du tréfor de la

bonne-femme, en lui difant de fe dépê-
cher à me vendre ce que je lui deman-
dais. En relevant l'affiette, j'emportai
je ne fais combien de fous-marqués, &
je fus au comble de la joie.

## DCCLVI<sup>e</sup> FOLIE.

Cette efpieglerie, pour ne rien dire
de plus, me réuffit pendant affez long-
tems. Mais un foir la fortune ceffa de
me favorifer. Une piéce de douze fous fe
détacha, & découvrit tout le manége à
la fruitiere. Auffitôt elle me faifit au
collet, crie *au voleur* de toute la force
de fes poumons. Les voifins s'affemblent, & mon Graveur vient groffir la
foule des curieux. Il eut la complaifance
d'indemnifer la bonne-femme des vols
que je pouvais lui avoir faits; & n'étant
nullement flatté de poffeder un apprenti
de mon mérite, il me chaffa fort incivilement de chez lui.

Admirez la fatalité du fort qui me
pourfuivait! Ma mere & le Bénéficier,
inftruits de mon aventure, m'étrillerent
d'importance. Je n'aurais point abfolument à me plaindre de leur procédé,
s'ils n'avaient jugé à propos de préfenter

requête au Magiſtrat , & de me faire renfermer à *Bicetre*.

Il faut avouer qu'on ne ſaurait trop s'élever contre les parens qui recourent à l'autorité des Magiſtrats pour confiner leurs enfans dans des priſons publiques. Eſt-ce là leur infliger des châtimens paternels ? Les lieux deſtinés pour les ſcélérats ne doivent ſervir qu'à punir le crime; en y reléguant des fils qui doivent nous être chers , n'eſt-ce pas vouloir leur faire un tort irréparable ? Outre qu'ils ſont notés par la Juſtice, la ſociété qu'ils fréquentent dans les priſons les rend encore plus vicieux ; ils deviennent ſouvent de hardis coquins, de timides fripons qu'ils étaient auparavant.

Je ne fis point tout de ſuite ces graves réflexions ; elles ne ſe ſont développées qu'inſenſiblement dans mon eſprit. Je ne me vis point avec docilité au nombre des malheureux habitans d'une demeure redoutable au libertinage. Je cherchai dans ma tête les moyens d'en ſortir. A force de me creuſer la cervelle , j'imaginai un expédient qui me parut admirable. J'avais entendu dire que les malades de Bicêtre étaient conduits à l'Hôtel-Dieu, & qu'il leur était quelquefois facile de s'en évader. Il ne m'en fallut pas davantage; je feignis d'être atteint d'une fluxion de poitrine. Les Médecins semblerent s'entendre avec moi; ils eurent la complaisance de déclarer ma maladie très-sérieuse.

## DCCLVIIe FOLIE.

On me mit dans une charrette avec quelques-uns de mes confreres, qui jouaient peut-être aussi le malade, & l'on nous débarqua devant l'Hôtel-Dieu, où l'on nous arrangea six dans un même lit, afin, sans doute, de nous tenir plus chaudement. Tandis que je paraissais avoir besoin des ordonnances d'Hippocrate, & que j'avais la précaution de jetter fort adroitement les médecines qui m'étaient prescrites; la plûpart de mes compagnons de couche se laisserent mourir à mes côtés. Je trouvai peu agréable d'être couché auprès d'un mort; & je m'étonnai qu'on fût aussi peu humain dans un lieu consacré à l'amour de l'humanité. L'horreur qui m'environnait m'aurait forcé de partir pour l'autre monde, si j'avais été réelle-

ment malade. Je pris le parti d'annoncer de bonne-heure que je me portais
mieux ; ma guérifon fut attribuée aux
excellens remedes qu'on m'avait admi-
niftrés. Je fus déclaré convalefcent ; j'eus
la liberté de me promener par la falle ,
enveloppé dans une longue jaquette ,
en forme de robe de chambre , & la
tête couverte d'un bonnet gras.

J'épiai , fans faire femblant de rien ,
le moment où je pourrais me fauver ; il
arriva, je le mis à profit. Je m'apperçus,
un foir, que tout le monde était fort
occupé dans la falle, & qu'on n'avait
plus les yeux fur moi ; j'ouvris auffitôt
la porte, & me hâtai de fortir. J'eus le
bonheur de traverfer plufieurs falles fans
qu'on fe doutât que je vouluffe m'é-
chapper ; & j'eus la fatisfaction de me
trouver dans la rue , fans avoir rencontré d'obftacles. A peine me vis-je hors
d'un lieu qui femble n'être que le féjour
de la mort , que je me mis à courir de
toutes mes forces par la premiere rue
que le hafard me préfenta.

*Fin du Tome troifieme.*

Imprimé en France
FROC031310220120
23240FR00011B/161/P

9 782329 357393